MOEWIG
SCIENCE FICTION

D1513607

Thomas F. Monteleone
ZITADELLE DES WÄCHTERS

Herausgegeben und mit einem Nachwort
von Hans Joachim Alpers

MOEWIG
Deutsche Erstausgabe

Titel der Originalausgabe: GUARDIAN
Aus dem Amerikanischen von Marcel Bieger
Copyright © 1980 by Thomas F. Monteleone
Copyright © der deutschen Übersetzung 1982
by Arthur Moewig Verlag Taschenbuch GmbH, Rastatt
Umschlagillustration: G. Festino/Utoprop
Umschlagentwurf und -gestaltung: Franz Wöllzenmüller, München
Redaktion: Hans Joachim Alpers
Verkaufspreis inkl. gesetzl. Mehrwertsteuer
Auslieferung in Österreich:
Pressegroßvertrieb Salzburg, Niederalm 300, A-5081 Anif
Printed in Germany 1982
Druck und Bindung: Mohndruck Graphische Betriebe GmbH, Gütersloh
ISBN 3-8118-3602-1

*Roger Zelazny gewidmet,
dem Schöpfer der Welten*

Selbst in den antikesten Überresten vom Anfang der Ersten Zeit finden sich Hinweise auf ein vogelartiges Wesen namens Phönix. Dieses Geschöpf soll unsterblich gewesen sein – es stirbt in einer lohenden Flamme, um danach seiner eigenen Asche zu entsteigen und wieder zu leben. So jedenfalls steht es in den Schriften Garons und Deldaynas von Cairn; ein gleichartiges Wesen läßt sich auch in den Prophezeiungen Norins finden, der von der Wiedergeburt der Mörder von Riken kündet. Vielleicht wartet die Welt immer noch auf die Rückkehr einer solchen Macht...

MONOLOGE DES POULE, VI

Immer noch ist es nur schwer vorstellbar, daß die ganze Erde einst so in höchster Blüte gestanden haben soll wie heute die dichtesten scorpinnianischen Wälder, sogar in solchen Gebieten, wie der Manteg Depression. Damals sollen Menschen auf der Erde gelebt haben, die sich von uns unterschieden. Falls jemand fragt: „Wie ist das möglich?", so kann ich ihm darauf nur antworten, daß sie sowohl geistig als auch körperlich unterschiedlich waren – aber warum das so war, weiß ich leider nicht. Als einziger Beweis stehen mir nur die Überreste ihrer Maschinen und die immer noch unerforschten Steine ihrer einstmals blühenden Städte zur Verfügung. Und es stimmt, daß wir von ihnen keine Knochen gefunden haben. Es gibt Kollegen von mir, die sagen, daß etwaige Knochen schon vor langer Zeit zu Staub zerfallen sein müßten. Aber da bin ich anderer Meinung.

Ich fürchte, daß sie, diese bedeutenden Menschen, fortgegangen sind, zu einem anderen Ort. Und ich fürchte, sie haben sogar diese Welt verlassen, haben hinter sich alles zusammengekehrt und den Zugang zu ihrer Welt verschlossen, wo immer das heute auch sein mag. Denn falls sie so weise und mächtig waren, wie ich mir das vorstelle, haben sie wahrscheinlich unseren ‚Aufstieg' zur Zivilisation beobachtet und sich dazu entschlossen, uns ihnen niemals nachfolgen zu lassen.

MANNENs *Die Abkehr*

Am Tod findet sich ein Aspekt, der auf die Ewigkeit, das niemals Endende verweist; denn gestorben wird immer, und den Tod wird es immer geben. Die Realität des Vergangenen, die zu erwartende Vorstellung des Zukünftigen. Und da nun vieles auf einen niemals endenden Kreislauf des Lebens hinweist, muß die Welt den Tod als Katalysator ansehen, als Erstes Veränderungsprinzip, das diesen Kreislauf in Gang hält.

Doch wollen wir uns nicht um den Tod der Menschen sorgen – denn der Mensch besitzt keine Substanz und ist ein niederes Wesen –, sondern vielmehr um den Tod von Ideen. Denn es sind die Ideen, die leben und den zukünftigen Generationen, den zukünftigen Ewigkeiten ihren Odem einhauchen.

Betroffenheit ist, man muß es leider sagen, nicht ausreichend, denn Kriege werden weiter geführt. Die ratlosen und verblendeten Bemühungen der Menschheit nach Macht und Herrschaft vergiften beständig die Erde. Es ist wie mit einer Fäulnis, die die Erde so nachhaltig besudelt, die sich so übermächtig ausbreitet, daß es nichts gibt, das ihr Einhalt gebieten könnte. So lange es Menschen gibt – und das will wie ein Fluch erscheinen, i. e., es wird sie immer *geben* – wird dieses schreckliche Abschlachten, dieses zu Tode Verstümmeln und dieses Brandschatzen andauern.

Fragment eines Textes aus der Ersten Zeit
in der
GROSSEN BIBLIOTHEK VON VOLUSPA

Prolog

Seit einiger Zeit erlebt die Welt eine Ära des Friedens. Man ist versucht zu sagen, es sei auch eine Ära des Wohlstands, aber das kommt der Verfälschung einer viel raueren Wirklichkeit gleich. Wie zu fast allen Zeiten trifft der Wohlstand nur *eine* kleine und privilegierte Gruppe. Und die vorliegende Ära unterscheidet sich da nicht von den anderen. Selbst die Aussage, es sei eine Ära des Friedens, ist eher eine „Beugung" der Tatsachen angesichts der Auseinandersetzungen zwischen den beiden nicht gefestigten Staaten Pindar und Eyck.

Gott sei Dank ist das Ausmaß dieser Auseinandersetzungen nur gering, und sie finden ohnedies nur an den äußersten östlichen Randgebieten der zivilisierten Welt statt. Östlich dieses Gebiets liegt das Baadghizi-Tal, eine riesige Senke zwischen dem Grankamm-Gebirge, in dem ein unermeßlicher Wald aus dicken, schwarzen Stämmen gedeiht, die mit Dornen wie Speerspitzen besetzt sind. Sie bilden ein derart undurchdringliches Dickicht, daß kein Mann, noch nicht einmal ein Narr, jemals versucht hat, ihn zu durchqueren. Dennoch besteht das Gerücht, merkwürdige Lebewesen seien innerhalb seiner Grenzen entstanden und hätten erlernt, auf dem übersäten Boden mit seinem Meer an Stämmen zu manövrieren und tollkühn über die Wipfel des riesigen Waldes zu laufen.

Man sagt auch, Pindar und Eyck werden wahrscheinlich nie zu einem Frieden miteinander kommen. Der Anspruch auf die „wirklichen" eigenen Grenzen ist stets eine höchst delikate Angelegenheit, besonders bei solchen Staaten, deren Selbstbewußtsein noch auf sehr wackeligen Füßen steht. Und in diesem bedauernswerten Zustand befinden sich Pindar und Eyck. Und ihre Regierungssysteme sind nicht weit von dem entfernt, was mancher eine „Operettendiktatur" nennen mag. Tatsächlich lautet einer der sich am hartnäckigsten haltenden politischen Witze in G'rdellia, einem Nachbarstaat der beiden, der über etwas mehr Kultur verfügt, so: Wer regiert Pindar eigentlich in *dieser* Woche?

Und da die einzigen beständigen Exportartikel dieser beiden Staaten richtigerweise folgendermaßen beschrieben werden: Unruhe, Haß und Mißtrauen, kann man die beiden getrost ignorieren, wenn man die Welt als Ganzes ins Auge fassen will. Pindar und Eyck sind nicht mehr als die fußkranken Stiefkinder einer Welt, die sich nur marginal in einem besseren Zustand befindet, sich aber trotzdem lieber weigert, diese Grundwahrheit anzuerkennen.

Es ist eine Welt der ungeheuren Ignoranz, der sich galoppierend ausbreitenden Pest, der kleinlichen Ungerechtigkeit, der ungeminderten Gerüchte, des frühen Tods und einer bedeutungslosen Existenz. Es ist eine Welt, in der der Geist der Menschheit manchmal brillant, manchmal verrufen die treibende Kraft, der Brennstoff im Hochofen der Zivilisation, verschwunden ist. Die vielleicht betrüblichste Hinterlassenschaft ist der Umstand, daß dieses Verschwinden in einem langsamen und häßlichen Prozeß vonstatten geht. Der Geist verließ die Welt nicht in der hochlodernden Flamme eines glorreichen Krieges, sondern er kroch während der langen Nacht der Ignoranz und Furcht von dannen. Der Prozeß verlief so langsam, so heimlich, daß niemand – praktisch niemand – das Verschwinden bemerkte. Oder besser: natürlich erst, als es schon zu spät war.

Aber man soll sich hüten zu sagen: Die Welt liegt im Sterben. Denn das ist ganz gewiß nicht der Fall. Präziser ausgedrückt könnte man vielleicht bemerken, die Welt überlebt ihrer Art zum Trotz und wird deshalb auch weiterleben.

Und in dieser Welt versuchen große Teile, ungetrübte Stücke und Stückchen, der Korrosion durch die Zeit zu entfliehen. Zum Beispiel ist ein großer Teil von einer launischen Wassermasse bedeckt. Die ist so blau wie die Augen eines vaisayanischen Mädchens und genauso wild und unberechenbar wie ihre Mutter und so trügerisch wie ihr Vater. Stürme und Ruhephasen spazieren Hand in Hand über die schimmernde Wasseroberfläche. Sie gewähren keinem Schiff und keinem Landstrich Schutz, und sie wollen auch kein Quartier. Vor allem gibt es da ein endloses, mürrisches Meer, das fälschlicherweise der Golf von Aridard genannt wird. Ganz sicher ist es kein Golf – es weist keinesfalls die nötige Ruhe und Gelassenheit aus, die dieser Begriff gewöhnlich assoziiert –, man muß es schon eher als kleinen Ozean bezeichnen. Ganz sicher aber führt er sich wie ein gehässiges Fräulein gegenüber den Staaten auf, die sich wie Landstreicher an einem großen Feuer an den Küsten niedergelassen haben. Der Golf von Aridard – Brennpunkt der Welt.

Genau westlich des Golfs liegt das Sonnenlose Meer – so bezeichnet wegen des kalten Dunstes und des Wassernebels, die immer und ewig die Sonne am fernen Horizont verdecken. Das Sonnenlose Meer ist ein monströser Ozean. Ständig in Bewegung, türmt er Wellen bis zu dreißig Ems hoch auf, mit Wellentälern, die noch einmal so tief sind. Über ihm hängen die grauesten und kältesten Himmel westlich der Eisenfelder. Mehrere Expeditionen sind von den Meeresstaaten ausgerüstet worden, um zu versuchen, in das Sonnenlose Meer einzudringen oder es gar zu durchqueren. Aber kein einziges von den großen Schiffen kehrte je zurück. Einige arg optimistische Schiffskapitäne haben ihre Reisen als „Durchquerungen" ausgegeben, aber wir Historiker haben immer vor positivistischem Denken dieser Art gewarnt, setzt es doch die Existenz einer Landmasse oder einer Küste oder von *irgend etwas* am anderen Ende des Ozeans voraus.

Doch in der modernen Zeit ist kein Bericht bekannt, der die Existenz von *irgend etwas* jenseits des Ozeans bestätigt.

Legenden, Volksmärchen und Fragmente aus der Ersten Zeit und mündliche Überlieferungen sind zuhauf vorhanden: Alle diese Quellen sprechen von Landmassen – Kontinente nennt man sie –, aber die Namen dieser Ortschaften, ihre Lage, ihre Ausmaße und alles andere, was die Echtheit bestätigen würde, sind verlorengegangen – vielleicht sind sie auch nie bekannt gewesen.

Fahren wir mit dem geographischen Bericht fort: Man findet im äußersten Nordwesten des Golfs eine riesige Wüste, die unter dem Meeresspiegel liegt und vom Wasser durch ein kolossales Gebirge, bekannt unter dem Namen Haraneen-Scheide, abgeschottet wird. Dieses große wasserlose Gebiet heißt Manteg Depression und wird im allgemeinen von allen Bewohnern der Welt gemieden. Wilde Sand- und Staubstürme suchen die Manteg Depression in fast regelmäßigen Abständen heim. Die Gewalt, die blanke Wucht dieser Stürme, sei stark genug, so wird gesagt, um einem Menschen das Fleisch mit solch sauberer und entschiedener Effizienz von den Knochen zu trennen, wie das vom Skalpell eines Chirurgen nie geleistet werden kann. Die Radioaktivität in dieser Gegend ist immer noch überraschend hoch, wenn man bedenkt, wie viele ungezählte Jahre schon vergangen sein mögen, seitdem in dieser Region thermonukleare Waffen gezündet wurden. Einige Legenden wollen wissen, daß in der Manteg Depression immer noch Silos und Abschußanlagen stehen, immer noch verrostete und versengte Militärfahrzeuge liegen sollen – doch auch hier liegt für solche Behauptungen nicht der geringste Beweis vor. (Hoffentlich kann die pictographische – oder, wie manche insistieren: photographische – Technik bald soweit perfektioniert werden, daß solche Behauptungen restlos und zweifelsfrei zu überprüfen sind.

Die Temperatur in der Manteg Depression kann bis auf 50° Centa ansteigen. Die jährliche Regenwassermenge in diesem Gebiet liegt etwas über zwei Cees.

Und trotzdem findet sich Leben in der Depression. Ein Nomadenstamm namens Idri zieht an den Wüstengrenzen entlang und durch seine Hochebenen. Sie reiten auf einem störrischen Tier, das Loka genannt wird. Es hat eine Außenhaut von solcher Dicke und Festigkeit entwickelt, daß der Sandkornbeschuß eines Sturms ihm nicht mehr ausmacht als ein erfrischender Regenschauer. Trotzdem sei an dieser Stelle warnend darauf hingewiesen, daß ein Tier von solcher physischen Stärke einen Hang zum Ungehorsam hat. Die Idri selbst sind ein übelriechender, sonnengebleichter, lederhäutiger Haufen, den man weder als Piraten noch als fahrende Händler bezeichnen kann, wohl aber als eine Bande einfacher, sich fortpflanzender Aasgeier, die sich bloß vermehren, um eine im Grunde genommen bedeutungslose Existenz fortzusetzen. Dennoch stören sie niemanden, und sie werden wahrscheinlich noch lange in der Manteg weiterleben, nachdem der Rest der Menschheit endgültig ausgestorben ist.

In der Manteg findet man auch Vegetation, die Stahlblättchen und Rasierklingen ähnelt. Außerdem gibt es Mutanten*wesen,* die zu irgendeinem Zeitpunkt der unter der Dämmerung liegenden Entwicklungsgeschichte ihrer Vorfahren einmal Menschen gewesen sein könnten. Und es finden sich Kriechwesen, die unter der Oberfläche aus hartgebackenem Sand leben. Des Nachts kommen sie heraus und saugen alle Flüssigkeit von allen Lebewesen, die sich, sei es zum Schlafen oder zum Ausruhen, auf dem sandigen Wüstenboden niedergelassen haben. Schließlich gibt es noch Flugwesen, die auf den ständig wehenden Thermalwinden reiten.

Aber ansonsten findet man in der Manteg nicht sehr viel.

An den östlichen Hängen der Haraneen-Scheide liegen zwei Staaten von sehr unterschiedlicher Art. Im Süden, an der nördlichen Küste des Golfs von Aridard, findet man das aufgeklärte Königreich Nespora. Im Vergleich zur Welt ist es nicht allzu groß, aber auch nicht gerade klein zu nennen. Nespora genießt ein gemäßigtes Klima und weist ein landwirtschaftlich sehr fruchtbares Flußtal auf, das von den sauberen Wassern des Cruges-Flusses gespeist wird. Somit ist Nespora eine Stätte des Wohlstands. An der Deltamündung des Flusses gelegen, blüht die Stadt Mentor wie eine wohlbehütete Orchidee. Sie ist ein kosmopolitischer Anziehungspunkt für Politiker, Handelstreibende, Seeleute, Glücksritter, Erzieher und Herrscher. Die Führung der Stadt ist in die Hände der reichen Lenker der Finanzen und der Weltwirtschaft übergeben worden, die ihrerseits ein gewaltiges, komplexes Zentrum errichtet haben, von dem aus mittlerweile die ökonomische Stabilität der meisten anderen Nationen gelenkt wird. Und so ist es den Handelstreibenden und Wirtschaftskapitänen der Nespora-Nation gelungen, ihrem Volk ein einmaliges Sicherheitssystem zu bescheren. Als Dreh- und Angelpunkt der Weltwirtschaft braucht Nespora ganz klar keine Aggression von irgendeiner Seite zu befürchten. Man unterhält dort kein stehendes Heer und befürchtet auch nicht den militärischen Einfluß einer fremden Macht. Hier sitzen die Experten, die etwas von ihrem Handwerk verstehen, und *niemand* verspürt den Wunsch, ihre einzigartige Position als Verwalter der Welt zu übernehmen. Die anderen führenden Städte Nespora, Elahim und Kahisina, eine Festungsstadt, die einen seit langer Zeit bekannten Paß über die Scheide bewacht, sind nicht so reich oder groß wie Mentor, aber dennoch komfortabel und sauber, und sie besitzen einige der besonderen Vorzüge moderner Zivilisation.

Nördlich von Nespora, im Westen vom Cruges-Fluß und vom Schwarzen Loch und im Osten von einem erbärmlich zerlumpten „Kaiserreich" begrenzt, erstreckt sich das sehr konservative Shudrapur Dominion und erinnert irgendwie an einen nachträglichen Einfall, der von der bizarren Realität des Haraneen übriggeblieben ist. Das Gelände Shudrapurs ist holprig, unzugänglich und voller Steine. Unnachgiebig liegt das Land da, als wären ihm die Legionen von Landarbeitern völlig gleich, die es Jahr für Jahr pflügen und berauben. Man spürt eine gewisse Unabhängigkeit, die das Land zu durchziehen scheint. Dieses Gefühl beginnt zunächst vom Land selbst auszuströmen und breitet sich weiter von der Bevölkerung aus, die in der Regel in Tausenden kleiner, ländlicher Dörfer wohnte. Jedes einzelne wird von einem kleinen, rustikalen Ältestenrat regiert – Männer, denen man deshalb Weisheit zuspricht, weil sie schon so lange leben – und umgekehrt. Die Landwirtschaft ist der Schlüsselpunkt der Gesellschaft von Shudrapur, ein Umstand, der durch die geringe Ausdrucksstärke der beiden einzigen Städte, Ghaz und Babir, nur noch unterstrichen wird. Obwohl im eigentlichen Sinn weder ein Staatskörper noch ein starkes Nationalgefühl unter der gigantischen amorphen Ansammlung von Dörflergemeinschaften festzustellen ist, existiert eine Zentralverwaltung für das Shudrapur Dominion, das in der östlich gelegenen Stadt Ghaz zu Hause ist. Die Stadt erstreckt sich über ein großes, aber dünn besiedeltes Gebiet entlang einer Überschwemmungsebene, wo der Sommerregen Millionen Blüten zum Blühen bewegt. Die Architektur der Stadt spiegelt die nationale Weltanschauung wider: funktional, einfach, aber ohne die kalte Strenge einer völlig asketischen Persönlichkeit. Musik, Kunst und Literatur des Landes sind konservativ ausgerichtet, zuweilen auch moralistisch, kurz zusammengefaßt: dumpf. Trotzdem verdient der Staat Beachtung, kann er doch Verantwortung tragen, und er verfügt über einigen Reichtum, wenn man den auch nicht auf den ersten Blick erkennt. Die unausgesprochene Ausrichtung dieses Staates auf das Land führt zu großen landwirtschaftlichen Überschüssen, die in die nördlichen Länder exportiert und dort als willkommene Handelswaren angesehen werden. Jeder, der Kultur hat, und jeder Gourmet weiß den Geschmack der Früchte von den Obstgärten des Dominions, der Weine von seinen Weinbauhängen oder des Korns der wogenden und wehenden Hügel zu schätzen.

Wollte man etwas wirklich Negatives über das Shudrapur Dominion sagen, so bleibt nur das Schwarze Loch: eine offene Wunde in der Erde, die sich über mehr als tausend Kas ausdehnt und mehr als zwanzig Kas in gezackter Linie nach unten abfällt. Lehnt man sich über den Rand, starrt man in die Unendlichkeit. Der eigentliche Boden des Schwarzen Loches verliert sich in einem dunstigen Nebel, der die untersten Regionen bedeckt. Die Wände sind wie von einem gigantischen Schneidewerkzeug eingekerbt und eingeschnitten. Der Fels besteht aus einer Mischung aus Basalt, Granit und Braunkohle. Der Ort sieht schrecklich aus. Niemand, der bei klarem Verstand ist und sein Leben liebt, wird je in das Schwarze Loch eindringen wollen;

trotzdem kennt man Geschichten von Entdeckern, die es in frühren Zeiten versucht haben. Niemand weiß, was aus ihnen geworden ist. Keiner kehrte je zurück oder stieg an der jenseitigen Wand wieder heraus. Viele Shudrapurier sind der Überzeugung, wenn es auf der Oberfläche der Erde einen Eingang zur Hölle geben sollte, dann könne er nur hier liegen.

Mit der oben gemachten Bemerkung über ein östlich von Shudrapur Dominion gelegenes Reich ist natürlich das Scorpinnianische Kaiserreich gemeint. Bei weitem die größte Nation der Welt, zeigt sich das Kaiserreich als riesige Landfläche voller unbestellter Wiesen und ungestört wachsender Wälder, wo die Bäume so dicht stehen, daß es der Sommersonne so gut wie unmöglich ist, dort bis zum Boden durchzudringen. Endlose Prärien erstrecken sich ungehemmt von der Eban-Flußebene im Norden bis zum Ufer des Kirchow-Flusses im Osten. Die Erde ist hier reich und schwarz wie die Nacht. Nach der Legende wurden einst auf diesem Boden gewaltige Schlachten geschlagen, und die Millionen erschlagener Leiber haben über die Jahrtausende hinweg die Erde so fruchtbar gemacht. Die Ironie des Schicksals nimmt in solchen Fällen oft einen ätzenden Charakter an, wie eben auch bei den Scorpinnianern: Sie gelten nicht gerade als die besten Bauern der Welt, und der Großteil ihres wunderbaren Landes wird ungenutzt von Generation zu Generation weitergereicht. Das gleiche läßt sich von den immensen Vorkommen an Erz und anderen wertvollen Metallen sagen, die fast überall im Kaiserreich unter der Erde liegen: Eisen, Bauxit, Thorium, Uran, Mangan und Silber. Es liegt im wahrsten Sinne des Wortes überall und wartet nur darauf, herausgeholt, gereinigt und bearbeitet zu werden. Aber man läßt es unberührt in der Erde, abgesehen von einigen Nutzungsverträgen, die Nespora in die Wege leitet und die das Portefeuille des „Kaisers" etwas voller machen – doch zur Steigerung des Lebensstandards der Bevölkerung reichen diese Konzessionsgelder nicht. Die ausländischen Bergbau-Konzerne führen die Erze aus dem Land hinaus zu den Industriezentren der Welt, wie Nespora, G'rdellia und Zend Avesta, wo kleine, erbärmliche Fabriken armselige Repliken von Dingen aus der Ersten Zeit herstellen. Über den Zustand des Landes macht man sich in der Bevölkerung im allgemeinen keine großen Gedanken. Sie ist in kleinen Städten und Dörfern über das riesige Land verstreut und wird äußerst streng von einer Gouverneurskaste und diesen Gouverneuren treu ergebenen Angestellten regiert. Es gibt so etwas wie eine militärische Bedrohung, die die Bevölkerung wie ein Leinentuch einhüllt, ihrem Leben eine weitere Widrigkeit zufügt, die noch zu der bereits vorhandenen Öde ihrer Lebensweise hinzukommt. Kunst läßt sich kaum ausmachen, die Musik ist so gut wie unbekannt, und der Analphabetismus grassiert. Alles in allem ein einfarbiges, niedriges Volk, als dessen beste Eigenschaft man die Zuverlässigkeit nennen könnte, aber das läßt sich auch von Pferden und Ochsen sagen. Zu Kriegszeiten kommt diese ihre Tugend am besten zur Geltung. Man sagt ihnen nach, sie marschierten unerschrocken einer überwältigenden Übermacht entgegen und ließen sich bis zum letzten Hilfsöldner abschlachten, ohne auch nur einmal dagegen zu protestieren. Die wichtigste Stadt heißt Calinthia, die bequem, wie eine fettleibige Person in einem extrem gepolsterten Sessel, im geographischen Zentrum des Kaiserreichs liegt. Angesichts dieser Gegebenheiten „regiert" der Kaiser – eine Aufgabe, die der allgemeinen Ansicht nach endlose Stunden des höfischen Pomps mit absolut hündisch ergebenen Höflingen, Feste, exzeßartige Saufgelage und Tanzmädchen, vorzugsweise nackt, beinhaltet. So blieb es nicht aus, daß die zweite Garnitur der Staatsspitze, Ratgeber, Kanzler und Adlige, enge Verbindungen zu Nespora geknüpft haben. Sie bewegen die reichen Abgesandten Nesporas, die natürlichen Reichtümer des Landes auszubeuten, um so wenigstens den äußeren Anschein von Handel und Stabilität zu bewahren. Obwohl es unfair wäre zu behaupten, die scorpinnianische Regierung sei korrupt, so überzeugt den aufmerksamen Beobachter ein näherer Blick auf die beiden wichtigsten Häfen am Golf – Mogun und Talthek – doch davon, daß diese Nation sich aufs äußerste bemüht, in die Tretmühle des Vergessens zu geraten.

Doch man findet auch noch schlimmere Orte.

Nordwestlich des scorpinnianischen Kaiserreichs befindet sich ein kahler, ungewöhnlicher Ort – das Schlackenland. Wie ein ruhiger, mit grauem Wasser gefüllter Ozean dehnt es sich zum Horizont aus und hört vielleicht erst am Ende der Welt auf. Es ist eben wie eine Glasscheibe und genauso formlos. Das Schlackenland setzt sich aus verglastem Fels und Basalt und geschmolzenem Stahl zusammen. Zu einer früheren Zeit, weit zurück in der Vergangenheit der Welt, mag dieser Ort ein riesiger Stadt- und Industriekomplex gewesen sein. Dann muß irgend etwas geschehen sein, das selbst die Erde dazu brachte, wie Öl in der Pfanne zu kochen. Alles zerschmolz zu Lava und blieb vielleicht tausend Jahre lang heiß, bis es dann zu einer diamantenharten, *absolut flachen,* unglaublich toten Landschaft abkühlte – wie eine Wiese aus Stahl, wo sich nichts bewegt, wo *nichts* lebt.

Aber südlich und westlich des Schlackenlandes trifft man wieder auf Leben, wenn es auch mißgünstig ist und wenig Achtung für seinesgleichen aufbringt: die vorher bereits erwähnten Schmutzflecken Pindar und Eyck, deren Fläche sich dort an den Biegungen des Kirchow drängt, wo er sich in das G'rdellianische Meer ergießt.

Im Süden dieser smaragdgrünen Wasserfläche findet sich mitten im dürren Nichts eine Blume: das Land G'rdellia. Vielleicht das älteste Land der modernen Welt, ist G'rdellia stolz auf seine Herkunft, seine Geschichte und vor allem seine Kultur. Obwohl das Land so arm ist wie Scorpinnion reich, haben die G'rdellianer ihrem Boden so lange gut zugeredet, ihn so verhätschelt und bearbeitet, bis er für sie das produzierte, was sie haben wollten. Die G'rdellianer sind eine Nation von *Arbeitern.* Sie singen und lachen bei der Arbeit, verweben die Arbeit mit ihrer Kultur und Tradition. G'rdellia ist eine Nation der Erbauer, Seeleute, Künstler, Händler und Denker. In der Hauptstadt Eleusynnia gedeiht die Schönheit. Die Kunst ist hier zu Hause, die Straßen sind voller Musik. Architektur vom Gefühl gezeugt, Gestaltung aus der Philosphie geboren, der Zweck von allem folgt den strengen Regeln einer Meditation, all dies kann man in Eleusynnia vorfinden. Das Land ist stark in der Weltwirtschaft engagiert und wird in seiner Geschicklichkeit darin nur noch von Nespora übertroffen. Aber die G'rdellianer sorgen auch für die Verbreitung der Kultur und der Menschenwürde, und in diesen Belangen werden sie von niemandem übertroffen. Sie sind philosophische Autodidakten, und ihre Vorstellungen von Form und Schönheit haben ihre eigenen Interpretationen von Logik durchdrungen – doch darf dies nicht als Behinderung angesehen werden. Die G'rdellianer sehen die Welt als einen von Natur aus logischen Ort an, in der alles eine vernünftige Ursache und Wirkung hat. Sie versuchen nie, sich diesem natürlichen Universalfluß entgegenzustellen. Und vor allem genießen sie traditionell den Ruf, erstklassige Soldaten zu sein. Die Elite der Kell-Soldaten wird überall in der Welt gefürchtet, doch werden diese Soldaten nur zur Verteidigung der eigenen Landesgrenzen eingesetzt. Die G'rdellianer sind von

Natur aus friedliebend und hegen keine imperialistischen Gelüste. Doch wäre es durchaus keine so schreckliche Vorstellung, wenn die ganze Welt einem solchen Land wenigstens ähneln würde.

Südlich von G'rdellia liegt eines der größten Geheimnisse der Ersten Zeit. Das Land, das, anders als im Norden, nicht von liebevollen Händen und Gehirnen bearbeitet wurde, ist eine dürre, staubige Einöde geworden, die von einem sonderbaren Leuchten erfüllt ist. Der hiesige Boden wird sandig, und die Vegetation nimmt borstige, hagere Formen an, wenn sie nicht schon längst ausgestorben ist. Man nennt diesen Ort die Eisenfelder und das aus gutem Grund: Er stellt einen gigantischen Friedhof für Metallgegenstände aller Art dar. Überbleibsel aus ungezählten Kriegen, Todesbringer vergangener Zeitalter und Kriegsmaschinen, deren Zweck schon vor langer Zeit vergessen wurde, liegen zerbrochen, halb vergraben und rostend in der unerbittlichen Sonne. Die Zeit lastet schwer auf diesem Ort, und man verspürt den Geruch des Todes, der über den Sandmassen schwebt wie ein Rabe, der nur auf die Chance wartet, wieder einmal zuschlagen zu können. Der Geruch wird angereichert von Maschinenöl und Kordit, von Blut und Zerfall. Man nimmt an, daß hier einmal eine riesige Schlacht stattgefunden hat, wo alle Stämme der Welt auf einem Fleck zusammenströmten, um eine endgültige Entscheidung zu erzwingen. Und danach waren auf ewig die Waffen und bleichenden Knochen in den Boden eingeätzt worden – wie eine grimmige, intolerante Elfenbeinschnitzerei. Einige behaupten, diese Schlacht auf den Eisenfeldern sei das Ende der Ersten Zeit gewesen. Andere dagegen meinen, dies sei nur die letzte eines endlosen Zyklus von Endzeitschlachten gewesen, und die Bezeichnung „Erste Zeit" sei vielleicht falsch – man sollte sie zutreffender mit „Vorangegangene Zeit" umschreiben. Aber wer will das entscheiden? Es liegen keine Beweise vor, die die Argumente einer Seite widerlegen könnten – oder *überhaupt* ein Argument in diesem Zusammenhang. Ein Beweis ist im Vorhandensein der geborstenen Maschinen gegeben, ein Beweis, der voll Kummer sagt: *Wir waren hier, und auf diese Art haben wir gekämpft, und hier sind wir gestorben.* Die Geheimnisse überlebten den Tod der Armeen, und niemand kann behaupten, er wüßte, wer diesen Ort zum Kämpfen und Sterben aufgesucht hat.

Die Frage ist philosophisch, und wie bei den Myriaden von anderen Fragen, die den menschlichen Geist plagen, gibt es einige Orte, wo sie einem eher in den Sinn kommen als anderswo. Ein solcher Ort liegt nördlich des G'rdellia-Meeres: das kleine Fürstentum Odo. Wie das Shudrapur-Dominion den Bauch der Welt vorweist, wie Nespora die Welt mit Geldbörsen versorgt und G'rdellia mit der Ästhetik, so verschafft Odo der Welt den Geist. Seine Hauptstadt Voluspa ist ein ehrwürdiger Ort. Man sagt, sie sei auf den Ruinen von sieben anderen großen Städten erbaut worden, die alle an der gleichen Stelle gestanden haben sollen. Voluspa hat ein kosmopolitisches Flair und ist mit Kirchen, Moscheen und Tempeln übersät. Ihr Horizont gleicht einem Wald aus Türmen und Minaretten, jeder von ihnen wetteifert darum, den ersten Lichtstrahl des leuchtenden Morgengrauens und den letzten der schwindenden Dämmerung einzufangen. Jede Religion, jede Sekte, jede philosophische „Schule" hat es zu den Gestaden Voluspas gezogen, und jede einzelne hat irgendwo im Labyrinth der Straßen und Alleen ihr Hauptquartier aufgeschlagen. Universitäten und Bibliotheken drängen in den antiken Gebäuden nach Raum, und die Boulevards sind überfüllt vom geschäftigen Treiben der Mönche und Priester, die Straßenecken versperrt von Propheten und Weissagern. Voluspa ist eine Stadt – nein, vielmehr ein ganzes Land –, angefüllt mit Studieren, respektvoller Diskussion, Höflichkeit und natürlich den religiösen Riten und Übungen. Die Große Bibliothek von Voluspa – sie ruht auf einem gigantischen Steinwürfel auf den Klippen und bietet einen Ausblick auf die Straße von Nsin, enthält die größte Sammlung der Welt an Originalmanuskripten, Mikrofilmen, Nachrichtenmeldungen, Reproduktionskristallen und anderen Trägermedien, Erstlingsdrucken und Pergamenten. Lehrer, Schüler und lediglich Neugierige pilgern zu der Großen Bibliothek, um die Gedanken und Geheimnisse vergangener Jahrhunderte zu ergründen. Und wiederum hatte die Ironie ihre Hand bei der Demographie und geographischen Lage der modernen Welt im Spiel: Odo, das eigentlich dem Entzücken des Geistes dient, liegt an einer Stelle, wo weniger niveauvolle Zwecke verfolgt werden. Die Stadt Voluspa überragt die Straßen von Nsin, die Mündung des Golfs von Aridard und etwas weiter nördlich die des Kirchow-Flusses. Hier verläuft *die* Haupthandelsroute des Ostens, und die Straße von Nsin ist ein wichtiger strategischer Kontrollpunkt entlang dieser Route. Aus diesem Grund hat Odo, in Verbindung mit G'rdellia, feierlich festgelegt, die Straße auf ewig für alle Schiffe und Händler frei- und offenzuhalten. Odo unterhält ein kleines, aber schlagkräftiges stehendes Heer *und* eine große Flotte aus Holzschiffen, die beide durch einen Eid an ihr Land gebunden wurden. In der Vergangenheit wurden zahllose Kriege um die Kontrolle dieser Straße ausgefochten. Heutzutage legt Odo keinen Wert darauf, erneut als lockendes Ziel zu erscheinen oder vom nächsten emporstrebenden Welt-Diktator als leuchtende und glänzende Kriegsbeute angesehen zu werden.

Es kann nicht überraschen, daß die Republik Behistar am ehesten als Brutstätte für einen solchen Diktator in Frage käme. Sie liegt genau im Westen der Eisenfelder, an den südlichen Küstenstreifen des Golfs von Aridard, und ist alles andere als eine Republik. Ohne jegliche Spur von eigener Schuld in Betracht zu ziehen, klagen Historiker und Staatsmänner diesen Staat öffentlich an. Behistar ist ein kriegerisches Land, vollgestopft mit extrem nationalistischen Automatenwesen. Die Bevölkerung ist so rigoros programmiert worden, daß alle Feinfühligkeit, Kreativität und Originalität aus ihrer Kultur hinausgetrieben wurden. Die Kultur ist so kalt und leblos wie eine Mitternacht in der Manteg Depression. Seit Generationen wird Behistar von einer Dynastie der allmächtigen „Lutens" regiert, die im allgemeinen Bewußtsein einen seltsamen, halbgottähnlichen Status einnehmen. Die Ordnung eines Gottesgnadentums bei der Thronbesetzung ist hier auf erschreckende Weise noch gültig. Vor einer Generation hat der Rest der modernen Welt gegen die Behistar-Republik mobil gemacht. Nach fürchterlichen Auseinandersetzungen, die die Mittel von *jedem* Teilnehmer stark angriffen, wurde diese niederträchtige Nation im Volksmund nur noch „Das Verbot" genannt. In Behistar gibt es einen Kodex mit rigide angewendeten Gesetzen, die alles regeln: Handeln, Warentausch und die Ausreise von Behistari in den Rest der Welt. Das Aufstellen einer Armee ist von den Siegermächten verboten worden, und die Führer des Landes werden in dieser Hinsicht genauestens beobachtet. Viele sind der Ansicht, die Behistari fänden Gefallen daran, einen Krieg zu führen, bloß um des Kriegführens willen, und ergötzten sich an den anschließenden Zerstörungen und den Leiden der Besiegten. Die Hauptstadt Landor spiegelt den traurigen Zustand des Staates wider: eine überaus schmutzige Ansammlung aus schwarzsteinigen Gebäuden. Die ausgelaugten Bewohner huschen wie Ratten durch die engen, dunklen Straßen. Sollte es ein genaues Spiegelbild von Eleusynnia geben, so könnte das nur Landor sein. Es ist als glücklicher Zufall anzusehen, das Behistar durch natürliche Grenzen vom Rest der Welt isoliert wird: im Osten die Eisenfelder, im Norden der Golf und im Westen der Samarkesh Burn, der heißeste Ort der Welt. Die Temperaturen steigen rasch auf über 60° Centa, und diesem Ort fehlt jegliche Windströmung. Die Sanddünen bewegen sich nicht, Sandkorn liegt an Sandkorn leblos da und ist seit Jahrhunderten nicht aus seiner Stellung gebracht worden, es sei denn durch die ziellosen Fußstapfen eines Tieres, das so unglücklich war, in das Gebiet des Samarkesh Burns einzudringen. Der Burn ist das grausamste Stückchen Land auf der Oberfläche der Erde: eine einfache, unangreifbare Wirklichkeit. Nur wenige Wesen leben hier, und noch weniger Wesen versuchen, den Burn zu durchqueren.

Trotzdem ist diese Wüste keine undurchdringliche Barriere. Sein Nachbar im Westen, die expansive Nation Zend Avesta, fürchtet sich kaum vor dem Samarkesh Burn. An den westlichen Grenzen des Golfs von Aridard angesiedelt, ist Zend Avesta eine starke, energiegeladene Nation von Abenteurern, Händlern, Piraten, Seeleuten, Künstlern und Erfindern. Man sagt, falls jemals die Technik sich in dieser unserer zerlumpten Welt durchsetzen sollte, werde sie ihren Siegeszug von Zend Avesta aus beginnen. Und es gibt einige unter uns, die behaupten, die Wiedergeburt der Technik habe bereits begonnen: Geschichten um Artefakte aus der Ersten Zeit, die ausgegraben oder rekonstruiert wurden, verbreiten sich am ganzen Golf – und stets ist ihr Ursprung in diesem wunderbaren Land angesiedelt. Traktoren, die mit Methangas aus Tierkot angetrieben werden, Windmühlen, die mit Teflon-Triebwerken laufen, Elektrogeneratoren und ein Rundfunksystem im Experimentierstadium. Das war nur eine kurze Zusammenstellung der wunderbaren Dinge, von denen die Menschen in Zend Avesta träumen. Obwohl alle Städte des Landes – Nostand, Borat, Ques'Ryad und Maaradin – aufregend und pulsierend lebendig sind, findet man doch kein gleichwertiges Wunder zu Ques'Ryad: Alabaster-Türme, strahlende Seen und Kirchtürme, Höfe und Baumhecken, großzügig angelegte Boulevards, beflaggt mit den Fahnen von einhunderttausend Familien, Stämmen und Gesellschaften. Es ist eine Stadt der Bewegung und des Lebens. An den Ständen der Händler werden alle Sprachen der Welt gesprochen. Die riesigen Kais, die zum Sonnenlosen Meer geöffnet sind, bieten Schiffen aus aller Herren Länder Schutz. Große Holzschiffe, deren feste Masten in der untergehenden Sonne ein Wirrwarr darstellen, legen bei Ques'Ryad an, wie Motten von einem gefährlichen Licht angezogen werden. Die Stadt ist der größte Hafen am Golf und ein Anziehungspunkt für Händler und Piraten, für Bettler und Könige. Und sie ist der Startplatz für Archäologen, Entdecker, Lieferanten und Abenteurer. Falls die Welt noch über Romantik und klassische Abenteuer verfügt, dann ist das hier in Ques'Ryad.

So mag der geneigte Leser etwas von den Grenzen dieser Welt erfaßt haben. Sicher keine überwältigende Menge unterschiedlicher Kulturen, aber genug, um einen normalen Menschen zu verwirren und zu veranlassen, sich in acht zu nehmen. Denn solange es Unterschiede gibt, solange die Menschen noch atmen können, solange wird es auf der Welt die Vorsicht geben. Während ich dies niederschreibe, kommt mir ein weiterer Ort in den Sinn, der nicht unerwähnt bleiben darf. Der Ort liegt so isoliert, daß man ihn leicht ignorieren oder vergessen kann: die Insel Gnarra – eigentlich eher eine kleine Inselgruppe, die Überbleibsel eines Vulkanausbruchs. Gnarra liegt südöstlich vom Zentrum des Golfs von Aridard. Beherrscht wird die Insel von einer uralten Monarchie, bei der Genveränderungen, die Bluterkrankheit und der angeborene Schwachsinn grassieren. Die Bevölkerung des Inselstaates hat sich ganz der Lebensart ihrer Großväter ergeben. Sie werden Fischer, Zimmermann, Schäfer und Bauer, aber ansonsten kaum etwas. Die Insel verbleibt im Kielwasser der großen Weltgeschichte und wird fast immer von allen Mächten übersehen. Trotzdem ist Gnarra die Heimat einiger alter Religionen, die momentan nicht beliebt sind oder nicht der vorherrschenden metaphysischen Moderichtung entsprechen oder was auch immer. Und einige wetterfeste Seeleute und andere wachsame Reisende behaupten, die Insel Gnarra sei immer noch der Sitz von okkulten Phänomenen. Obwohl gerüchteweise hier die Heimstatt von Zauberern, Magiern, Geisterbeschwörern und ähnlichem Volk sein soll, finden sich nur wenige Beweise für ihre Tätigkeit in der Welt – sieht man einmal von der Vorstellungskraft einiger überspannter Persönlichkeiten ab.

Um zu einem Schluß zu finden: Die Welt ist gleichzeitig klein und groß. Die verschiedensten Kulturen und Religionen drängeln sich Wange an Wange entlang der Küste der einzigen bekannten befahrbaren Wasserstraße auf diesem Planeten. Was jenseits der bescheidenen

22

Grenzen dieser Orte liegt, weiß kein Mensch. Möglicherweise ist die Welt immer ein Hort der Dunkelheit und Angst gewesen, nur gelegentlich und weit verstreut von einer Fackel erhellt. Doch der Berichterstatter, der „Historiker", wenn ich mir selbst diesen Titel anlegen darf, will daran nicht glauben.

Nein, ich fühle, daß in jedem Mythos ein Körnchen Wahrheit steckt und in jeder Tatsache ein Körnchen Lüge. Und dazwischen kann alles mögliche stecken. Wir können nicht wissen, was uns noch bevorsteht, und wir können uns weigern, jenes, was bereits stattgefunden hat, wahrzunehmen. Aber ich bin davon überzeugt, daß in den vergrabenen Steinen Lehren für uns liegen, in den bleichen Knochen Warnungen, Testamente in den verrosteten Maschinenhaufen, in den schwarzen Skeletten der Flugzeuge, die unbedeckt von Wind und Sandmassen dastehen, oder in den zerschmolzenen und verborgenen Hüllen der grauen Schiffe, die die Ozeane hin und wieder an unsere Küsten werfen.

Wir können unserer Herkunft nicht den Rücken zukehren – wie immer sie auch gewesen sein mag. Falls es Geheimnisse gibt, müssen wir sie, da wir Menschen sind, auch lösen.

Ein kurzer Kommentar
zum Zustand der Welt
(aus dem Handbuch des
Granter von Elahim)

Eins

Zuerst schien es für Varian Hamer kein besonderer Tag zu werden. Aber da irrte er sich.

Während er auf dem Deck der *Courtesan* stand, beobachtete Varian die letzten Widerspiegelungen der aufgehenden Sonne und wie sich die smaragdgrüne Oberfläche des Aridard-Golfs teilte. Die Brise trug einen leichten Salzgeruch mit sich, und die Geräusche von den großen Docks Mentors schwollen in Varian an wie ein gemeinsames Summen von riesigen Insekten, als dort mit der Arbeit begonnen wurde.

„Nun mal los, ihr Pfeifen! Hoffentlich pumpen die Arme bald! Packen wir's an!" Der erste Maat stolzierte im Fo'csle-Schritt herum, starrte seine Männer an und trainierte seine Stimme für einen langen Morgen.

Varian sprang auf der Steuerbordseite an den Webeleinen hoch und erreichte das erste Segel am Besanmast. Während er es losband, wanderte sein Blick über die Landeplätze, wo andere große Golfschiffe sich anschickten, den Anker zu lichten. Wie schon bei seinem Vater war auch für Varian die Seefahrt der einzige Beruf, den er kannte, obwohl er sich wünschte, auch in anderen Berufen erfahren zu sein. Seine Reisen hatten ihn um die ganze Welt geführt. Varian kannte die Straßen und Alleen aller größeren Häfen: Elalium, Vaisya, Talthek, Voluspa, Nostand, Ques'Ryad, sogar Eleusyannia und Landor. Er war neugierig und aufgeschlossen und schien niemals genug von dem Ort erfahren zu können, den er gerade besuchte. Stets fragte sich Varian, was hinter dem Horizont der Golfstätte liegen mochte. Ganz sicher bestand die Welt aus mehr als nur den paar Dutzend Häfen, die sich an die Küsten des Golfs von Aridard drängten.

Varian Hamer war fast zwei Ems hoch – für die Menschen dieser Zeit eine beachtliche Größe. Sein dunkles Haar trug er lang, es wallte lockig bis auf die Schultern hinunter. Er war nicht wie ein Supermann mit Muskeln bepackt, aber auch nicht mager. Varians dunkle Augen funkelten, obwohl sie zu der dunkelgebräunten Haut – dem Kennzeichen eines jeden Golfschiffers – keinen Kontrast mehr bildeten. Er war im traditionellen Braun und Weiß des Handelsseefahrers gekleidet, wobei das Gewand von einem dicken Gürtel zusammengehalten wurde. An der linken Hüfte trug er ein Kurzschwert. Varian verfügte über große Erfahrung beim Umgang mit Waffen; denn er hatte im Alter von knapp fünfzehn Jahren das Glück gehabt, auf der berühmten *Nachtschatten* zu segeln, mit der auch ein vielgerühmter Waffenmeister gefahren war. Die *Nachtschatten* war das schnellste und größte Handelsschiff auf dem Golf gewesen; ihr phantastischer schwarzgoldener Rumpf war in der ganzen Welt als Schönheit und Wunder bekannt gewesen. Fast zwei Generationen lang segelte sie auf dem Golf, und kein Schicksalsschlag, kein Sturm und keine Räuber von Behistar hatten ihr etwas anhaben können. Bis sie eines Tages von einem Bürokraten aus Borat gekauft worden war. Die *Nachtschatten* wurde mit einer neuen Mannschaft und genug Verpflegung versehen, um die Wassermarke unter die Meeresoberfläche zu drücken. Und sie wurde zu einer Entdeckungsreise ausgeschickt: zu einem Versuch, das Sonnenlose Meer zu überqueren.

Das war das letzte gewesen, was man von dem stolzen und schönen Schiff gesehen hatte.

Varian war auf Grund seiner Jugend und Unerfahrenheit nicht mitgesegelt, aber er fragte sich oft, was aus der Mannschaft geworden war. Einer der Männer war Reg Furioso gewesen, der vielgerühmte Waffenmeister aus Sanda. Als Varian ihn auf der *Nachtschatten* kennengelernt hatte, war er bereits ein alter Mann. Ein Mann, der genauso hart und unerbittlich agierte wie seine gewaltige Ausstattung an Klingen und Pistolen. Während der vielen Flauten bei den Seereisen durch den Aridard-Golf unterrichtete Furioso den jungen Varian im Gebrauch und in der Kampftechnik von Pike, Breitschwert, Kurzschwert, Säbel, Pistole und Gewehr. Zu jeder Zeit betonte er die Vorherrschaft des *Geistes* über das Fleisch, denn Furioso hatte sein tödliches Handwerk von den antiken Meistern aus Odo gelernt, dem Sitz der philosophischen Weisheit in der modernen Welt.

Ab jenem Zeitpunkt eignete sich Varian eine Mischung aus Religion, Riten und Philosophien an – alle strebten zur Meisterschaft im Töten und Verstümmeln, aber sie enthielten auch wunderbare Abschweifungen, die einen faszinierenden Weg eröffneten, die Welt zu erschließen und zu sehen. Und so war Varian mit seinen dreißig

Jahren ein Experte in allem geworden, was mit gewaltsamem Töten zusammenhing. Im wahrsten Sinn des Wortes gab es tausend Wege, einen Menschen zu töten, und Varian kannte sie fast alle. Solchen Menschen eilt ihr Ruf spektakulär voraus. Und auf Varian kam eine Periode zu, in der er beweisen mußte, ob sein Ruf etwas wert war.

Und Varian stellte sich.

Jetzt war auch Varians selbstaufreibende Ausbildung beendet. Sein Motto hätte sein können: „Mich zwingt keiner nieder!" Und das entsprach wirklich der Wahrheit.

„Du da!" Eine Stimme schien Varian wie ein Pfeil zu durchbohren. „Komm da runter!"

Die Stimme des Ersten Maat hatte ihn aus seinen Erinnerungen gerissen. Er war ein hagerer, sehniger Bursche mit öligem Haar, der direkt unter ihm stand.

Varian hangelte sich rasch hinunter und landete direkt vor den Füßen des Mannes. „Ja, Sir?"

„Du bist Hamer, einer von den neuen Männern?"

„Das stimmt. Ist irgend etwas nicht in Ordnung, Sir?"

„Ich stelle hier die Fragen, falls du nichts dagegen hast." Der Erste Maat beäugte ihn mit einem Blick, der weder freundlich noch bösartig war, eher so wie jemand, der Waren begutachtet.

„Verzeihung, Sir."

„Der Kapitän hat von keinem von euch Neuen vollständige Papiere. Und ich möchte einige Sachen klargestellt haben – denn ich bevorzuge es, die Mannschaft zu kennen, wenn du weißt, was ich damit meine." Der Erste Maat grinste beinahe, dann schien er das jedoch zu überdenken.

„Sicher, Sir."

„Gut also: letztes Schiff?"

„Die *Drachenflug* aus Asir."

Der Gesichtsausdruck des Ersten Maat wechselte von einem kurzen Aufzucken der Überraschung über Neugierde bis zu mißgünstiger Bewunderung. „Ein schweres Unglück, wie ich hörte. Wie viele Männer sind dabei umgekommen?"

„Alle bis auf zehn. Die Mannschaft bestand aus vierundachtzig Mann. Ein Sturm entstand aus dem Nichts und brach über uns herein, als wir gerade die Straße von Nsin verließen, und das Schiff zerschellte an den Klippen."

„Ja, das habe ich auch gehört. Wie hast *du* es denn geschafft?"

„Vermutlich nur durch Glück, Sir. Und durch ausdauerndes Schwimmen." Varian riskierte ein Lächeln und hoffte, es wirkte nicht zu affig.

„Irgendwelche besonderen Fähigkeiten, von denen ich wissen sollte?"

Varian dachte über die Frage nach. Besser war es, nicht von seinen Erfahrungen und Fähigkeiten im Kampf zu reden. Man verschaffte sich damit nur Ärger, wurde eine solche Äußerung doch allzuoft als Prahlerei mißverstanden. Varian hielt sich also zurück und bemerkte lediglich, er sei ein Amateur-Astronom und hätte einige grundlegende navigatorische Kenntnisse.

„Das könnte sich als nützlich erweisen. Gut, gut. Behalte die Waffen bei dir, und sei auf der Hut. Es laufen Gerüchte um neue Banden aus Hestall um. Wir sind stark genug, um mit denen fertig zu werden, aber paß trotzdem auf, klar?"

„Jawohl, Sir."

„Wir arbeiten in Standardschichten. Du erhältst deine Befehle nur von mir oder dem Kapitän und niemand anderem, solange wir nicht einen Wachoffizier bestimmen. Verstanden?"

„Jawohl, Sir."

„In Ordnung, Hamer. Und vergiß nicht: Du unterstehst ab jetzt der Regierung von Nespora. Das ist ein anständiger und fairer Staat, und seine Seeleute sollten diesem Bild entsprechen. Wir behandeln unsere Mannschaft auf der *Courtesan* gut . . . jedenfalls solange sie es verdient hat. Hast du mich verstanden, Hamer?"

„Jawohl, Sir." Varian bemerkte selbst, daß er sich sehr affirmativ anhörte, aber er verfügte über eine lange Erfahrung im Umgang mit autoritären Typen wie zum Beispiel dem Ersten Maat. Männer wie er besaßen eine präzise, streng geordnete und vereinfachte Sicht davon, wie die Welt auszusehen hatte. Ihre Wahrnehmung von der Welt war oberflächlich und ließ ein Gespür für die *Komplexität* der Verhältnisse vermissen. Der alte Furioso hatte eine einfache Methode, solchen Personen zu begegnen: Sprich offen und direkt mit ihnen, keine großen Worte und keine größeren Diskussionen. Gehorche ihnen so lange, wie ihre Befehle vernünftig sind. Aber sobald sie dir im Wege stehen, schaffe sie nachhaltig beiseite.

Der Erste Maat hatte genickt und war bereits weiter auf dem Deck unterwegs, um andere neue Gesichter zu finden. Dort würde er seine Vorstellung wahrscheinlich wiederholen und unmißverständlich darauf hinweisen, welcher Rang ihm in der Hackordnung des Schiffes zukam. Varian maß dem nicht allzu große Bedeutung bei. Er kannte seinen Job und verrichtete seine Arbeit zur Zufriedenheit. Also, keine Probleme zu erwarten.

Die *Courtesan* sollte aus Mentor heraus nach Eleusynnia segeln, dort ausladen und eine neue Ladung aufnehmen und dann weiter östlich Kurs auf Ques'Ryad nehmen, um erneut die Fracht auszuwechseln. Schließlich stand noch ein kurzer Aufenthalt in Elahim an, bevor es zum Heimathafen zurückging. Diese Fahrtroute war nichts Ungewöhnliches und wurde im allgemeinen die „Goldene Rundreise" genannt, weil sie an den reichsten Städten des Golfs und der Welt Station machte und weil nur die besten Schiffe für diese Route ausgesucht wurden.

Im Verlauf des Morgens wurde das Schiff reisefertig und zum Auslaufen bereitgemacht. Zu dieser Zeit waren die Docks von Mentor durch die Unzahl an Farben und das Gewimmel der Bewegungen zu einem bunten Wirbel geworden – und dafür war die „Juwelen-Stadt" berühmt. Krämer und Handelsherren, Bettler und Könige liefen nebeneinander auf den Avenuen und Kais, die zu den Gangways der Schiffe führten. Banner knatterten in der Meeresbrise und zeigten so auch auf größere Entfernungen die Standorte der einzelnen Buden und Stände an. Die Wappen und Farben von ungezählten königlichen Häusern wetteiferten miteinander um Aufmerksamkeit und Ehrung. Der Duft von geröstetem Fleisch, gebackenen Nüssen und Pasteten stieg auf und vermischte sich mit dem Hafengeruch von frisch gefangenen Fischen, die jetzt in Kupfer- und Eisenkesseln kochten.

Aus der choreographischen Verwirrung, die sich gemeinhin die Docks von Mentor nannte, trat eine gekrümmte Gestalt, merkwürdig bekleidet in der braunen Seidenrobe eines Mönchs, komplett mit Kapuze und einem Strick als Gürtel um den Bauch. Er fiel Varian vor allem durch seine Farblosigkeit in dieser künstlerischen Palette aus Geräusch und Bewegung auf. Da Varian bereits seine Arbeit erledigt hatte, lehnte er sich an den Steuerbord-Schandeckel und beobachtete die verhüllte Gestalt, wie sie sich mühsam durch die Menge kämpfte. Gelegentlich blickte das Gesicht der Gestalt in die Sonne. Varian konnte sehen, daß es sich um einen alten Mann mit Bart und grauen Haaren handelte. Der Alte starrte wie jemand in das Menschentreiben, der einen Bekannten sucht, diesen aber nicht entdecken kann.

Etwas Seltsames ging von dem Mann aus, etwas, was nicht hierher gehörte, was Varian sich nicht erklären konnte. Daß er ihm überhaupt aufgefallen war, dieser gebückte Bettler, in dem zusammengeschmolzenen, dickflüssigen Gedränge aus Farben und Aufregung, war an sich schon merkwürdig genug. Irgendwie schwerfällig und doch entschlossen lief der Mann zwischen den Verkaufsbuden und Gangways herum – eine Gangart, die auf ein hohes Alter hinwies, ein höheres Alter, als jeder sich erträumte, so als trage dieser Mann das Gewicht von Jahrhunderten auf seinen gebogenen Schultern. Und in seinen Augen stand ein bestimmter Schimmer, der auch von vergangenen Epochen kündete, als hätten viele Generationen sich wie Pergamentrollen vor diesen einsamen, fast verzweifelten Augen ausgebreitet.

Dann geschah etwas, das Varians Puls höher schlagen und ihn tiefer einatmen ließ. Die Menge wogte und brandete an den Gangways vorbei. Der alte Mann war nur ein unbedeutendes Element, das sich im Strom bewegte. Aber ganz plötzlich schossen seine Augen zur *Courtesan* hoch, Varian direkt ins Gesicht.

Alles schien so, als hätte der alte Mann *gewußt,* daß dieser Seemann ihn angestarrt und beobachtet hatte.

Sobald diese Verbindung einmal hergestellt war, schien keine Seite sie brechen zu können. Varian glaubte zu erkennen, die Gestalt nickte ihm unauffällig zu. Dann schnitt der Alte quer in den Strom der Menge ein und lief direkt auf die Gangway der *Courtesan* zu.

Was habe ich getan, dachte Varian. Ein alter Bettler ist auf mich aufmerksam geworden, und jetzt wird er mich persönlich belästigen. Das war unwürdig, eine Beleidigung seiner Stellung und seines Rangs. Er durfte nicht zulassen, daß seine Kameraden ihn in einer solchen Situation entdeckten.

Varian drehte sich um, starrte ängstlich über das Deck und hoffte, daß er von niemandem bemerkt wurde.

„Du wirst mir jetzt zuhören", sagte eine Stimme.

Varian verkrampfte sich, als eine Hand seine Schulter berührte. Er wirbelte abwehrbereit herum und war schockiert, den alten Mann neben sich zu sehen.

„Wie . . .?"

„Ich bin nicht ganz so hilflos, wie es den Anschein hat." Aus der Nähe betrachtet, schien das Gesicht des Alten zeitlos zu sein – nicht jung und auch nicht alt, sondern einfach menschlich. Die Augen zeigten ein kaltes Blau, aber sie spiegelten auch Weisheit und einen nicht geringen Schmerz wider.

„Was willst du von mir?" Varian trat einen Schritt zurück und beobachtete scharf aus den Augenwinkeln, ob der Alte nach einer verborgenen Waffe greifen würde.

„Ich will nur mit dir reden. Das ist mein ... mein Schicksal: mit Leuten zu reden."

„Dein Schicksal? Wovon redest du überhaupt? Was willst du von mir?" Varian hatte kein Vertrauen zu dem Mann.

„Ich heiße Kartaphilos. Hast du schon von mir gehört?"

Der Name sagte Varian gar nichts, und er schüttelte den Kopf.

Der Mann lachte leicht und nickte dabei. „Es ist immer dasselbe. *Niemand* kennt den Namen. Aber das macht nichts. Ich habe eine Geschichte zu erzählen."

„Hör mal, alter Mann, das mag ja sein, aber ich habe hier zu arbeiten, und du hältst mich dabei auf. Ich wäre kein Seemann der Handelsmarine, wenn ich die Zeit hätte, herumzusitzen und mir von jedem alten Trottel dessen Geschichte anzuhören. Also ..."

Eine Hand griff nach Varians Arm, direkt unter dem Bizeps. Es war eine junge, starke Hand. Varian spürte die Kraft und den Druck auf seinem Arm und fühlte die *zurückgehaltene* Kraft, die leicht den Arm bis auf den Knochen zerquetschen könnte. „Doch, du wirst mir zuhören, Varian Hamer." Die Augen des Alten standen kurz vor dem Glühen.

„Woher kennst du mich?"

„Ich kenne alle Leute, denen ich meine Geschichte erzählen will. Ich bin kein dummer Bettler, und ich habe dich beobachtet. Du bist ein findiger Mann und eine geachtete Persönlichkeit. Dein Name wird voller Bewunderung in den Bars und Tavernen rund um die Docks von Mentor ausgesprochen. Du bist einer der wenigen Überlebenden der *Drachenflug*. Sie sank in weniger als einer Minute. Du weißt, daß du etwas Besonderes bist."

Ein Apell an Varians Ego war niemals ein Fehler. „Das kann schon sein", sagte er. „Also, was hast du mir zu erzählen?"

Kartaphilos lächelte. „Ich dachte mir schon, daß Schmeicheleien bei dir gut ankommen würden. Man sagte mir, diese Sprache verstehe jeder."

„Du bist ein komischer Kauz, aber nicht *wahnsinnig* komisch. Also strapaziere nicht meine Geduld, alter Mann." Varian bemühte sich, grob zu klingen, aber er wußte, daß er Kartaphilos nichts vormachen konnte. Der alte Mann strahlte einen unentrinnbaren Einfluß auf ihn aus.

„Sehr gut, Hamer. Ich werde dir etwas erzählen, von dem ich genau weiß, daß es deine Neugierde anstacheln wird. Ich weiß auch, daß du sehr an der Welt interessiert bist und da besonders an ihren vielen Geheimnissen. Du gibst dich nicht mit den Krumen des Lebens ab, die die Golfstädte dir anbieten. Du suchst nach mehr. Du . . ."

„Wie kannst du so etwas wissen?"

Kartaphilos lächelte. „Sagen wir doch einfach, ich *weiß* es eben. Andernfalls würde die Geschichte noch länger. Und du hast gesagt, du hättest nicht viel Zeit. Laß mich dich also fragen: Hast du schon einmal etwas von den Riken gehört?"

Varian hielt den Atem an und war versucht, nein zu sagen. Aber er bemühte sich, den Namen aus dem Gedächtnis zu rufen. Entstammte er der Geschichte eines alten Seebären oder einem Shanty? Varian war sich nicht sicher. Ein Schiffsname? Nein. Der Name eines Herrschers? Vielleicht.

„Ich habe den Namen schon gehört, da bin ich mir ganz sicher. Aber ich kann ihn nirgendwo einordnen."

Kartaphilos nickte. „Das überrascht mich nicht, ganz und gar nicht. Der Name stammt aus der Ersten Zeit."

„Die Erste Zeit? Bist du dir da sicher?" Etwas Magisches, Geheimnisvolles, eine fast wesenhafte Attraktivität umgab das Antike. Etwas Dunkles brachte Varians Blut in Wallung.

Wieder nickte Kartaphilos. „Ziemlich sicher. Zumindest, was die Riken angeht. Sie waren ein Volk aus der Ersten Zeit, dem man nachsagt, es sei die genialste Nation gewesen, die je auf dieser Welt gelebt hat. Sie besaßen kein großes Reich, aber dessen Bürger waren fanatisch darauf bedacht, den Wohlstand ihres Landes zu mehren. Bist du sicher, daß du noch nie etwas von ihnen gehört hast?"

Varian schüttelte den Kopf. „Nein, ich glaube, ich habe . . . zumindest nicht viel. Eine Menge überdrehtes Gewäsch, ein paar dumme Geschichten. Man stellt sie sich als Rasse von Monstren vor . . ."

Kartaphilos lachte. „In einer gewissen Weise, ja. Die Riken waren Monster, gut, aber anders, als man sich das vorstellt. Keine Basilisken oder Chimären, sondern normale Menschen. Menschen, die den Blick dafür verloren hatten, was sie wirklich wollten. Es scheint so, als hätte sich die Riken-Nation zu einem wahren Geschenk für die Naturwissenschaften entwickelt. Der Welt beste Mathematiker, Metallurgen, Chemiker und Physiker erhielten in Riken ihre Ausbildung. Das waren Menschen mit ungeheurem Wissen und noch größerer Erfindungsgabe. Unermüdlich stellten die Naturwissenschaftler ihrer Regierung neue Wunder vor, Möglichkeiten, mit denen sich *alles* besser machen ließ . . . Diese Menschen waren wie Magier, doch noch geheimnisumwitterter als die Zauberer von Atagoras und mächtiger als ein odonianischer Hexer."

„Hatten sie die Macht des Vogels?" Varian rieb nachdenklich sein Kinn – zugegeben, die Geschichte hatte ihn gepackt.

„Du meinst das *Fliegen?*" Kartaphilos lachte. „Alle Leute aus der Ersten Zeit konnten fliegen! In großen Maschinen. Hast du nie eines der Wracks gesehen?"

„Wracks? Nein, ich habe wohl Geschichten gehört, aber noch nie eines gesehen."

„Sie liegen für dich zu weit im Inland. In der Manteg Depression. Einige phantastische Wracks liegen dort. Geschützt vom Klima, sehen sie so aus, als seien sie erst gestern ausgebrannt."

„Oh, wie gerne würde ich eines sehen", sagte Varian verträumt.

„Das glaube ich dir gern. Vielleicht wirst du das auch, nachdem du meine Geschichte gehört hast. Nun denn, höre gut zu. Die Führer von Riken beschlossen, das Wissen der Wissenschaftler zum bestmöglichen Nutzen einzusetzen: der Beherrschung anderer natürlich. Die Ausdehnung auf das Territorium benachbarter Staaten war der erste Schritt, dann wurde die ganze Hemisphäre angegriffen und schließlich die ganze Welt. Jahre vergingen, während die Kriegsmaschinen und Armeen der Riken sich über die Erde ausbreiteten. Gerüchte entstanden über die Grausamkeiten und Massaker, die im Namen der rikenischen Sache begangen worden waren, und die meisten Gerüchte bewahrheiteten sich. Ganze Städte wurden von der Hitze einer einzigen Waffen ausgelöscht. Millionen Bürger verkohlten in einem Augenblick. Und das war noch ein gnädiger Tod. Die Maschinenkolonnen der Riken und ihre Armeen schnitten wie ein Kurzschwert durch die Städte, eliminierten methodisch *jedermann* und benutzten die Überbleibsel, um die Kernbottiche zu versorgen, die Landwirtschaftschemie und die Nahrungsmittelersatzfabriken..."

„Was sind Kernbottiche?"

„Ein Verfahren zur Herstellung von lebendem Gewebe. Ein Zweig der Biologie benutzte diese Bottiche zu Zwecken, von denen ich bezweifle, daß du sie verstehen würdest." Kein Lächeln zeigte sich auf Kartaphilos Zügen.

„Woher weißt du von solchen Sachen?"

„Ich bin ein alter Mann, und ich bin viel herumgekommen. Ich höre zu, ich beobachte. Und ich halte den Mund."

„Im Moment läßt du das Mundwerk aber ganz schön laufen."

„Ich kann ja aufhören, wenn dir das lieber ist", erwiderte Kartaphilos lächelnd.

„Das traust du dich ja doch nicht."

„Nein, das getraue ich mich nicht. Also, wo bin ich stehengeblieben? Ja, die methodische Vernichtung gegnerischer Völkerschaften... es war eine ganz furchtbare Sache, die bislang unerreicht in der Geschichte der Menschheit dasteht. Es gab nur eine Nation auf der Welt, die unter Umständen das Schlachten der Riken hätte beenden können – die Republik Genon."

„Wo liegt denn Genon? Ich habe noch nie..."

Der alte Mann machte eine Handbewegung und schnitt damit Varians Satz ab. „Sie existiert heute nicht mehr. Die Jahrhunderte haben sie mit ihrem Sand zugedeckt. Noch nicht einmal *ich* weiß, wie lange das schon her ist oder wo Genon genau gelegen hat."

„Wie lange das her ist, weißt du nicht? Wie lange hat der Krieg denn gedauert?" Varian lehnte sich an den Schankasten zurück, griff geistesabwesend nach Pfeife und Tabaksbeutel und begann, etwas Tabak in den Pfeifenkopf zu stopfen.

„Wie lange brauchte es, um das Schlackenland zu machen? Oder die Eisenfelder? Ich weiß es nicht, wirklich nicht. Niemand weiß, wann die Erste Zeit ihr Ende fand oder gar *wie*. Wir können nur über die zerbrochenen, verborgenen Stücke der Vergangenheit stolpern..."

„Aber was geschah dann? Weißt du das? Genon und Riken?" Varian rieb ein Streichholz über das verwitterte Holz. Das Streichholz zündete, und bald hing eine blaue Wolke über Kopf und Pfeife von Varian.

34

„Genon ist eine friedliebende Republik gewesen. Kein Imperialismus, freier Handel, eine blühende Technik. Zwar gab es die übliche Korruption in den Behörden, aber ansonsten lebte dort eine im wesentlichen glückliche Bevölkerung mit nur geringen Sorgen. Natürlich hatte Genon wenig Interesse daran, sich in die ersten territorialen Geplänkel Rikens einzumischen. Aber sobald die ersten thermonuklearen Bomben gefallen waren, blieb Genon keine andere Wahl. Die beiden Nationen senkten ihre Geweihe wie Hirsche in der Brunft. Verteidigungsanlagen und Gegenverteidigungsanlagen ließen die Auseinandersetzungen ungezählte Jahre ergebnislos verlaufen. Genon führte schließlich die Maßnahme ein, jede menschliche Siedlung, jedes Dorf und jede Stadt mit einem *Wächter* zu versehen. Ein riesiger Zentralcomputer mit Robotbediensteten, die gewöhnlich menschenähnlich waren und sich unter die Bürger mischten. Die Roboter machten den Computer beweglich, der mit dem Wohlergehen der Menschen beauftragt war. Die Wächtermaschinen waren mit den besten Verteidigungssystemen der Welt ausgerüstet. Und sie waren recht erfolgreich in ihrem Bemühen, die hilflosen Bürger vor den Grausamkeiten der Riken-Armeen zu schützen. Diese letzte Taktik brach den Riken schließlich das Rückgrat und zwang sie, von ihren expansiven Manövern abzulassen und sich den Genonesen zum ultimaten Ragnarök zu stellen."

„Ragnarök?"

Kartaphilos zuckte die Achseln. „Weißt du, äh...‚die letzte Schlacht'... das ‚Armageddon', das man in den Legenden findet. Es scheint so, als sei die Menschheit dazu bestimmt, solche Endschlachten wieder und wieder auszufechten."

„Ja, ich nehme an, da hast du recht. Dann fahre mal fort..."

„Es gibt nicht mehr viel zu erzählen. Die Genonesen siegten, aber um einen entsetzlichen Preis – das wahrscheinliche Ende der Herrschaft der Ersten Zeit über die Welt. Seither ist es ständig abwärtsgegangen. Ein Pyrrhus-Sieg, wie man so etwas nennt."

„Was heißt das denn schon wieder?"

„Schlag es in deinem Geschichtsbuch nach. Warst du schon einmal in Voluspa? Ja, natürlich warst du das. Dort steht eine Bibliothek. Geh doch mal lieber dort hinein statt in ein Bordell. Du könntest dort etwas lernen."

„Sehr witzig, alter Mann. Ich sollte..."

„Du solltest nur zuhören und einem alten Mann seine Bemühungen nachsehen, witzig wirken zu wollen. Das, worauf es bei all dem ankommt, was ich berichtet habe, ist schnell erzählt. Hör gut zu. Auf der Welt existiert immer noch ein letztes funktionierendes Relikt aus der Ersten Zeit, aus dem letzten Krieg."

„Was?!"

„Ein Wächter, der immer noch seiner Aufgabe nachkommt. Und er wartet." Kartaphilos nickte und sah dann in Varians blaue Augen.

„Aber das ist unmöglich! Warum ist er nie entdeckt worden? Und wo würde man ihn vermutlich finden?"

„Wenn etwas existiert, kann es nicht unmöglich sein. Und wer weiß schon wirklich, was sich an solchen Orten wie dem Schwarzen Loch, der Manteg oder gar den Eisenfeldern wirklich befindet?"

„*Kennst* du denn seinen Standort?" Varians Pfeife war ausgegangen. Hart klopfte er die verbrannte Glut aus dem Pfeifenkopf, ohne dabei den Blick von Kartaphilos zu wenden.

„Ich *kannte* ihn. Zu einer Zeit wußte ich mehr von dieser Sache, als ich dir jetzt erzählen konnte. Meine . . . meine Mission lautete, die Zitadelle zu verlassen und Hilfe zu bringen. Ich sollte nicht eher zurückkehren, bis ich Unterstützung brächte."

„Wovon redest du eigentlich?" Varians Herz hämmerte wild, und er fühlte, wie seine Brust sich zusammenzog. Er konnte sich keinen guten Grund vorstellen, warum er diesem alten Mann Glauben schenken sollte. Und trotzdem *glaubte* er daran. „Was ist die ‚Zitadelle‘?"

„Der Standort des Wächters. Begreifst du noch immer nicht? Der Wächter hat mich zum Herbeiholen von Unterstützung *ausgeschickt*. Ich . . . ich habe versagt. Da standen eine Maschinenkolonne und Entsatztruppen der Riken. Sie haben mich vom Himmel geschossen, sind mir auf die Spur gekommen. Und ich mußte meinen Grips und meine wenigen Verteidigungssysteme einsetzen, um zu entkommen und mich zu heilen. Aber danach stellte ich fest, daß etwas nicht mehr stimmte. Amnesie nennt man das, glaube ich. Ein Schaden am Erinnerungsvermögen. Ich konnte mich nicht mehr an alles *erinnern!* Für eine Zeit konnte ich mich an nichts mehr erinnern, dann fielen die Stücke wie bei einem Puzzle wieder an ihren Platz zurück, aber leider nicht alle. Ich wußte nicht, wohin ich gehen sollte, um Unterstützung zu finden, und ich wußte nicht, wohin ich zurückkehren sollte . . ."

Varian beobachtete das Gesicht des alten Mannes genau. Die Züge waren verhärmt, zerfurcht von Alter, Angst und Traurigkeit. Er sagte die Wahrheit, dieser Kartaphilos.

„Ich glaube dir", sagte Varian. „Aber warum erzählst du das gerade mir?"

„Die Zeit verstreicht, und ich kann mich noch immer nicht an mehr erinnern. Ich bin zu der Erkenntnis gekommen, daß ich alleine nie mehr zum Wächter zurückfinden kann. Statt dessen durchwandere ich die Nationen und suche nach Menschen, die gewitzt genug, wißbegierig genug und stark genug sind, die Suche aufzunehmen."

„Du meinst, ich bin nicht der einzige, dem du das erzählt hast?"

„Sei nicht beleidigt, aber das habe ich nicht – Hunderte waren es, glaube ich. Es hätten auch andere Möglichkeiten bestanden: Ich hätte mich als Prophet oder eine ähnliche Figur von Odo ausgeben, jahrelang eine Schar von Jüngern um mich scharen, einiges religiöses Beiwerk um die Fakten flechten können, ein bißchen Magie, ein paar Legenden. Und so hätte ich ... einen Kreuzzug ins Leben gerufen. Tausende von Pilgern und Gläubigen hätten das Land auf der Suche nach dem Verlorenen Gott durchstreift oder ähnlichen Blödsinn betrieben. Aber ich glaube, das ist es nicht, was der Wächter im Sinn hatte, als er mich nach Verstärkung ausschickte ..." Kartaphilos lächelte dünn.

„Aber das muß doch schon sehr *lange* her sein! Du kannst nicht der sein, der du vorgibst zu sein. Du kannst nicht so alt sein!"

„Das bin ich aber."

„Der Krieg ist vorbei. Alle sind tot, schon *lange* tot! Auch der Wächter müßte schon lange ..."

„Nein!" Kartaphilos stieß das Wort mit solcher Macht aus, daß Varian erschrocken schwieg, als habe er etwas Blasphemisches ausgesprochen. „Nein, er lebt! Ich *weiß* es! Ich fühle es!"

Varian lächelte. Die Geschichte hatte sehr überzeugend geklungen. Der alte Mann hatte durchaus ein schauspielerisches Talent voller Details und Nuancen und Gesten. Und er hatte nur so viele Informationen preisgegeben, daß der Appetit der Neugierde erwachen konnte, damit die eigene Vorstellungskraft die Möglichkeit hatte, die Lücken mit Eigenem zu füllen. Fast hätte es geklappt.

„Nein, Alterchen. Du redest Unsinn. Was du sagst, kann unmöglich sein."

Ein Ausdruck trat in Kartaphilos Augen, der alles bedeuten konnte: Ärger, Haß oder vielleicht Wahnsinn. Was auch immer es war, es gefiel Varian nicht. Langsam wanderten Varians Hände zum Knauf seines Schwertes hinunter.

Aber der alte Mann machte keinen Schritt auf ihn zu. Sein Gesicht verwandelte sich in eine entsetzliche Fratze, und die Stimme, die jetzt ertönte, klang leise und kaum mehr menschenähnlich. „Es ist die Wahrheit. Und das werde ich dir beweisen."

„Wovon redest du eigentlich?"

Varian trat unwillkürlich einen Schritt zurück, als Kartaphilos sich am Halsverschluß seiner Robe zu schaffen machte. Seine verschrumpelten, blaugeäderten Hände griffen an die Falten seines Mantels und seines Wams und zogen sie beiseite.

„Nein . . ." sagte Varian und hörte seine eigene Stimme verstummen, bis nur noch ein mattes Flüstern zu hören war. „Das gibt es nicht. Das kann nicht sein . . ."

Er streckte den Arm aus und zwang sich, die entblößte Brust von Kartaphilos zu berühren. Der Rest der Welt verschwand um ihn herum – die Geräusche und Farben der Docks von Mentor –, als er seinen Blick auf das Bernsteinglas an der Brust des alten Mannes konzentrierte. Es ließ klar und tief blicken, wie eine natürliche Wasserquelle, und darauf tanzten Lichter der LEDs und Mikroprozessoren. Abertausende Kreisläufe und Leitungen füllten die Tiefe der Brust, wie Tausende von Straßen in einer Miniaturstadt, eine hypnotisierende Zurschaustellung von Licht, Energie und Magie.

„Es muß sich um einen Trick handeln", sagte Varian und hoffte, daß er recht hatte.

Kartaphilos schüttelte den Kopf, als er die Falten seiner Kleider losließ und den Körper bedeckte, der wie ein kostbarer Edelstein strahlte. „Kein Trick", sagte er und griff sich an den Hals. Er packte ein Stück Haut, das zuvor von der Robe und der Kapuze bedeckt gewesen war. Leicht löste es sich von der glatten Oberfläche des Halses. Kartaphilos zog sie hoch über den Hals, zog sie über Kinn und Kiefer. Weiteres Bernsteinglas, weitere Kreisläufe . . .

„Nein!" Varian zog die Hand zurück. „Also gut! Nicht hier, bitte. Ich glaube dir." Er atmete tief ein, um die Verwirrung im Kopf zu vertreiben. Er fühlte sich elend.

Mit einstudierter Gleichgültigkeit stopfte Kartaphilos das synthetische Fleisch unter seine Robe. „Es war nicht das erstemal, daß ich zu solch einer Demonstration greifen mußte."

„Wie *alt* bist du? Wie kommt es, daß du ... daß du immer noch funktionierst?"

„Du machst dir keine Vorstellungen von den Fähigkeiten der Menschen der Ersten Zeit. Ich bin nichts im Vergleich zum Stand ihrer Wissenschaften."

„Es ist so unglaublich ... mir will nichts mehr einfallen, was ich sagen kann."

„Jetzt klingst du mehr nach einem Trottel, als du wirklich bist, Varian Hamer. Ich habe dich schockiert, aber du wirst deine Gedanken wieder ordnen können. Sag jetzt nichts mehr. Sage dir nur selbst, daß du etwas Besonderes bist. Und man muß ein besonderer Mensch sein, um den Wächter zu finden. Vielleicht wirst du es sein."

„Bleib bei mir! Hilf mir, den Wächter zu finden!" Varians Kopf raste ... Unausgegorene Vorstellungen beherrschten seine Gedanken und erzählten ihm, daß derjenige, der den Wächter fand, mit Macht und Reichtum überschüttet würde. Die Geheimnisse der Ersten Zeit würden ihm zu Füßen liegen. Die Welt würde zu ihrer ehemaligen Größe zurückfinden – unter der Führung dieses besonderen Mannes.

Kartaphilos schüttelte den Kopf. „Nein, ich kann nicht bei dir bleiben. So wie ich es in meinem Körper, in meinen Leitungen fühlen kann, daß der Wächter immer noch in Funktion ist – denn auch ich würde aufhören zu sein, wenn es mit dem Wächter zu Ende ginge –, spüre ich auch immer noch den Drang in mir, meine Mission fortzusetzen."

„Warum?"

„Weil es keine Garantie gibt, daß du Erfolg haben wirst, Varian Hamer. Während ich meine Geschichte einem anderen jungen Seemann so wie dir erzähle, mögen deine Knochen schon in der Manteg bleichen. Man könnte auch sagen, ich sei ... verdammt, oder vielleicht verflucht, durch die Welt zu wandern und meine Geschichte zu erzählen."

Varian begriff, was die Maschine ihm da sagte. „Aber woher wirst du wissen, ob und wann du am Ziel deiner Suche bist?"

Kartaphilos zuckte die Achseln. Diese Geste beherrschte er perfekt. „Ich werde es wissen." Er richtete sich gerade auf, und seine Augen starrten auf die unter ihm liegenden Docks.

„Was ist los?"

„Ich werde dich jetzt verlassen. Es gibt nichts mehr zu sagen. Alles liegt jetzt an dir. Entweder machst du dich auf die Suche nach dem Wächter, oder du läßt es. Entweder findest du ihn oder nicht."

„Und wo wirst du hingehen?"

„Ich weiß es nicht. Es gibt viele Orte auf der Welt, zu denen ich noch hingehen muß. Schließlich ist es keine kleine Welt. Auf Wiedersehen, Varian Hamer."

Varian wollte noch etwas sagen, aber sein Verstand spielte ihm mit einer neuen Vorstellung einen Streich. Ihn schockierte das Wissen darum, daß er diesen furchtbaren Boten aus der Ersten Zeit nie mehr wiedersehen sollte. „Warte! Bitte, gibt es nicht mehr, was du mir noch sagen kannst? Wo soll ich meine Suche beginnen? Gibt es irgendwelche Hinweise? Kannst du dich denn an nichts *anderes* mehr erinnern?"

Kartaphilos lächelte. „Doch, eine letzte Sache gibt es. Ich wollte sie bis zum Schluß aufheben . . ."

„Was? Was denn?"

„Sand."

„Was soll das heißen? Sand?"

„Unmengen *Sand* lagen dort. Daran kann ich mich erinnern. Aber an nichts weiter."

„Das engt ja den Kreis der Möglichkeiten etwas ein", sagte Varian ernst.

„Tut es das wirklich? Ich glaube nicht. Du kannst relativ sicher davon ausgehen, daß die Zitadelle sich nirgendwo in der zivilisierten Welt befindet, ansonsten wäre sie bereits entdeckt worden. Damit bleiben nur die menschenleeren Gebiete übrig – und dort liegt überall Sand."

Etwas wie ein Stich durchfuhr Varians Herz. Kartaphilos hatte recht. „Trotzdem, es ist immerhin etwas."

„Mach soviel daraus wie du kannst. Viel Glück, Varian Hamer. Ich beneide dich."

„Mich? Warum?"

Wieder lächelte Kartaphilos. Ein sehr menschliches Lächeln. „Ich beneide euch alle, euch Menschen. Es *muß* etwas ganz anderes sein, etwas ganz Wunderbares, lebendig, ein organisches Wesen zu sein. Ich wünschte, ich wüßte, wie das ist."

Varian begriff und nickte. „Es ist etwas Gutes . . . manchmal."

„Ja, da bin ich mir ganz sicher." Kartaphilos wandte sich ab und rückte die Kapuze seines Mantels zurecht. „Ich verlasse dich jetzt, und ich wünsche dir viel Erfolg."

Varian konnte nichts mehr sagen. Er sah dem... Ding zu, das Kartaphilos hieß, wie es langsam zur Gangway schritt und darauf nach unten stieg. Seine eintönige Kleidung war bald im Durcheinander der wirbelnden Farbmeere am Marktplatz untergetaucht. Varian bemühte sich, seinen Weg zu verfolgen, bis er ihn im sich ständig wechselnden Durcheinander der Menge gar nicht mehr ausmachen konnte.

Als er seine Aufmerksamkeit wieder dem Schiff zuwandte, stellte er erleichtert fest, daß niemand sonderliches Interesse an ihrer Unterhaltung gezeigt hatte. Besucher waren auf einem so großen Schiff wie der *Courtesan* keine Seltenheit. Sollte jemand fragen, so würde Varian sagen, Kartaphilos sei ein etwas ekzentrischer alter Onkel von ihm, der eine familiäre Nachricht überbracht habe. Niemand, der Varian Hamer kannte, wagte es, seinen Worten nicht zu glauben.

Das Schiff würde bald die Anker lichten, und Varian erschien die Reise jetzt in einem anderen Licht. Über soviel mußte er jetzt nachdenken. Und soviel gab es zu erledigen. Er war jetzt gezwungen, sein Leben so fest vorzuplanen, wie er das noch nie zuvor getan hatte.

Eleusynnia: ihr erster Hafen – ein guter Ort, um durchzubrennen? Die Suche beginnen? Karten. Er brauchte Karten. Er mußte alles studieren. Bei einer solchen Angelegenheit durfte es keine übereilten Schritte geben. Zumindest mußte er erst einmal nach Eleusynnia mitfahren. Von da aus vielleicht nach Voluspa, um die antiken Texte der Großen Bibliothek zu studieren. Dort mochte der Keim des Erfolgs liegen, wie Kartaphilos auch schon vermutet hatte. Ein sorgfältiges Auge und ein gewitzter Verstand könnten in den alten Schriften vielleicht etwas Nützliches finden.

Irgend etwas in Varians Innerem erwachte lautstark zum Leben. Er fühlte es, aber er konnte noch nicht genau herausfinden, was es war. Es war mehr als die bloße Freude, am Leben zu sein. Eher der erste Funke einer Angelegenheit in seinem Leben, die ihm zum erstenmal wirklich etwas bedeutete.

Die Sonne stand jetzt hell am Himmel. Wie eine messingfarbene Scheibe fraß sie sich durch den Nebel. Irgendwo bestrahlte ihr Licht auch eine Sandstelle... und etwas anderes.

Und diese Stelle werde ich finden, sagte er sich.

Zwei

Trotz ihrer gegenwärtigen Lage war Tessa eine Frau von Charakter und Entschiedenheit, von Geist und Findigkeit. Sie war eine attraktive Frau, und das erwies sich sowohl als Segen wie auch als Fluch. Und es gab nur wenige Männer, die nicht einen bewundernden Blick auf ihr kastanienrotes Haar, ihre grünen Katzenaugen und ihren makellosen Teint warfen. Sie hatte lange Beine mit Muskeln wie ein Tänzer, ohne daß diese Beine maskulin wirkten. Und Tessa war schlank und dennoch so wohlproportioniert, daß sie auf Männer begehrenswert wirkte.

Männer. Begierde.

Obwohl Tessa noch keine fünfundzwanzig Jahre alt war, kannte sie beides zur Genüge. Während sie in der allzu engen Koje des Handelsschiffes lag, dachte sie an die Male zurück, da das Schicksal sie gequält hatte.

Ihr Vater war der erste gewesen, der damit begonnen hatte – der erste, der der Begierde zum Opfer gefallen war, die die meisten Männer im Dorf verspürten, schon als Tessa nicht älter als dreizehn war. Sie konnte nichts für ihre frühe Reife oder dafür, daß ihre Kleider daran scheiterten, ihre Reife, die Wohlgeformtheit ihres Körpers zu verbergen. Die Unschuld der Jugend war ein gnädiger Schleier gewesen, aber Tessa empfand immer noch Scham, wenn sie an diese frühen Jahre zurückdachte.

Als Tessa fünfzehn war, starb ihre Mutter. Es regnete an dem Tag, als die Familie sie auf dem Gipfel des Hügels beerdigte, wo die Schafe des Vaters grasten. Der Regen wischte alle Tränen weg, aber nicht die Erinnerungen. Am späten Abend geschah es, als alle anderen Kinder bereits zu Bett geschickt worden waren. Dem Brauch nach mußte Tessa, da sie das älteste Kind war, alle Pflichten der Mutter übernehmen. Doch das Mädchen ahnte nicht, wie vollständig ihr Vater die Rollenübernahme vollzogen haben wollte.

Als sie das Herdfeuer im Eisenofen bewachte, es schürte und

zusätzliche Holzscheite nachlegte, damit es in der Nacht warm wurde, kam ihr Vater heran und stellte sich dicht hinter sie. Und sobald er ihre Schulter berührte und sich hinunterbeugte, um ihren schlanken Hals zu küssen, wußte sie, was er wollte.

Seine Hände waren rauh, schwielig und grob. Sein Atem roch abgestanden nach Tabak und Knoblauch. Sein Körper war verschwitzt und trug den Geruch der Schafe. Als sie sich umdrehte, entdeckte sie das Verlangen in seinen Augen, das leichte Zittern seiner Hände und seiner Stimme, während er ihr sagte, wie schön sie sei, wie sehr sie ihrer Mutter ähnelte. Dann murmelte er etwas davon, daß die Wünsche eines Mannes nicht mit dem Tod seiner Frau abstarben, und preßte dabei seinen breiten, schwitzigen Unterleib gegen sie. Tessa bewegte sich weg von den heißen Eisenplatten des Herds, hin zu der Wand, wo die Hände des Vaters auf sie zukamen, sie berührten und mit schrecklicher Begierde ertasteten. Es schien so, als habe er nur auf den Tod seiner Frau gewartet, damit dieser Augenblick endlich käme.

Er sah Tessa nicht ins Gesicht, als er sie auf den Diwan zwang und nur einen Moment innehielt, um das Licht der Kerosinlampe herunterzudrehen. Dann lag er auf ihr, schwitzte, hob und senkte seinen Körper und nahm sie in der Dunkelheit. Tessa war so angewidert, daß sie nicht um Hilfe schreien konnte. Sie konnte nicht einmal weinen.

Zehn Jahre lang mißbrauchte er sie, bis er von einer Krankheit befallen wurde, die ihm alle Kraft aussaugte. Und er konnte nicht mehr gehen. Die langsam fortschreitende Paralyse kündigte ein Ende dieser Gemeinheiten an, aber nicht das all ihrer Erniedrigungen. Der Vater konnte seinen Beruf nicht mehr ausüben, konnte die Herden nicht mehr hüten und wurde daher Geschäftsmann. Ein reicher Händler aus der Stadt Prend bot ihm ein kleines Vermögen – genug, um den Vater bis ans Ende seines jämmerlichen Lebens zu versorgen – als Preis für Tessas an. Obwohl der Käufer offiziell mit Gewürzen und Kräutern handelte, betrieb er unter der Hand einen schwunghaften Handel mit Dirnen und Konkubinen.

Der Kauf wurde perfekt gemacht, und Tessa gelangte an Bord des Schiffes *Silbermädchen,* das den Kirchow hinunter bis zum G'rdellianischen Meer fuhr. Unterwegs lief es in Eleusynnia und Voluspa an, um dann nach Talthek weiterzusegeln, wo die Nachfrage nach g'rdellianischen Konkubinen die höchsten Preise auf der Welt einbrachte –

Summen, die den Kaufpreis an Tessas Vater winzig erscheinen ließen. Es war eine zivilisierte Welt . . . aber nur, wenn sie gerade Lust dazu hatte.

So segelte Tessa jetzt in einer Kabine voller anderer unglücklicher junger Frauen zum südlichen Ende des G'rdellianischen Meeres. Tessa wußte, daß die Regierung von Eleusynnia den Sklavenhandel bekämpfte und daß sie in Sicherheit sein würde, wenn es ihr gelang, von Bord zu gelangen, sobald die *Silbermädchen* in dieser großartigen Stadt vor Anker ging. Tessa war an einem Lebensabschnitt angelangt – ihr Leben hatte bislang nur aus einer unaufhörlichen und konturlosen Aneinanderreihung von Ereignissen bestanden –, wo sie entweder ihr eigenes Leben leben oder sterben mußte. Das Leben, das sich bisher vor ihr ausgebreitet hatte, war es, auf einen Nenner gebracht, nicht wert, als solches bezeichnet zu werden.

Sie wollte versuchen, das Glück am Schopf zu packen, sagte sie sich, als sie in der Dunkelheit in der Koje lag und dem Knattern der Segel im Nachtwind, dem Stöhnen des hölzernen Decks und den gelegentlichen Befehlen lauschte, die die Schiffsmannschaft sich zugrunzte.

Tessa erzählte niemandem von ihrem Plan, noch nicht einmal ihren Mitgefangenen, von denen ihr keine vertrauenswürdig erschien. Die meisten kamen aus noch schlechteren Verhältnissen als Tessa, die Tochter eines Schäfers: Straßenhuren, Waisen oder noch schlimmer: Bettler. Tessa lauschte ihrem Genörgel und Gelächter, und ihr fielen dabei ihre ungebildeten Akzente auf. Sie versuchte den Herkunftsort der Betreffenden herauszufinden. Eine stammte eindeutig aus einer nördlichen Siedlung am Cairn-Fluß. Eine andere aus der Gosse von Hok in Pindar. Wieder andere kamen aus den Hinterwäldler-Provinzen bei Baadghizi. Sie alle empfingen Tessa zunächst mit Mißtrauen, das sich später in Feindseligkeit verwandelte, weil sie an ihren groben Vergnügungen nicht teilnehmen wollte.

Außerdem gab es noch ein Problem: die Mannschaft. Hartgesottene Männer, denen während der langen Fahrt nur wenige Freuden zuteil wurden. Und sie waren mehr als einverstanden mit den Möglichkeiten, die sich angesichts eines ganzen Raums voller zukünftiger Konkubinen als Fracht ergaben. Mit dem Ende jeder Schicht kamen ganze Invasionen zu spontanen Feiern und endlosen Schmähungen herunter.

Als die *Silbermädchen* dann Eleusynnia erreichte, war es Tessa egal, ob sie leben oder sterben würde. Sie wußte nur eins: Mit diesem Schiff würde sie nicht mehr weitersegeln. Sie haßte ihren Vater, und sie haßte die anderen Frauen; und sie wollte die Männer umbringen, *alle* Männer umbringen. Männer waren Tiere – schnaufende, schwitzende, stinkende Tiere –, die kein Wort mit ihr wechselten, sie nicht einmal ansahen, wenn sie, auf Ellenbogen und Knien abgestützt, auf ihr lagen. Sie konnte nur noch *hassen*.

Aber an diesem Abend kamen nach dem Schichtwechsel weniger Männer von der Mannschaft herunter, denn das Schiff war in einem Hafen vor Anker gegangen. Diejenigen, die auf Freiwache waren, schlenderten durch die nächtlichen Straßen der Stadt auf der Suche nach neuen Eroberungen. Dies war Tessas günstigste Gelegenheit. Sie stand schnell auf und suchte sich von den gröhlend in die Kabine eindringenden Männern einen kleinen aus. Er war schon älter, hatte schwache Knochen, verkniffene Züge und eine Glatze. Aber seine Augen zeigten eine Spur verbliebener Freundlichkeit.

Sie trank mit ihm und ließ sich von seinen knochigen Fingern berühren und streicheln. Sie zwang sich, ihn zu umarmen, seinen Nacken zu kraulen und über seine plumpen Versuche, witzig zu wirken, zu lachen. Als er offensichtlich sein Quantum beim Wein erreicht hatte, bat sie ihn, er möge sie mit aufs Deck nehmen, wo sie einen Blick auf die majestätischen Lichter Eleusynnias unter einem Viertelmond werfen konnte. Der Mann sah Tessa merkwürdig an, aber möglicherweise besaß er selbst so etwas wie eine romantische Ader, denn er nickte und lachte, als er sie nicht allzu grob aus der miefigen Kabine führte.

Tessa hatte noch nie zuvor einen Menschen getötet. Und bei diesem hier war es besonders schwierig, weil er der netteste Mann war, den sie je kennengelernt hatte. Als er sie am Schandeckel in die Arme nahm und seine dünnen Lippen auf die ihren preßte, ließ Tessa ihre Finger suchend über sein Kreuz fahren, bis sie den Gürtel fanden. Dort spürte sie den Griff seines Messers. Die Waffe fühlte sich hart und glatt an. Tessa wußte, daß sie jetzt schnell und zielbewußt handeln mußte.

Während sie ihren Körper mit seinem verhakte, stöhnte sie laut auf, als sie das Messer aus der Scheide zog. Und sofort stieß sie die Waffe zwischen die unteren Rippen des Mannes. Er verkrampfte sich und

45

schrie laut auf, als sie die Waffe durch seinen Leib stach. Etwas Dunkles quoll über seine Lippen, und in seine Augen trat ein glasiger Blick, sie sahen nichts mehr. Plötzlich ertönte ein Geräusch. Stiefel krachten auf die Planken und kamen näher. Tessa starrte erst auf die zusammengesunkene Gestalt zu ihren Füßen, dann auf die näher kommenden Gestalten auf dem Deck und schließlich auf die schimmernde, ölige Oberfläche des Wassers, das träge gegen die Außenhülle des Schiffes platschte.

Ohne nachzudenken sprang sie über die Reling und spürte einen Lufthauch und den erfrischenden Stoß von etwas, das bedeutend kälter war als sie angenommen hatte. Ihre Kleider saugten sich sofort mit Wasser voll, zogen Tessa hinunter und zwangen sie, wie in einem Sumpf zu ringen. Kurz vor der Panik, schwamm sie vom Schiff fort. Sie hörte die rauhen Stimmen von Männern, die nach ihr in der Dunkelheit suchten. Plötzlich zog ein Lichtsignal in einem hohen und anmutigen Bogen über den Hafen und wies ihr den Weg zum nächsten Kai, zeigte aber der Nachtwache von der *Silbermädchen* zugleich auch ihre Position.

Die Schußwaffen der Männer entluden sich stotternd und krachend, und um Tessa herum klatschte es im Wasser. Einmal versuchte sie unterzutauchen, hielt den Atem an und täuschte so einen Treffer vor. Aber als sie schließlich wieder auftauchen mußte, entlud sich ein neuer Hagel von Geschossen. Im Hintergrund krachten Bootskräne, und Tessa hörte, wie ein Boot zu Wasser gelassen wurde. Falls sie den Kai nicht rechtzeitig erreichte, würden die Männer im Boot sich ihrer annehmen, und der Tod wäre Tessas einzige Erlösung. Irgendwie schien es ihr ungerecht, wenn jetzt alles schiefging, wo sie schon so weit gekommen war.

Der hölzerne Kai schien näher heranzurücken, aber sie war sich nicht völlig sicher. Die Leuchtkugel war erloschen, und eine zweite schoß hoch über ihr hinweg und verbreitete einen schrecklichen orangefarbenen Schein über der Szene. Das Langboot klatschte ins Wasser, und Tessa hörte die ärgerlichen Rufe der Männer, als sie sich in die Riemen legten.

Plötzlich ergriff eine Hand Tessas Arm, eine starke Hand, die sanft, aber mit der Kraft eines Schraubstocks zupackte. In einer einzigen Bewegung wurde Tessa aus dem Wasser gezogen. Sie glitt hoch wie eine Ballettänzerin und rutschte über den Rand des Kais. Es war ein großer Mann mit sandfarbenem Haar und hellen, blauen Augen – diese Farben ließen sich trotz der mäßigen Beleuchtung der Leuchtkugeln ganz deutlich erkennen –, der die Uniform eines Seemanns der Handelsmarine trug. Als er sie mit der linken Hand auf die Füße hochzog, zückte er mit der anderen eine langläufige Pistole.

„Sei still", sagte er, „und lauf weiter."

Während sie sich von der Kaimauer entfernte, beobachtete Tessa, wie der Mann ruhig die Pistole auf das sich nähernde Boot anlegte und feuerte. Der Mann am Bug krachte über Bord, seine ganze Stirn war weggeschossen worden. Der Rest der Bootsbesatzung griff zu den Waffen und schoß wild um sich. Im Umdrehen ergriff ihr Retter wieder Tessas Arm und rannte die Docks hinunter auf die nächsten Straßen zu. Beide bogen um eine Ecke, den Lichtern einer Taverne entgegen.

Doch bevor sie diese erreichen konnten, kam das übriggebliebene Trio aus dem Langboot um die Ecke gerannt. Der Mann drückte Tessa in einen Hauseingang und wandte sich dann den dreien zu. Er sandte ihnen eine neue Ladung aus seiner großen Pistole entgegen.

Ein zweiter Seemann, jener mit der Kleinkaliber-Pistole, fiel. Bevor das verbliebene Duo sich überhaupt rühren konnte, stürmte Tessas Retter auf die beiden los und warf sich auf sie. Er ließ seine Pistole fallen und bediente sich lieber seines Kurzschwerts. Damit hantierte er so gewandt und flink, daß den beiden Männern keine Möglichkeit blieb, sich dagegen zu wehren.

Zwei rasche Hiebe mit der Klinge – mehr brauchte er nicht für seine Arbeit. Varian blieb einen Moment zwischen den niedergemachten Seeleuten stehen, um sicherzugehen, daß er bei keinem die Waffe ein zweites Mal einsetzen mußte. Dann wandte er sich dem Hauseingang zu, in dem Tessa sich zusammengekauert hatte.

„Wir müssen weg von dieser Straße", sagte er. „Komm."

Sie drängten sich in die Schatten einer Parallelstraße. Tessa bemerkte, daß der Mann ohne Zögern voranging, woraus sie schloß, daß er sich in diesen engen Alleen und schattigen Straßen bestens auskennen mußte.

Nach drei Häuserblocks hielt er Tessa an. „Du triefst immer noch vor Nässe. Kannst du irgendwo deine Kleider wechseln?"

Tessa konnte nur den Kopf schütteln, denn vor Erschöpfung brachte sie keinen Ton heraus.

Der Mann lächelte. „Nun gut, falls du noch weiter mit mir kommen willst, dann bringe ich dich zu einer Freundin, die uns vielleicht helfen kann."

Eine Stunde später saß Tessa an einem wärmenden Ofen und trug die trockenen, sauberen Sachen einer Frau namens Alcessa. Diese war sehr dick und voller Sommersprossen, und die blauen Augen waren irgendwo in die Falten ihres Gesichts eingedrückt. Aber sie lief unglaublich leichtfüßig herum und behandelte Tessa wie eine zurückgekehrte Tochter. Sie schien sich aufrichtig um Tessas Wohlergehen zu kümmern. Der Mann hatte sie zu Alcessas Pension gebracht, einem baufälligen Reihenhaus in einer Seitenstraße, nahe den Docks gelegen. Die alte Frau hatte ihn mit Herzenswärme und mütterlicher Zuneigung begrüßt.

„Na, wie fühlst du dich jetzt? Besser, hoffe ich." Alcessa saß in einem schweren Sessel und trank aus einer großen Tasse heißen Tee.

Tessa nickte und trank aus ihrer Tasse. Der Raum war angefüllt mit den Farben der Erde, die Lampen erleuchteten einen sicher und warm wirkenden Ort. „Ja, vielen Dank. Dir und . . . Varian."

Alcessa lächelte beim Klang des Namens dieses Mannes. „Ja, natürlich, Varian."

„Kennst du ihn schon lange?"

„Wie einen Sohn. Ich habe ihn zum erstenmal kennengelernt, als er noch keine zwanzig war. Damals war Varian der Schiffsjunge und über und über voll Kümmel und Essig. Seit damals kommt er immer hierher, sobald er in Eleusynnia anlegt. Man könnte sagen, er ist der Sohn, den ich nie hatte . . ." Alcessa lächelte und trank ihren Tee.

„Wo steckt er denn jetzt? Wird er bald zurückkehren? Was wird er mit mir machen?"

„Meine Güte, wie viele Fragen! Steckst du etwa in Schwierigkeiten, kleine Tessa? Die Mitternacht ist nicht die beste Zeit, um im Hafen schwimmen zu gehen."

„Du beantwortest meine Frage mit einer Gegenfrage." Tessa hielt inne und schob sich eine Haarsträhne aus dem Gesicht. „Er, Varian, er wollte nicht einmal etwas von mir. Er hat sich nur . . . meiner angenommen."

„Es gibt nicht viele Männer wie Varian", sagte Alcessa. „Er ist ein ganz besonderer Mensch, nicht wahr?"

„Ich fange auch an, ihn dafür zu halten..." Tessa blickte auf die Tür, durch die der fremdartige, aber freundliche Mann vor fast einer Stunde verschwunden war. Sie fragte sich, wann er wohl zurückkehren würde und was sie ihm sagen wollte. Tessa hätte der netten, alten Frau gerne erzählt, was ihr widerfahren war, aber sie fürchtete, ihre Geschichte würde sich zu melodramatisch, vielleicht sogar erfunden anhören. Und dennoch entsprach sie der Wahrheit.

So saß sie da und starrte auf das Feuer und beobachtete das ständig wechselnde Spiel der Flammen. Und Tessa verlor sich in ihren Gedanken an den Schmerz und die Demütigungen, die sie so viele Jahre gepeinigt hatten. Ein Teil ihres Ichs wollte daran glauben, daß dieses Leben nun, da Varian Hamer, der schöne Prinz aus dem Märchen, in ihr Leben getreten war, beendet war. Aber tief in ihrer Seele steckte etwas anderes: ein brennendes Mißtrauen und vielleicht sogar ein Haß auf Männer, auf alle Männer. Augenscheinlich gab es keinen unter ihnen, der nicht von seinem Ding zwischen den Beinen angetrieben, motiviert oder zumindest beeinflußt wurde.

Die Tür öffnete sich, und Tessa zuckte auf ihrem Stuhl zusammen. Fast schien es, als habe sie Angst, in die Diele zu sehen, wo er stand. Er blieb stehen, um seinen Mantel abzulegen und seinen Waffengürtel zu öffnen. Varian legte alles über einen Stuhl in der Diele. Er versuchte zu lächeln, als er das Zimmer betrat.

„Wo bist du gewesen?" fragte Alcessa. „Unser neuer Gast hat sich um dich Sorgen gemacht."

„Sie sollte sich lieber um sich selbst Sorgen machen. Ich war draußen, um festzustellen, wer diese Bastarde waren, die dich verfolgt haben."

„Da hättest du bloß *mich* zu fragen brauchen. Ich hätte dir sagen können, um wen es sich dabei gehandelt hat." Tessas Stimme krächzte, und sie schämte sich deswegen.

„Aber vielleicht hätte ich dir keinen Glauben geschenkt", sagte Varian. „Auf diese Weise konnte ich mich selbst überzeugen. Übrigens brauchst du dir keine Sorgen darüber zu machen, daß noch jemand von der *Silbermädchen* Nachforschungen über dich anstellt..."

„Wieso das?" Tessa fühlte, wie alles in ihr sich bei der bloßen Erwähnung des Schiffsnamens verkrampfte.

„Ich habe ein paar Freunde in der Hafenverwaltung. Du bist in den

Listen als tödliches Opfer eines Seeunglücks registriert. Zusammen mit den Burschen, die dich im Langboot ‚eskortiert' haben. Varian lächelte und ließ sich vor dem Feuer nieder. „Wie wäre es mit einer Tasse Kaffee, Alcessa?"

Die massige Frau sprang lächelnd auf die Füße. „Für dich, mein lieber Varian, tue ich doch alles!" Und sie lachte, als sie scheinbar mühelos in die Küche abrauschte.

Wenig später kehrte sie mit einer großen Glastasse zurück, die mit einer kräftigen, schwarzen Flüssigkeit gefüllt war. Heißer Dampf wirbelte und stieg von der Kaffeeoberfläche hoch, als Varian die Tasse an den Mund setzte und einen großen Schluck nahm. „Die Nacht ist kühl, kühler als ich angenommen habe. Du hast Glück gehabt, daß ich mich gerade an den Docks aufhielt", sagte er zu Tessa.

„Machst du das oft? Alleine dort herumzulaufen?"

„Nein, aber heute nacht quälte mich ein Gedanke. Der Gedanke an einen seltsamen . . . Mann, den ich traf, bevor ich nach Mentor segelte. Die Worte dieses Mannes wollen mir, seit ich ihn getroffen habe, nicht mehr aus dem Kopf gehen. Wenn ich am Wasser spazierengehe, kann ich besser nachdenken."

Tessa sagte einige Minuten lang gar nichts, und auch die anderen schwiegen. Sie beobachtete Varian, wie er in dem wuchtigen Sessel saß und aus der großen Tasse trank. Er war kein Riese, aber er wirkte durch seine ganze Körperhaltung, durch die Art, wie er sich bewegte und redete, größer als er war. Varian war eine Führernatur, einer der nachdachte, eine wirkliche Anomalität in einer Welt, der es gerade an diesen beiden Eigenschaften zu fehlen schien. Tessa ließ ihre Gedanken weitertreiben zu Themen, die im Moment lebenswichtiger für sie waren. Dann sprach Varian sie an und riß sie aus ihren Grübeleien.

„Was ist los? Worüber zerbrichst du dir den Kopf?"

„Oh, ich habe mich gefragt, was nun aus mir werden soll . . ." Sie haßte sich im gleichen Moment dafür, das ausgesprochen zu haben. Es ließ sie so erbärmlich hilflos erscheinen, so als unbeholfenes Frauenzimmer. Und, Gott noch mal, wie sehr haßte sie dieses Image.

„Kannst du kämpfen?"

„Kämpfen?"

„Kannst du mit Waffen umgehen?" Varian wirkte ernst. Er schien nicht der Mann zu sein, der es genoß, andere auf den Arm zu nehmen.

„Nein, eigentlich nicht."

50

„Verstehst du etwas von der Seefahrt, von der Bedienung der Takelage?"

Tessa lachte. „Nein, woher denn auch. Eyck ist als Land nicht gerade für seine maritimen Anstrengungen berühmt."

Varian zuckte die Achseln. „Es ist nicht für viel berühmt."

„Genau, jetzt hast du den richtigen Eindruck von Eyck bekommen. Ich habe nicht in sehr vielen Dingen eine Ausbildung erhalten. Eine Zeitlang habe ich die Schule besucht und wollte Dolmetscherin werden . . . anscheinend habe ich eine Begabung für Sprachen, aber mein Vater . . . er hat mich von der Schule genommen, weil ich nach dem Tod meiner Mutter auf der Farm arbeiten sollte. Ich habe versucht, eigenständig weiterzulernen, aber eine große Leuchte bin ich auf diesem Gebiet sicher nicht geworden. Zumindest halte ich mich nicht dafür."

„Sprachen, was? Das sind wertvolle Kenntnisse, wenn man sie beherrscht, obwohl jeder G'rdellianisch sprechen kann."

„Nesporanisch und Avestesisch sind beinahe Dialekte des G'rdellianischen, denn sie sind dieser Sprache sehr ähnlich. Ich bin davon überzeugt, sie wurzeln alle in einer Sprache. Das gleiche gilt für das Odoän, das Scorpinneskisch und das Shudrisch – alle entstammen der gleichen Sprache, da bin ich mir sicher."

Varian nickte. „Ich verstehe auch hier und da ein paar Brocken, und ich komme sehr viel herum. Aber ich weiß, was sie bedeuten." Er hielt einen Moment inne und zündete sich die Pfeife an. Dann fragte er: „Und wie wäre es als Aushilfe in der Kombüse? Das würdest du doch können, oder?"

„Kochen? Na klar, mein Vater . . ." Sie sprach nicht mehr weiter. Die Erinnerung an diesen gemeinen alten Bock ließ sie innerlich erschauern. „Warum fragst du danach?"

„Du kannst nicht dorthin zurück, wo du hergekommen bist. Du hast keine Fähigkeiten, um dir ein eigenes Leben aufzubauen. Du brauchst Hilfe. Alcessa würde dich sicher gerne hier aufnehmen, so lange du das möchtest, und vielleicht könntest du eines Tages auch Arbeit finden oder dich auf einer der hiesigen Universitäten einschreiben. Du befindest dich zumindest in der glücklichen Lage, dich in einer der angenehmsten Städte der Welt aufzuhalten. Du weißt doch, was man allgemein über Eleusynnia sagt: ‚Was immer ein Mann auch begehrt, er kann es in der *Stadt des Lichts* finden . . .'"

„ ,. . .vom höchsten Ideal bis zur niedrigsten Perversion' ", beendete Tessa den Spruch.

„Oh, davon hast du also auch schon gehört", gab Varian lächelnd zurück. „Nun, es stimmt."

„Ja, das weiß ich. Ich habe auch schon daran gedacht, in Eleusynnia zu bleiben, aber ich wußte nicht, ob Alcessa mich hier haben wollte. Du mußt wissen, daß ich keinen Pfennig Geld besitze. Ich habe gar nichts."

Alcessa zuckte die Achseln, und Varian winkte ab. „Ich kann dir alles bezahlen, bis du auf eigenen Füßen stehst. Du kannst aber auch mit mir kommen . . ."

Tessa richtete sich kerzengerade in ihrem Stuhl auf. Das blieb Varian natürlich nicht verborgen. „Stimmt irgendwas nicht?" fragte er.

„Nichts. Tut mir leid. Gar nichts." Einen Moment wandte sie ihren Blick ab. „Warum sollte ich mit dir gehen?"

„Du mußt nur mitkommen, wenn du das wirklich willst. Ich fahre als nächstes nach Ques'Ryad. Das ist eine relativ bedeutende Stadt, und vielleicht hast du Lust, sie einmal kennenzulernen. Und danach könntest du ein bißchen mehr von der Welt sehen, bevor du dich entscheidest, wo du bleiben möchtest. Was willst du also tun?"

Tessa suchte die Augen dieses merkwürdigen Mannes, bevor sie antwortete. Ganz offensichtlich hatte Varian alles ernst gemeint. Er kannte keinen Betrug, das konnte Tessa spüren. Varian war wirklich ehrlich an ihrem Wohlergehen interessiert. Und natürlich schuldete sie ihm jetzt ihr Leben, wieviel auch immer das noch wert sein mochte.

„Ich weiß es nicht", sagte sie bedächtig. „Wie soll das denn vor sich gehen, mit dir zu segeln?"

„Noch nie gab es eine Crew, die die Anwesenheit einer schönen Frau an Bord nicht begrüßt hätte", sagte Varian lächelnd. „Und verstehe mich da nicht falsch. Dir wird kein Haar gekrümmt werden. . . Dafür werde ich schon sorgen."

Alcessa lachte laut. „Da kannst du ganz unbesorgt sein, mein Fräulein. Niemand legt sich mit Varian Hamer an."

Varian wurde verlegen. Aber er machte keine Anstalten, die Prahlerei der alten Frau abzumildern.

„Ich weiß es nicht", sagte Tessa wieder. „Darüber muß ich erst noch nachdenken. Wie lange bleibst du denn noch in Eleusynnia?"

52

„In zwei Tagen segeln wir ab."

„Dann werde ich mich zu diesem Zeitpunkt entscheiden, das verspreche ich dir."

An den beiden nächsten Tagen führte Varian Tessa durch die berühmte *Stadt des Lichts*. Da gab es Volksfeste auf vielen Plätzen, Avenuen voller Basare und Musikanten, Wettkämpfe und Ausstellungen. Daneben boten sich Museen und Gallerien, Sportveranstaltungen und mannigfaltige architektonische Sehenswürdigkeiten an, die nur auf die Entdeckung und Bewunderung der beiden warteten. Varian erzählte von der großen kulturellen und aufgeklärten Tradition der Stadt. Tessa bemerkte, daß er sich wie ein sehr gebildeter Mensch auszudrücken verstand und nicht etwa nur im rauhen und groben Slang der gewöhnlichen Seefahrer. Dieser Mann war wirklich ein Rätsel. Tessa hatte noch nie zuvor jemanden kennengelernt, der ihm gleichkam. Obwohl die zwei Tage wie in einem Augenblick zu vergehen schienen, blieb ihr das nicht verborgen. Ihre Erinnerungen an diese Zeit in Eleusynnia bestanden nur aus einer Montage aus Farben, Bildern und Geräuschen: die lyrische Musik des Orchesters im Großen Park, das Gepränge und das Kolorit des Sor-Theaters, wo die Moralstücke aus der Ersten Zeit mit der größtmöglichen Authentizität aufgeführt wurden, die untergehende Sonne, die mit ihren letzten Lichtstrahlen den weißen Sand der Strände in der Unterstadt umspielte, und das sanfte Brechen der Wellen des G'rdellianischen Meers. Tessa ließ alle diese Eindrücke auf sich wirken, und sie verliebte sich in diese zauberhafte Stadt am Meer. Sie konnte es sich kaum vorstellen, diesen Ort jemals freiwillig zu verlassen. Aber in ihr steckte noch ein anderer Teil ihres Wesens, der sich mehr auf den Mann konzentrierte, der ihr all diese Wunder und prachtvollen Dinge nahebrachte. Der Gedanke daran, ihn zu verlieren, war ihr so unangenehm, daß er ihr schon fast wieder gefährlich wurde. Eine große Welt wartete darauf, von Tessa gesehen, gefühlt, geschmeckt und gerochen zu werden. Das wollte sie keinesfalls allein tun, denn sie war eine so entsetzlich lange Zeit allein gewesen.

Andere Gefühle strömten in Varians Bewußtsein. Auch er war lange Zeit allein gewesen, aber in einem anderen Sinn, als dies für Tessa galt. Varian hatte sich aus freien Stücken zu einem Leben in Einsamkeit entschlossen. Anscheinend brauchte er die Freiheit, für andere die Verantwortung zu tragen, damit er mehr über sich selbst erfahren konnte. Natürlich war er bereits auf jedem bekannten Schiffstyp gefahren, kannte jeden Hafen am Aridard und war fortwährend von Mannschaften aus rauhen, erfahrenen Seeleuten umgeben gewesen.

Aber als genauso wahr konnte gelten, daß Varian sich in der Menge einsam fühlte.

Er hatte nie die Zeit und die Mühe auf sich genommen, seine Kameraden näher kennenzulernen, in all den Jahren nicht. Der einzige Freund, den Varian je gehabt hatte, war der alte Furioso gewesen, und diese Beziehung war eher aus einer Unvermeidlichkeit erwachsen als aus einem echten Bedürfnis. Varian und der alte Mann hatten sich mit der Zeit einfach an die Gesellschaft des anderen gewöhnt.

Die Frauen kamen in Varians Leben nur als eine endlose Reihe von kurzen Verbindungen vor. Ihre Gesichter und ihre Körper existierten in Varians Erinnerung nur noch als blasse Gebilde, und er konnte sich gerade noch an den einen oder anderen Namen erinnern. Nicht etwa, daß Varian die Frauen nur benutzt hätte – jedenfalls war ihm das nicht bewußt geworden –, vielmehr schienen *sie* ihn benutzt zu haben. Nie war in diesen Verbindungen das Wort Liebe gefallen (außer in der schwitzigen, triebhaften, nächtlichen Begierde, „es" zu machen), bei keiner der Frauen. Immer war es so gewesen, daß beide, sowohl die Frauen als auch Varian, gewußt zu haben schienen, daß sie bald auf verschiedenen Schiffen weitersegeln und sich wahrscheinlich nie wiedersehen würden.

Wenn Varian sich die Zeit nahm, an diese Beziehungen zurückzudenken, konnte er sie deshalb immer rational erklären: Er hatte eben einfach nie die erforderliche Zeit opfern können, um jemanden wirklich *kennenzulernen* – ihm war es wichtiger, die Zeit erst einmal damit zu verbringen, *sich selbst kennenzulernen*.

Aber bei Tessa war alles – anders? – ja, genau, anders. Zwei Tage verbrachte er mit ihr in Eleusynnia. Zwei volle Tage, jede Stunde jeden Tages. Und jeder Nacht. Trotzdem fehlte dabei die vertraute Begierde, das Anschwellen der körperlichen Lust, die regelmäßig den Verstand zu überdecken schien. Und es fehlte die unausgesprochene Zustimmung von beiden Seiten, im Dunkeln nur die körperlichen Teile rasch zu vereinen und die Seelen abseits stehen zu lassen.

Nein, mit Tessa konnte Varian sich über sehr viele Dinge unterhalten. Er fragte sie über sich, er erzählte von seinem eigenen Leben, und er wollte das ihrige kennenlernen. Sie kamen aufeinander zu, nahmen aneinander teil – sowohl geistig als auch körperlich –, und Varian wurde es immer klarer, daß mit Tessa alles anders war. Vielleicht, so lautete sein erster Gedanke, wurde er tatsächlich „reifer", wie Leute ihm das schon oft prophezeit hatten. Vielleicht hatte er sich mittlerweile aber auch mit der Persönlichkeit akklimatisiert, die er an und in sich entdeckt hatte. Möglicherweise war es aber auch etwas ganz anderes und er spürte, daß er sich einem Wendepunkt in seinem Leben näherte, einem Schlüsselerlebnis, dem entscheidenden Moment, in dem all die Dinge, auf die er sich unterbewußt vorbereitet hatte, zum Greifen nahe vor ihm lagen . . .

Varian wußte darauf keine Antwort, aber er rief sich eine Bemerkung Furiosos zu diesem Problem ins Gedächtnis. Der Waffenmeister glaubte daran, daß jeder Mensch zu einem bestimmten Zweck auf der Welt sei. Einige entdeckten diesen Zweck früher, andere später. Aber dieser Punkt sei erreicht, wenn alles klar, scharf und wie in einem Fokus vor einem läge – dann wisse man, es sei soweit. Die Zeit des Wechsels und des Handelns sei gekommen.

Seit dem Moment, als Varian mit Kartaphilos gesprochen hatte, spürte Varian, daß sein Leben sich veränderte. Er wußte bereits, daß es ihm nicht länger ausreichte, sein Leben als gewöhnlicher Seemann zu beschließen. Die Welt hatte mehr anzubieten, als Segel zu raffen und salzige Meeresluft zu schmecken. Soviel hatte Varian bereits begriffen.

Und dann gab es da noch Tessa. Auf merkwürdige Weise eine Schönheit. Unschuldig und naiv, aber auch mit einer gewissen erdgebundenen Weisheit. Irgendwie konnte sie ihn innerlich so sehr bewegen, wie das noch keine Frau zuvor vermocht hatte. Sie konnte in ihn hineinreichen und dort etwas entzünden, das lange Zeit erloschen geruht hatte. Ein Blick ihrer dunklen Augen reichte dazu aus, ein Streicheln ihrer sanften Finger auf seinen Wangen oder ein einziges Wort. Diese Gesten reichten Varian aus, Tessa so zu sehen, wie sie vielleicht einmal für ihn werden könnte.

Varian bemerkte dies alles, während sie beide die zwei Tage in der *Stadt des Lichts* verbrachten, und er baute darauf seine Träume auf, wenn sie in der dunklen Stille der Nacht neben ihm lag und schlief.

Varian nahm nicht für sich in Anspruch, von der Liebe etwas zu verstehen. Aber in seinem Innern erwachte etwas zum Leben, und er machte sich Gedanken darüber, was aus diesem Etwas erwachsen könnte. Tessa von Prend – etwas Besonderes ging von dieser Frau aus, da war er sich ganz sicher. Eine Besonderheit, über die er sich im klaren war, sie erst kurz gekostet zu haben. In ihrer Person gab es Schichten, die er freilegen könnte, wie sie ihm andeutete, und zwar nur er. Und Varian war daran sehr interessiert.

Aber wenn Varian tiefgehender und ehrlicher sich selbst gegenüber an Tessa dachte, wußte er, daß er mehr als bloßes Interesse verspürte. Er mochte sie. Er mochte sie sehr – und die Dinge, die sie gemeinsam tun konnten.

Der beiden Tage vergingen wie im Flug, und Varian wollte, daß sie nie endeten. Am Ende der zwei Tage gab Tessa ihre Entscheidung bekannt.

Und Varian war sehr glücklich darüber.

Drei

Es machte keine Schwierigkeiten, Tessa auf der *Courtesan* unterzubringen. Sowohl der Kapitän als auch der Steuermann freuten sich, als Varian ihnen Tessa vorstellte. Von da an war alles andere nur noch ein „Kinderspiel". Sie übernahm ihren Platz in der gut ausgestatteten Kombüse, wo sie mit einem kleinwüchsigen, buckligen Koch namens Farle zusammen arbeitete. Der zauberte wahre Wunder aus dem beschränkten Angebot der Schiffsvorräte. Eine wohlgenährte Mannschaft ist eine zufriedene Mannschaft – eine ganz und gar grundlegende Lebensweisheit.

Die Reise nach Westen brachte Tessa viele neue Erkenntnisse, und sie verbrachte viele Stunden zusammen mit Varian auf dem Deck. Dort lernte sie viel über die Kunst, ein Handelsschiff zu steuern. Aber wenn Varian auf Freiwache war, verbrachte er die meiste Zeit allein. Nicht etwa, daß er Tessa bewußt ignorierte – er hielt sie für ausgesprochen attraktiv, intelligent und sie gab ihm viel –, aber zugleich wuchs sein Interesse an einer Kiste voller Texte und Manuskripte, die er aus Eleusynnia mit an Bord genommen hatte.

Jede Nacht saß er in seiner Kajüte und suchte nach irgendwelchen Verbindungsstücken, die die losen Enden von Kartaphilos Geschichte zusammenführen konnten. Es gab so viele Orte, an denen Sand lag, und so wenige Hinweise auf die Riken oder die Genonesen. Die Erste Zeit schien eine Welt zu sein, die von Legenden, Märchen und offensichtlich falschen Darstellungen überschwemmt war. Irgendwo im Lauf der Entwicklung war der Beruf des Historikers zu dem eines Märchenerzählers verdreht worden, eines Unterhaltungskünstlers, der die Menschen beim Schein des Lagerfeuers die Kälte der Nacht vergessen ließ.

Er grübelte darüber nach, Tessa in seine Suche einzuweihen und sie daran teilhaben zu lassen. Keineswegs mißtraute er ihr, aber er fürchtete, sie würde ihm keinen Glauben schenken. Offensichtlich verstand sie ohnehin nicht sein Bedürfnis nach Abgeschiedenheit, wenn er seine Freiwache hatte. Und Varian stellte sich vor, daß sie sich sicher fragte, warum er sie nicht mehr beachtete, sich nicht mehr um sie kümmerte.

Aber da gab es noch viele andere Dinge, die ihre Gedanken beschäftigten und anregten. Die Fahrt durch die Straße von Nsin war so mysteriös und von Nebel begleitet wie immer. Und Tessa war ganz hingerissen von den sich hoch auftürmenden weißen Klippen am südlichen Ufer der Straße, wo die großen Kanonen von Kell immer noch undeutlich als Überbleibsel der Macht der Vergangenheit aufragten ... Die Lichter des Voluspa-Leuchtturms direkt vor der Küste der Philosophenstadt führten die *Courtesan* sicher ins offene Wasser, wo man anhand der Karten und Meßinstrumente weitersegelte, bis die Küstenlinie der Insel Gnarra gesichtet wurde. Tessa wollte gern die Hafenstadt Cybele besichtigen und die dort lebende Bevölkerung kennenlernen, die sich, wie sie gehört hatte, aus Hexern zusammensetzen sollte. Varian amüsierte sich darüber. Tessa sah Cybele als eine Stadt an, in deren Straßen Magier und Zauberer wie Ratten in einer Wirtshauskanalisation herumtollten.

Außerdem hatte eine kurze Begegnung mit einer Seeräuber-Bande aus Behistar stattgefunden – eine kleine, aber schnelle Fregatte, die die Stärke der *Courtesan*-Kanonen ausprobieren wollte. Das war auch der letzte Angriff des kleinen schwarzen Schiffes gewesen.

Jetzt näherte man sich dem Hafen von Ques'Ryad. Die Stadt verfügte über eine doppelt so große Hafenanlage wie alle anderen

Städte am Aridard und war ein wucherndes Zentrum des Handels, des Abenteuers und der kulturellen Begegnung. Der Hafen war von Schiffen aller Art überfüllt. Die Flaggen fast aller Nationen knatterten in der Meeresbrise. Die Docks waren überschwemmt von Menschen und exotischen Frachten aus allen Gegenden der Welt: gedörrtes Fleisch aus Shudrapur, Häute und Felle von den Trappern aus dem Gebiet nördlich des Scorpinnianischen Kaiserreiches, Diamanten aus den Minen von Kahisma, Wandteppiche und Töpferwaren aus Asir, Musikinstrumente aus Sanda, Eisenholz von den Kirchowwäldern und Glasskulpturen aus dem Schlackenland. Die Reichtümer der Welt flossen und wirbelten wie Wasser zwischen den Kais und Piers herum, wurden ein- und ausgeladen und wechselten von einem Schiff zum nächsten. Ques'Ryad war der Knotenpunkt, der Umschlagplatz, an dem alle Gegenstände und alle Menschen schließlich zusammenzuströmen schienen.

An diesem Abend, ihrem ersten Abend in dieser Hafenstadt, war Tessa von der Idee gefesselt, den Ort zu besichtigen. Varian begleitete sie durch die gewundenen Straßen, die langen Boulevards entlang und durch die geräumigen Parks und Gartenanlagen. Diese wurden von den Kirchtürmen und Obelisken der Stadt umgeben. Tempel und Museen, Monumente und andere Gebäude von hohem Alter tauchten überall auf. Die Luft war angefüllt vom Sprachgewirr der Menschen aller nur denkbaren Hautfarben, Größen und Glaubensrichtungen, vermischt mit dem Duft von gerösteten Nüssen, gebratenem Fleisch, Blumen und Flüssigkeiten.

Als die Stunde der Mitternacht kam, fühlte sich selbst Varian von all dem erschöpft, und er bat Tessa um eine kurze Pause, um zwecks eines weichen Stuhls und einer wärmenden Tasse Kaffee mit Rum eine Taverne aufsuchen zu können. Tessa lächelte und stimmte ihm zu, als Varian plötzlich auf eine bekannte Kneipe zusteuerte, die in einer Seitenstraße lag, abseits der ausgetretenen Wege der Hauptstraßen und Verkehrsrouten. An der Kreuzung von zwei kleinen, sich windenden Gassen, umgeben von mehreren Geschäften, gab es eine Gaststätte namens *Der Weiße Donzell*. Das Lokal war mit einem großen, beweglichen Schild geschmückt, auf dem eines dieser wunderbaren gehörnten Wesen unter den Buchstaben abgebildet war.

Innen waren auf einer großen Fläche lange Eichenholztische in geraden Reihen aufgestellt. Die Wände bestanden aus gelben Steinen, die von braunen Balken zusammengehalten wurden. Daran hingen Wandteppiche und Bilder aus allen Ländern und Zeiten. Staub und Teer von den aufwallenden Tabakwolken bedeckten in einer feinen Schicht den ganzen Raum und verliehen ihm ein mildes, belebtes Flair. Auf dem Boden lag eine Schicht Sägespäne, so dick wie das Moos eines schattigen Waldes. Musik ertönte von einem hoch über allem gelegenen Stockwerk, wo eine kleine Kapelle auf Streichinstrumenten spielte. Und natürlich befand sich dort eine riesige Theke, wo drei Barkeeper keinen Moment Ruhe fanden. Hunderte von Männern und Frauen hielten sich hier auf und tranken, lachten, rauchten, lebten eben.

Varian und Tessa traten ein. Beide trugen die allgemein bekannte Kluft von Handelsseefahrern. Niemand brachte ihrem Eintritt übermäßiges Interesse entgegen. Sie steuerten, ohne von jemandem aufgehalten zu werden, auf einen Tisch zu, neben dem sich eine größere Anzahl von Menschen aufhielt. Die Menge lauschte atemlos einem großen, lautstarken Mann in einem Mantel aus silbergrauem Pelz.

„Ist ja großartig hier!" sagte Tessa. „So etwas habe ich noch nie zuvor gesehen."

Varian sah sie an. Sie war ganz außer sich vor Staunen und Bewunderung – Bewunderung für all das Bezaubernde in dieser Welt. Tessa konnte sich wie ein Kind darüber freuen, und Varian bemerkte, daß er diesen Zug an ihr besonders mochte.

Sie besprachen den ganzen Tag in Ques'Ryad. Manchmal mußten sie fast schreien, um die Musik, die Lachsalven und die Scherze der Leute am Nebentisch zu übertönen. Nach einer kurzen Weile fiel Varian auf, daß er der rauhen, hochtönenden Stimme des alten Mannes im Pelz mehr Aufmerksamkeit schenkte als Tessa und ihrer nicht enden wollenden Begeisterung über Ques'Ryad.

Varian wollte Tessa nicht verletzen und bemühte sich daher darum, ihr Interesse ebenfalls auf den Nebentisch zu lenken. „Guck dir mal den an", sagte er und zeigte auf den alten Mann.

„Das ist vielleicht ein Unikum, was?" sagte Tessa lachend.

Der Mann saß am jenseitigen Ende des Tisches. Er trug sein Fell-Cape wie ein König seinen Mantel. Ein Halbkreis von gespannten Zuhörern umgab ihn. Anscheinend hielt er gerade eine Erzählstunde ab. Sein Gesicht sah, rauh und sonnenverbrannt wie es war, der runzligen Oberfläche einer Mandel ähnlich. Das Haar trug den gleichen silbergrauen Schimmer wie sein Fellmantel. Er hatte wilde, blaue Augen, die eigentlich auf einen jüngeren Mann hinwiesen, als er es zu sein schien. Die große Hakennase war gebogen und spitz und sicherlich mehr als einmal gebrochen worden. Sie erstreckte sich über einem großen, vollen Mund, der von einem sauber getrimmten, schwarzweißen Bart umrahmt wurde. Der Mann hatte eine laute Stimme, aber er sprach mit Bedacht und wählte genau die richtigen Worte, um die Aufmerksamkeit seiner Zuhörer nicht erlahmen zu lassen. Er hatte Talent zum Geschichtenerzählen, und er ging ganz darin auf.

Ihm zur Seite saß ein viel jüngerer und kleinerer Mann, der alle Worte des Alten mit konzentrierter Aufmerksamkeit verfolgte. Hin und wieder stieß der Alte ihn an oder fragte ihn, ob er sich an eine bestimmte Stelle der Geschichte noch mit Vergnügen erinnern könne, und der Kleine nickte, zwinkerte mit den Augen und lachte mit der Vertraulichkeit von jemandem, der mit einem zusammen durch dick und dünn gegangen ist. Varian beobachtete den Kleinen eine Zeitlang und fragte sich, ob er ihn nicht irgendwo schon einmal gesehen hatte, versuchte das Gesicht einem Namen oder einem Ort zuzuordnen. Er war ein kleinwüchsiger, aber stämmiger Typ, dessen Muskelpakete von der dicken Kleidung nicht verborgen werden konnten. Augen und Haare waren kohlrabenschwarz, die Haut glänzte von öligem Schweiß. Er hatte ein gewinnendes Lächeln, strahlend weiße Zähne, eine scharf geschnittene, eckige Nase und ein ebensolches Kinn. Der Kleine war ein schöner Mann, aber in einer unfertigen, kruden Weise.

Varian bemerkte, daß der kleine Gefährte zwar sehr angetan wirkte, aber nie ein Wort sprach. Entweder tat er das aus Ehrfurcht oder Respekt vor dem alten Mann, oder er war stumm.

„. . . und die Mutanten mutieren immer noch weiter im Baadghizi-Tal. Vor drei Wintern waren Raim und ich dort – nicht wahr, mein kleiner Freund? –, und wir haben Küchenschaben gesehen, so groß wie ein Stiefel. Die krabbelten dort herum, als seien sie der Herr dieses Ortes. Und das sind sie auch! Aber die Küchenschaben sind noch nicht das Beste, nein, meine Freunde. Es sind die Eidechsen, bei Gott, die schrecklichen Eidechsen!"

Einer der Anwesenden nahm den Köder auf und fragte den Alten nach den Eidechsen. Und schon sprudelte der Mann wieder los.

„Große, häßliche Schuppendinger! Sie gebären und rammeln im Tal herum, koste es, was es wolle! Bald werden es so viele sein, daß sie sich nur noch über den Rücken der anderen hinwegbewegen können, ja ihr ganzes Leben so krabbeln, ohne jemals den Boden zu berühren. Und ich sage euch, das sind vielleicht Riesenbiester. Einige von ihnen haben es schon gelernt, aufrecht auf den Hinterbeinen zu stehen wie ein Mensch. Die werden bis zu fünf oder sechs Ems hoch, und sie können einen überrennen und zum Frühstück verputzen, noch ehe man ‚Heuwägelchen‘ sagen kann!"

„Wie konntet Ihr denn entkommen?" fragte ein Zuhörer lächelnd.

„Ich? Ich entkomme *jedem* außer dem Knochenmann!" Der Alte im Silberpelz warf den Kopf zurück und lachte. „Nein, versteht ihr, klar, die Biester sind groß und schnell und haben immer Hunger, aber gleichzeitig sind sie gottserbärmlich dumm! Die kann man mit Tricks bluffen, auf die nicht mal eine *Hängeklaue* hereinfallen würde. Tatsächlich habe ich eines dieser großen Biester in einer selbstgebauten Falle gefangen und seinen Kopf einem König im Norden von Scorpinnian gebracht. Er nannte sich selbst wirklich und wahrhaftig Richard III. Ein komischer kleiner Bursche war das, mit einem gelähmten Arm, aber gemeingefährlich wie eine Katze! Hab' ihm den Schädel von dem Riesenbiest vor die Füße gelegt und bin wieder abgezogen. Das war damals, als Raim und ich bei einer Expedition ins Sonnenlose Meer zusammenkamen. *The Pequod* hieß unser Schiff – hat schon mal wer davon gehört? Nein, schätze, das habt ihr nicht; war jedenfalls 'n schmucker Kasten. Der Kapitän war ein Wahnsinniger namens Ahab. Raim legte sich mit einem der Kanoniere an Bord an – ein Riese, von oben bis unten tätowiert, sein Name ist ja egal –, und die beiden haben sich gegenseitig 'n paar neue Bilderchen in die Haut gestanzt, nicht wahr, mein Freund?"

Wieder lachte der Alte und bedeutete dem kleinen, dunklen Raim, die Messerstiche auf seiner dunklen Brust zu zeigen. Nach einer anerkennenden Runde von Ooohs und Aaahs fuhr der alte Mann mit seiner Geschichte fort: eine nicht enden wollende, ausgelassene Räuberpistole zur See. Varian hörte gespannt zu, obwohl er ja selbst zur See gefahren war.

Varian hörte schon seit Jahren solche Seemannsgarn-Geschichten. Nur wenn man nicht um die Welt segelte oder häufiger die Wasserlöcher freundlicher Nomaden aufsuchte, blieb man von solchen Geschichten verschont. Aber bei diesem Mann hier war alles etwas anders – seine Vortragskunst, sein Erzählstil und vor allem seine ganze Erscheinung. Er *sah* wirklich so aus, als hätte er all das erlebt, wovon er erzählte. Varians offenes Auge für Details bemerkte wohl die schweren, schwieligen Hände, die *Charakterzüge* in seinem Gesicht, die jungen, lebhaften Augen und die großen Muskelpakete an Schultern und Nacken. Dieser Alte war ein Mann der Tat und der Erfahrung. Sein Talent zum Erzählen war nur eine farbige, zusätzliche Eigenschaft, ein weiterer Anziehungspunkt.

„Was ist los?" fragte Tessa und streckte die Hand aus, um Varians Ärmel zu berühren.

„Och, gar nichts. Ich habe nur den Alten beobachtet und ihm etwas zugehört . . ."

Tessa lachte und trank aus ihrem Glas. „Du glaubst das doch nicht etwa, oder?"

„Nein, nicht alles. Ich glaube nie alles, egal *wer* mir was erzählt."

„Aber manche Sachen doch, oder?"

„Natürlich." Varian zeigte auf den alten Mann. „Sieh ihn dir nur mal an. Ich meine, sieh ihn dir mal *richtig* an. Er ist kein Aufschneider. Er ist wirklich dort gewesen – wo immer das auch gewesen sein mag. Wirkt er nicht wie Ques'Ryad selbst? Ihn umgibt der Geruch und die Ausstrahlung des Abenteuers – und auch der Gefahr."

„Varian, langsam meine ich, du glaubst ihm *doch!*" Tessa lächelte ihn provozierend und vorwurfsvoll an.

„Er ist eine interessante Persönlichkeit, das kannst du nicht abstreiten", sagte Varian und sah wieder zu dem Tisch hinüber, wo die Geschichte fortgesetzt wurde.

„. . . manche behaupten, es seien *Golems* gewesen, aber höchstwahrscheinlich waren es gar keine lebendigen Wesen", sagte der Alte gerade. Seine Augen glitten unheilvoll in ihren Höhlen vor und zurück. „Bei allem, was mir heilig ist, es waren *Roboter!*"

Jemand in der Menge lachte los, und rasch folgten das schallende Gröhlen und die zweifelnden Äußerungen der anderen. Varian dagegen spürte, wie sich alles in ihm beim Klang dieses Wortes verkrampfte.

„Ihr glaubt mir also nicht! Wie soll ich es euch beweisen? Ich weiß, daß es Roboter gewesen sein *könnten,* denn ich selbst habe einen gesehen!"

Das Gelächter steigerte sich noch, und die Kommentare wurden lauter. Die Menge glaubte, der Alte wolle sie jetzt mit einer neuen Rolle foppen, indem er vom aufschneiderischen Geschichtenerzähler zum Clown oder Possenreißer überwechselte.

Alle lachten, nur Varian nicht. Unvermittelt war er in Gedanken wieder an Bord der *Courtesan,* damals, als das ... das Ding seine Kleider zurückgezogen hatte und eine Bernsteinglas-Brust präsentierte, das Flimmern der aufgedruckten Stromkreise und LEDs.

„Nein, es stimmt, wenn ich es euch doch sage!" rief der Alte. „Ihr könnt Raim hier fragen. Er hat ihn auch zu Gesicht bekommen!"

Raim nickte ruhig.

„Ich kehrte gerade aus der Wildnis nördlich von Shudrapur Dominion zurück. Raim war auch dabei, und wir suchten nach Stücken aus der Ersten Zeit für einen Kaufmann in Borat. Wir hatten bis dahin noch nichts gefunden, als wir an einer Grenzsiedlung vorbeikamen – etwa fünfhundert Kas von Babir gelegen –, und wir kamen mit 'n paar Dorfbewohnern ins Gespräch. Man lernt es mit der Zeit, den Dörflern aufs Maul zu gucken. Die können vielleicht nicht so schön erzählen wie wir. Aber es ergibt meistens einiges an Sinn, wenn sie den Mund aufmachen. Und die haben kein Interesse daran, jemanden zu beeindrucken. Will damit sagen, die lügen nicht – haben einfach keinen Grund dazu."

Der Mann im Silberpelz hielt inne, um aus seinem sehr großen Glas zu trinken. Varian konnte die Aufregung und die Angst spüren, die in der Luft hingen. Und er spürte die Erwartungen aller Zuhörer, was diese Geschichte anging. Tessa berührte Varians Handgelenk, und er zuckte zusammen.

„Na, jedenfalls kamen wir in dieses Grenzkaff, und einer von den Trappern sagte mir, ein Mönch oder so was Ähnliches sei durch den Ort gekommen und hätte nach *mir* gefragt! Na, hab' ich mir gedacht, das ist ja vielleicht 'n Ding – denn dort draußen gibt es kaum einen, der weiß, daß ich dort herumspaziere oder was ich treibe. Und ganz sicher gibt es keine Mönche, die mich kennen. Ich bin nicht gerade sonderlich religiös veranlagt." Er hielt inne, richtete den Blick nach oben und machte nachlässig das Sternzeichen auf seiner Brust. Alle lachten, und der Alte wartete, bis sich das Gelächter gelegt hatte, bevor er mit seiner Geschichte fortfuhr.

„Ein paar Tage sind ins Land gezogen, und Raim und ich haben es uns gutgehen lassen, gut gefuttert und so weiter. Ich horche so'n bißchen herum und kriege mit, daß der Bursche, der mich sucht, Cartor Fillus heißt. Er sollte angeblich ein Bote von meinem Brötchengeber Marduk, dem Salasan von Borat, sein. Na, *da* war ich mehr als überrascht. Wir zwei halten uns Tausende Kas von Avista auf – so gut wie unmöglich, einen dort ausfindig zu machen –, und Marduk sollte mir eine Nachricht geschickt haben? Verrückt, nicht wahr? Also habe ich mir gesagt, warte mal in dem Dorf eine Weile, vielleicht kreuzt der Bursche ja wieder auf. Und eines ist mal klar wie dicke Tinte – ich war neugierig, was der Bursche mir zu sagen hatte."

Varian hörte jetzt der Geschichte nur noch mit einem Ohr zu. Er wußte aber, daß der Alte nicht log. Das konnte kein Zufall sein: Kartaphilos – Cartor Fillus. Nein, das mußte der gleiche Mann gewesen sein, das gleiche *Ding*. Was hatte das nur zu bedeuten? Zum ersten Mal in seinem Leben fühlte Varian, daß er die Kontrolle über den Lauf der Dinge verlor, daß er vielleicht zum Spielball von Mächten geworden war, die größer waren, als er das begreifen konnte.

„... und es ist Nacht, versteht ihr? Raim pennt, und ich halte Wache. Nichts außer Kälte und Dunkelheit um unser Zelt herum. Und plötzlich höre ich irgendwo dort draußen etwas. Ich habe eine 9-Millimeter-Pistole, und die kann einem ein Loch so groß wie 'ne Bratpfanne in den Schädel pusten, kapiert? Also hole ich sie raus und halte sie in die Dunkelheit. Ich schieße immer erst und frage später. Gerade will ich 'n paar Kugeln in die Richtung feuern, aus der das Geräusch gekommen ist, da höre ich doch meinen Namen... 'ne richtig formelle Begrüßung, so mit allem Drum und Dran, als wäre ich im Haus des Salasans: ‚Stoor von Hadaan, seid gegrüßt. Ich komme in Frieden!' Also, ich sage ihm, er solle erst mal ins Licht treten. Und da kommt ein alter Mann in einer Kutte, die Kapuze auf dem Kopf, und ich denke, mich laust der Affe, das ist tatsächlich ein Mönch. ‚Cartor Fillus?' frage ich ihn, und er nickt. Also bringe ich ihn zum Zelt und frage ihn, ob er etwas zu trinken haben möchte, aber er will nichts. Wir reden so 'ne Weile herum, bis ich ihn frage, wie er mich hier gefunden hat. Aber er sagt nichts Konkretes, nur, er habe seine ‚besonderen Methoden'. Ich denke mir, der will nicht über Geschäftsgeheimnisse plaudern und lasse ihm deshalb seinen Willen. Dann erklärt er mir, daß er eigentlich gar nicht für Marduk arbeitet. Das hab' ich mir auch schon vorher gedacht, wollte es ihm aber nicht sagen..."

Der alte Mann legte wieder eine Pause ein, um aus seinem Glas zu trinken. Varian beobachtete die Gesichter der Zuhörer. In ihnen spiegelte sich alles wider: Unglauben, Belustigung, höchste Aufmerksamkeit und die Ignoranz von Betrunkenen. Trotzdem hörten alle zu.

„ . . . und dann passiert ein tolles Ding. Ich weiß, das hört sich jetzt an, als hätt' ich mir das alles aus den Fingern gesaugt. Aber jetzt spitzt mal die Ohren: Ich hör wieder was in der Dunkelheit, 'n paar dicke Äste knicken wie Streichhölzer ab – was ganz Großes muß da draußen herumlaufen, und zwar ziemlich schnell. Doch bevor ich meinen 9-Millimeter-Revolver hochreißen kann, fliegt ein riesiger Schatten aus dem schwarzen Wald.

Der alte Cartor steht auf und packt das Biest genau an der Brust. Es war ein Cragor, der größte und gemeinste Cragor, den ich je gesehen habe, mindestens drei Ems lang! Schlägt auf den alten Cartor mit seinen Krallen ein und will ihn mit den Fängen zu Mus machen. Ich dachte, das Biest reißt den Alten in Stücke, bevor er zu Boden fällt. Aber das war gar nicht so.

Der Cragor liegt also auf ihm und zerrt und reißt, wie das solche Biester eben tun, an ihm herum, klar? Ich hab' einen Moment Zeit, so zwei bis drei Sekunden, aber das reicht nur aus, um zwei Ladungen rauszupfeffern. Wumm! Dem Cragor hat's den Kopf zerblasen! Die Stücke fliegen überall in der Gegend herum.

Aber damit ist die Sache noch lange nicht gegessen. Ich laufe zu dem Alten herüber und trete den Brocken vom armen alten Cartor Fillus herunter. Und ich denke mir, von dem ist nur noch Hackfleisch übrig, oder? Aber da setzt er sich auf und bringt seine Kutte in Ordnung. ‚Danke schön‘, sagt er dann zu mir.

Normalerweise hätte ich gedacht, niemand könne eine derartige Behandlung von einem Cragor überleben... aber, wißt Ihr, zu der Zeit wußte ich bereits, Cartor Fillus ist *gar kein Mensch!*

Das Biest hatte sein Gewand ordentlich in der Mangel gehabt, und während der Alte es richtet, sehe ich etwas darunter. Metall! Und Glas! So dick und klar wie ein Topas. Und das Ganze wird mit Licht und Energie erleuchtet!

Ich mache einen Schritt zurück, während er sich zurechtmacht. Aber er wußte es, und ich wußte es auch und mittlerweile auch Raim – denn auch der hatte den Cragor gehört, als er aus dem Wald heranrauschte. Da stehen wir drei also 'ne Weile herum und starren uns gegenseitig an. Dann sagt der Roboter: ‚Ich hätte euch ohnehin erzählt, daß ich kein Mensch bin, aber ich war der Meinung, dieses kleine Schauspiel würde etwas dramatischer wirken.‘ Und ich erwiderte: ‚Klar, Mann, hat es, aber davon abgesehen – was will denn ein Roboter von mir? Gräbt der mich doch in der Wildnis aus – wobei noch hinzukommt, daß man in dieser Gegend Roboter nicht häufig antrifft . . .‘

Nun, er setzt sich hin und erzählt mir eine Geschichte. Ich mußte ihm aber versprechen, sie nicht weiterzuerzählen – und klar, ich hab’ ihm mein Versprechen gegeben, denn ich bin ein Mann, der nicht leichtfertig Dinge herumerzählt . . .“

Die Menge explodierte vor Lachen, weil sie glaubte, der alte Stoor habe nun das Ende seiner Geschichte erreicht. Natürlich konnte er die Geschichte des Roboters nicht erzählen, weil es ja gar keine Roboter *gab*. Also doch eine Räuberpistole, die nur zur Unterhaltung zum besten gegeben wurde.

„Nun wartet doch mal ’n Augenblick. Ihr habt das in den falschen Hals gekriegt! Das ist kein Seemannsgarn . . .“

Aber keiner wollte mit dem Lachen aufhören. Alle zwinkerten sich zu und nickten wissend. Etliche Zuhörer standen auf, um ihre Gläser wieder zu füllen, andere wandten sich ab, um sich zu kleineren Gesprächsrunden zusammenzufinden. Wie auf ein geheimes Signal hin war Stoors Auftritt im Rampenlicht zu einem abrupten Ende gekommen. Der Alte sah seinen kleinwüchsigen, dunkelhaarigen Begleiter an. Beide zuckten die Achseln, erhoben sich und machten sich auf den Weg zur Bar.

Als sie am Tisch von Varian und Tessa vorbeikamen, faßte der Handelsseefahrer Stoor am Ärmel.

Der Alte sah Varian verwirrt an.

„Ich glaube dir, alter Mann“, sagte Varian.

„Du willst wohl einen ausgegeben haben?“ Stoor wandte sich ab, aber er wurde vom harten, festen Griff des Seefahrers aufgehalten.

„Bitte“, sagte Varian. „Ich meine es ernst. Ich *weiß*, daß du die Wahrheit sagst . . . über den . . . den Roboter.“

Stoor lächelte und sah zu Raim. „Und woher sollte einer wie du das wissen?“

„Der *Wächter*“, sagte Varian. „Er kam auch zu mir und erzählte vom *Wächter*.“

Stoors Gesichtsausdruck wechselte rasch von Belustigung zu Schock und dann genauso schnell zu Einverständnis. Er setzte sich neben Varian auf die Bank. Sein Blick fuhr rasch von Varian zu der jungen Frau und wieder zurück.

„Sie kann es ruhig wissen", sagte Varian.

„Was wissen?" fragte Tessa und griff nach Varians Handgelenk.

„Erzähl mir, was du weißt", sagte Stoor. Seine Augen bohrten sich mit der Intensität eines gefangenen Tieres in die von Varian.

„Ich werde dir alles erzählen", sagte Varian.

Und er begann.

Vier

Es muß nicht eigens erwähnt werden, daß Stoor und Raim von mehreren Dingen überzeugt waren, nachdem sie Varians Geschichte gehört hatten: Cartor Fillus und Kartaphilos waren ein und dieselbe Person, die Geschichte des Roboters war in beiden Fällen selbst in den unwichtigsten Details die gleiche. Und es war eine gute Idee, gemeinsam die Suche nach der mysteriösen Zitadelle fortzuführen.

Daneben gab es allerdings einige Punkte, die einer genaueren Erörterung bedurften.

Stoors wichtigster Einwand richtete sich gegen die Teilnahme Tessas an dem Unternehmen. Nicht etwa, weil sie eine Frau war – Stoor hatte immer großen Respekt vor Frauen gehabt –, sondern eher wegen ihres Mangels an irgendwelchen Fähigkeiten, die für die Expedition von Bedeutung sein konnten. Ihre besonderen Sprachtalente erwiesen sich für Tessa als Rettung. Varian legte immer wieder bei den Gesprächen zu Tessas Verteidigung besonderen Nachdruck auf diese Fähigkeiten. Und es *konnte* sich auch als nicht zu unterschätzender Vorteil erweisen, jemanden mitzuführen, der sich praktisch mit jedermann verständigen konnte, auf den man unterwegs treffen würde.

Aber es gab natürlich noch einen anderen Grund, warum Varian Tessa dabeihaben wollte. Er hatte sich in das Mädchen verliebt. Varian Hamer – dem Frauen beileibe nichts Fremdes waren – war in der Lage, sich selbst gegenüber zuzugeben, daß es bei ihm gefunkt hatte. Er dachte daran, daß möglicherweise die momentane Situation diesen Zustand verstärkte – die Vorstellung, ohne Tessa zu sein oder sie in einer fremden und feindlichen Stadt zurückzulassen, war für ihn unerträglich. Also konnte es doch nichts anderes als Liebe sein. Und damit Ende der Diskussion.

Falls der alte Stoor solche Motive erraten hatte, so schwieg er doch darüber. Entweder achtete er eine solche Gefühlsregung, oder er fürchtete, einen Mann wie Varian Hamer damit zu beleidigen. Daher blieb es dabei.

Ein weiterer strittiger Punkt war der Zweck der Reise. Stoor und Raim hatten sich lange Zeit als Glücksritter herumgeschlagen. Und es machte ihnen offensichtlich Schwierigkeiten, in anderen Kategorien als denen des Geldes zu denken und die damit verbundene Käuflichkeit zu akzeptieren. In der Vergangenheit waren alle ihre Expeditionen von außen finanziert worden, und ihr Anteil in den Unternehmungen war festgelegt und abgesichert gewesen. Aber bei diesem neuen Plan trugen sie das volle Risiko. Und die Teilnahme eines weiteren Mitglieds würde die erhofften Gewinne schmälern und die Möglichkeit der Konkurrenz von Leuten, die man nicht kannte, erhöhen.

Alle diese Punkte wurden lang und breit in den Kneipen, den Höfen, auf den Plazas und in den prächtigen Gasthöfen und Bibliotheken von Ques'Ryad diskutiert.

Man entschied sich gegen eine Schiffsreise, weil diese Möglichkeit als zu gefährlich angesehen wurde. Ein Segelschiff war ein eigener Mikrokosmos, in dem man ein Geheimnis schlecht bei sich behalten konnte, besonders dann, wenn mehr als eine Person davon Kenntnis hatte. Mochte eine Schiffsreise auch noch so bequem, sicher und schnell sein, diese Möglichkeit wurde abgelehnt. Daher wurde der Erste Maat der *Courtesan* davon in Kenntnis gesetzt, daß Varian und die Kombüsenhilfe Tessa zur Rückreise nach Mentor nicht an Bord sein würden.

Allerdings war auch die Idee, die bekannte Welt zu Fuß oder auf dem Rücken eines Pferdes zu durchreisen, sehr verwirrend. Stoor wollte diese Schwierigkeit lösen, indem er einen reichen Kaufmann in Zend Avesta aufsuchte, der ihm noch den einen oder anderen Gefallen schuldete. Anscheinend war Stoor in den letzten Jahren im Auftrag dieses Händlers herumgereist, um Artefakte aus der Ersten Zeit für dessen Sammlung und sein Privatmuseum zu finden, das sich in seiner Villa hoch über der Grünewald-Bucht befand. Mehrere Male war Stoor losgeschickt worden, ganz bestimmte Stücke zu suchen. Und wenn er Erfolg hatte, wollte der Kaufmann ihm immer einen besonderen Gefallen tun. Aber Stoor hatte das für den Moment stets ausgeschlagen, ahnte er doch, daß eines Tages die Zeit gekommen sein würde, alle Gefallen auf einmal zu erbitten.

Und diese Zeit war jetzt da.

Vor zehn Jahren hatte Stoor unter den Sandmassen, die die Barrikaden der Maaradin-Festung bedeckten, eine Maschine aus der Ersten Zeit gefunden: einen Mannschaftstransporter, teilweise gepanzert, rundum Kettenantrieb, leichte Bewaffnung und äußerlich noch völlig in Ordnung. Irgendwie war er der Zerstörung lange genug entgangen, um unter der sich ständig verschiebenden Oberfläche begraben zu werden. Und dort hatte das ultratrockene Klima ihn konserviert. Äußerlich war er noch gut in Schuß, nur die beweglichen und elektronischen Teile des Antriebs und der navigatorischen Hilfsanlagen waren korrodiert, teilweise sogar bis zu einem gewissen Grad zerfallen. Oder anders ausgedrückt: Er fuhr nicht mehr.

Doch wenn er auch fahruntüchtig war, in Zend Avesta wurde er wieder zum Laufen gebracht. In diesem Staat genoß der Geist die größte Freiheit, und an diesem Ort sah sich keine Veränderung von alteingesessenen Traditionen behindert. Die Naturwissenschaftler und Techniker von Zend Avesta examinierten auf Einladung des reichen Kaufmanns das antike Gefährt Zentimeter für Zentimeter. Sie konnten viel aus seiner Konstruktion erlernen: vor allem die Grundlagen eines Selbstantriebs. Und aus dieser wichtigen Entdekkung rührten die Traktoren und anderen einfachen Fahrzeuge her, die mittlerweile überall in Zend Avesta anzutreffen waren. Die Ingenieure des Landes entwickelten schon bald einen mit Methangas betriebenen Antrieb (das Gas wurde aus Tierkot gewonnen) und ersetzten damit den Benzinantrieb, den man im MTW gefunden hatte.

Und es dauerte nicht mehr lange, da wurde der MTW nur noch als Kuriosität angesehen, als Prototyp, aus dem weitaus effektivere Maschinen entwickelt werden konnten. Daher verbrachte das Fahrzeug seine weiteren Tage im ersten Stock des Privatmuseums jenes Kaufmanns, wo Angestellte es täglich abstaubten.

Bis zu dem Tag, an dem Stoor von Hadaan dem Kaufmann einen unerwarteten Besuch abstattete.

An diesem Nachmittag saßen Stoor und Varian in der Frontkabine des MTWs, der über das offene Land östlich der Bucht walzte. Tessa und Raim waren im hinteren Raum damit beschäftigt, Treibstoff und Verpflegung einzulagern.

„Ich kann es immer noch nicht glauben, daß *irgend jemand* dir einen solchen Gefallen schuldet", sagte Varian.

Stoor warf den Kopf zurück und lachte.

„Nein, ehrlich, ich meine, es ist alles so unwirklich!" Varian betrachtete das Fahrzeug wie ein kleiner Junge sein neues Spielzeug. Der MTW war ein mechanisches Wunder! Ein Wunder, von dem er nicht glaubte, daß die Welt sich je daran gewöhnen könnte.

„Nein, nein", sagte Stoor. „Es ist kein Wunder, wenn man bedenkt, daß mein Freund für diesen Kasten sowieso keinen Gebrauch mehr hatte. Seine Leute können einen solchen MTW nachbauen, wann immer er dies wünscht. Aber die Welt braucht Traktoren, keine MTWs. Davon abgesehen habe ich dem Kaufmann versprochen, ihm etwas noch viel Wertvolleres als diesen Klapperkasten mitzubringen!"

„Du lieber Himmel! Was denn?"

Wieder lachte Stoor. „Mach dir keine Gedanken darüber. Falls wir finden, was wir suchen, wird der Kaufmann unsere geringste Sorge sein."

„Wo fahren wir denn zuerst hin?"

„Wir gehen ganz logisch vor und suchen alle großen Wüsten und ähnlich öden Gebiete ab. Wir haben doch beide den gleichen Hinweis erhalten – ein sandiger Ort, nicht wahr?"

„Und wenn dieser nicht in der bekannten Welt liegt?"

„Du meinst, irgendwo hinter . . .?"

Varian nickte.

„Dann fahren wir auch dorthin", sagte Stoor. „Ich bin schon ziemlich tief in die Manteg eingedrungen. Und die scheint nirgendwo aufzuhören. Ich weiß nicht, ob es *überhaupt jemand* einmal geschafft hat, sie ganz zu durchqueren. Und dasselbe gilt für das Schlackenland."

„Aber vielleicht sind wir zu einer solchen Tour gezwungen, nicht wahr?"

„Schon möglich. Alles ist möglich. Gib mir mal die Karte."

Stoor zeigte auf eine kleine Stahlkiste am Kabinenboden. Varian öffnete sie und zog eine Weltkarte heraus, die aus einer zusammenge-

70

falteten, bedruckten Ölhaut bestand. Die Falten hatten tiefe Kniffe hinterlassen, und die Ecken waren vom vielen Gebrauch völlig zerfleddert: ein stummes Testament von Stoors Leben voller Reisen.

„Nun, ich würde vorschlagen, wir fahren erst einmal ein Stück nach Süden und biegen dann in den Samarkesh Burn ab. Das ist die Hölle auf Erden dort!"

„Bist du dort schon einmal gewesen?"

„Nur wenn ich mußte. Banditen haben mich vor Jahren durch den Burn gejagt, bevor das Interdikt über diese Tiere verhängt wurde und bevor ich Raim getroffen habe. War ein hartes Stück Arbeit, aber ich hab's geschafft." Stoor drückte aufs Gaspedal und bediente den Methanantrieb. Die Maschine heulte auf, als sie auf Touren gebracht wurde, um eine steile Anhöhe zu überwinden, die sie gerade erreichten.

Varian ließ die Unterhaltung einen Moment ruhen. Wenn er dem alten Mann zu hart zusetzte, würde der sofort wieder eine reich ausgeschmückte Geschichte erzählen, und dazu war Varian im Augenblick nicht in der Stimmung. Varian interessierte sich vielmehr für das bevorstehende Abenteuer, für ihre Ausrüstung und für die Techniken, die für ein Überleben in der Wüste notwendig waren.

„Erkläre mir doch bitte mal den ‚Sucher‘", sagte Varian schließlich und zeigte auf eine Reihe von Knöpfen an der Konsole.

„Da gibt es nicht viel zu erklären. Ich weiß nur sehr wenig darüber, wie er funktioniert. Ich weiß lediglich, daß er funktioniert, und das genügt mir."

„In Elahim sollen Seeleute mit Radiogeräten und ähnlichem Zeug herumexperimentiert haben. Sie behaupten, sie könnten Schiffe jenseits des Horizonts aufspüren, wo man mit dem Auge nicht mehr hinsehen kann. Ist der Sucher etwas in der Art?"

„Er ist noch viel besser. Die Burschen aus der Ersten Zeit waren eine schlaue Bande, das sage ich dir doch schon die ganze Zeit. Dieses Ding hier leuchtet auf, wann immer wir in die Reichweite eines metallischen oder steinernen Gegenstands kommen. Und dieses Panel hier wird Informationen ausspucken, die uns den genauen Standort des Objekts angeben."

„Und wie groß ist die Reichweite dieses Dings?"

„Ziemlich groß. So um die vierhundert Kas."

Varian schüttelte den Kopf. Bei einer Technik, die solches herstellen konnte, mußte Magie im Spiel sein. Und was sein Verständnis dieser Technik anging, so konnte genausogut *alles* blanke Zauberei sein. „Läuft er die ganze Zeit?"

Stoor nickte. „Er fängt an zu piepsen, sobald etwas in seine Reichweite kommt. Dann haben wir die Auswahl, entweder zu diesem Etwas hinzufahren und es zu untersuchen oder daran vorbeizufahren. Dank meiner Karte und meiner Kenntnisse von diesem Gebiet können wir an einer Menge Krempel vorbeifahren – denn meistens kann ich mir denken, um was es sich handelt."

Stoor deutete auf die Karte. „Wie hier zum Beispiel: Da liegt ein ausgebombtes Kloster. Wenn wir in dieser Richtung weiterfahren, wird der Sucher ausschlagen."

„Und wir fahren daran vorbei, ohne uns genauer umzusehen, nicht?" Varian beobachtete den Bildschirm, auf dem ein helles, gelbgrünes Licht strahlte.

„Ja."

„Aber . . . Moment mal . . ." sagte Varian. „Stell dir mal vor, der Wächter steht irgendwo zwischen diesen Ruinen. *Unter* dem Kloster vielleicht. Und wenn wir daran vorbeifahren . . .?"

„Dann würden wir ihn nicht finden, nicht wahr?" rief Stoor lachend.

Varian schwieg. Er verstand im Moment gar nichts mehr.

„Hör mal, mein Junge", sagte der alte Mann. „Das Kloster steht schon seit Urzeiten dort, und *jeder* weiß das. Jeden Stein dort habe ich umgedreht, und damals war auch ein ganzer Haufen Schuljungen dort zu Gange. Falls der Wächter wirklich dort sein sollte, nun, dann ist er so gut versteckt, daß niemand ihn finden wird!"

„Verstehe . . ." sagte Varian und griff zu Tabaksbeutel und Pfeife.

„Meiner Meinung nach", sagte Stoor, „liegt diese Zitadelle – also der Ort, der den Wächter beherbergt – an einem gottserbärmlichen Ort, wo nie ein Mensch hingeht. Sonst wäre sie schon längst gefunden worden. Begreifst du, was ich meine? Der Wächter *will* nämlich gefunden werden, sonst hätte er nicht diesen Roboter ausgeschickt, damit der immer wieder seine Geschichte erzählt. Das ist doch logisch, oder?" Stoor sah Varian einen Moment lang an, dann hantierte er wieder an den Kontrollen herum und lenkte den MTW über die weite Fläche.

„Dann fahren wir also durch eine Gegend, in der du noch nie gewesen bist . . . in der vielleicht noch nie ein Mensch gewesen ist . . ."

„Du hast eine seltsame Art, das Unwahrscheinliche logisch klingen zu lassen", sagte Stoor und lachte über seinen eigenen Witz.

Und es *klang* komisch, so wie Stoor es sagte. Varian konnte sich nicht helfen, er mußte lächeln.

„Wie weit sind wir noch vom Burn entfernt?"

„In ungefähr drei Stunden erreichen wir die ersten Ausläufer. Ich denke, wir schlagen im Süden einen Bogen und meiden so die Behistar-Republik. Hat gar keinen Zweck, sich mit dieser wilden Bande dort herumzuschlagen. Wir fahren also erst mal auf den Burn zu, und kurz davor biegen wir nach Osten zum Hesen-Fluß ab. Von dort ist es nur noch ein Katzensprung zu den Eisenfeldern."

„Bist du schon öfters dort gewesen?"

„In den Eisenfeldern? Ja, natürlich. Aber alles habe ich dort auch noch nicht gesehen. Ich glaube, es gibt keinen Menschen, der schon die gesamten Eisenfelder durchforscht hat. Die gehen endlos weiter. Sie sind das größte geschlossene Gebiet, das ich je auf der Welt gesehen habe, abgesehen vielleicht vom Schlackenland. Weiß auch nicht, welches von beiden größer ist, weil beide überhaupt nicht mehr aufzuhören scheinen."

„Ich hab weder das eine noch das andere gesehen. Müssen ja furchtbare Flecken sein."

„Furchtbar? Schon möglich, daß dies die richtige Bezeichnung dafür ist, ich weiß es nicht. Man schaut auf all die Wracks, auf all die Knochen . . . und man denkt: Lieber Gott, was ist denn hier passiert? Wer mag eine solche Macht besessen haben?"

Stoor schüttelte den Kopf. „Gedanken drängen sich einem auf . . . Was auch immer das für Leute gewesen sein mögen, diese Menschen der Ersten Zeit, sie hatten weit mehr auf dem Kasten als wir, als wir je haben werden. Ha, ich habe nie die Eisenfelder betreten, ohne daß die Angst in mir aufstieg . . ."

Der Sucher auf dem Kontrollpanel erwachte piepsend zum Leben. Der Bildschirm wies eine größere Masse südlich von ihrer jetzigen Position aus.

„Das ist das Kloster. Verstehst du jetzt, was ich sagen wollte? Wenn du ohne mich losgezogen wärst, hättest du dich wahrscheinlich dort erst einmal umgesehen und eine Menge Zeit und Verpflegung verschwendet." Wieder lachte der Alte.

Varian sah ihm direkt ins Gesicht und versuchte, aus diesem Mann schlau zu werden. Vielleicht würde es sich noch als schwierig erweisen, mit Stoor auf unbegrenzte Zeit zusammenzuleben. Er hatte eine abrupte Art an sich. Und obwohl er immer geradeaus dachte, war es nicht einfach, Stoor in größeren Dosen vorgesetzt zu bekommen. Er agierte autoritär und war es offensichtlich gewohnt, Befehle zu geben. Varian hatte in der Regel Schwierigkeiten, mit solchen Menschen zurechtzukommen, aber Stoors Alter und seine unbestreitbare Erfahrung schienen die persönlichen Konflikte in Grenzen zu halten.

Varian fragte sich, welche Motive hinter seinem Tun steckten. Irgendwie schien ihn die Suche nach Wahrheit gepackt zu haben: ständig auf Achse sein und immer wieder etwas Neues entdecken. Stoor hätte sicher genausoviel Spaß daran, in der Manteg Sphindern und Rieseneidechsen zu jagen. Aber jetzt wollte er die Zitadelle finden, und er zeigte nichts von der Erregung oder Aufregung, die solch ein Unternehmen normalerweise in einem auslösen mußte.

Schweigend saßen sie eine Weile da, und Varian dachte weiter über die Gruppe nach, mit der er sich zusammengetan hatte. Stoor war von einem Geheimnis umgeben, und das würde so bleiben, bis die Zeit sich entschloß, seine wahre Natur preiszugeben. Raim, sein unzertrennlicher Gefährte, war schon etwas leichter zu verstehen. Das, was Varian an Informationen aus vereinzelten Bemerkungen über den kleinen, muskulösen Mann hatte aufschnappen können, besagte, daß Raim aus Maaradin und ein Kurier für eine Firma in Borat gewesen war. Seine Zuverlässigkeit und sein Mut standen damals in gutem Ruf, und er erhielt die schwierigsten Aufträge, wie etwa diplomatische Noten durch die ganze Welt zu befördern. Bis zu dem Zeitpunkt, da ein Piratenschiff aus Behistar seine kleine Fregatte überfiel und eroberte. Raim wurde gefangengenommen und nicht sofort ermordet, denn ein Bandenführer erkannte ihn als Spitzenkurier. Da Raim seine Botschaft beim ersten Anzeichen der Banditen über Bord hatte verschwinden lassen, konnte er den Piraten keine Informationen von größerer Bedeutung mitteilen. Aber sie nahmen Raim mit in ihre Räuberhöhle und folterten ihn.

Obwohl Raim bis zum Ende standhaft geblieben wäre und keine Informationen preisgegeben hätte, wußte er nichts von Bedeutung, was den Verbrechern nicht ohnehin schon bekannt war. Weil er sich zu weigern schien, mit ihnen zusammenzuarbeiten, schnitten die Banditen Raim zur Strafe die Zunge ab und verschleppten ihn zu einem grausamen Tod in den Samarkesh Burn. Dort fand ihn der alte Stoor. Der alte Mann befand sich gerade selbst auf der Flucht vor den barbarischen Verbrechern. Stoor pflegte Raim gesund und brachte ihn aus dem Burn heraus. Unterwegs trafen sie auf einen Zug Heimwehrsoldaten aus der Maaradin-Festung. Raim gab sein Leben in Stoors Hand und war ihm seitdem nie von der Seite gewichen. Das war vor zwanzig Jahren gewesen und hatte sich als dauerhafte Verbindung erwiesen. Dieser letzte Gedanke ließ Varian an die möglichen sexuellen Vorlieben der beiden Männer denken. Er ließ diese Idee noch etwas in seinem Kopf herumspuken, ohne sich jedoch allzu ernsthaft mit dieser Vorstellung abzugeben.

Auch Tessa nahm einen großen Teil seiner Gedanken ein. Beide steckten jetzt in einem Abenteuer, das sie vierundzwanzig Stunden am Tag zusammensein ließ. Ein Test würde es für sie beide, für jeden, werden. Rauhes, unbekanntes Land stand ihnen bevor, und für lange Zeit würde jede Möglichkeit fehlen, für sich allein zu sein. Jeder würde die anderen bis aufs I-Tüpfelchen kennenlernen, und die üblichen Entdeckungen würden sicher nicht ausbleiben – im Guten wie im Bösen, warum einer dies oder jenes tat und wie er es tat, zum Vergnügen oder zum Nachteil der anderen. Aber Tessa war für Varian etwas ganz Besonderes. Varian ertappte sich dabei, wie er selbst in den unmöglichsten Momenten an das Mädchen dachte – und es war Varian klar, was das zu bedeuten hatte. Sein Leben hatte bisher aus einer Kette von „Hallo" und „Auf Wiedersehen" bestanden. Letztendlich hatte er immer gewußt, daß er nur für sich selbst lebte, daß er nur für sein Leben gekämpft, getötet und sich herumgetrieben hatte. Nie hatte er sich Zeit genommen, sich über jemand anderen Gedanken zu machen. Aber jetzt war es soweit gekommen. Warum? Die Frage stellte sich so einfach, aber er konnte keine Antwort darauf finden.

Er sah zu Stoor hinüber. Der schielte auf den Bildschirm. Seine Arme waren auf die Lenkkontrollen des Fahrzeugs gepreßt, und er selbst hüpfte auf dem Polstersitz auf und nieder. Varian verdrängte seine Gedanken. „Ich geh' mal nach hinten und sehe, ob ich nicht helfen kann", sagte er. Stoor nickte und gab mit dieser Geste sein Einverständnis. Varian verließ seinen Sitz ging in die hintere Abteilung. Dort angekommen, erklärte er Raim, er solle seinen Platz in der Frontkabine einnehmen. Der kleine Mann grinste und verschwand.

„Was ist los?" fragte Tessa, als sie von ihrer Arbeit aufsah. „Haben wir schon etwas gefunden?" Sie lächelte über ihren schwachen Witz.

Varian setzte sich neben sie hin und legte den Arm um sie. „Nein, noch nichts. Ich wollte nur bei dir sein, das ist alles."

Sie legte den Kopf an seine Schulter, und er roch den natürlichen Geruch ihres Haars, spürte, wie sie sich gegen ihren Willen an seiner Seite verkrampfte. Er wußte, was Tessa in ihrem Leben alles widerfahren war, was ihre Seele so tief verwundet hatte, und Varian betete darum, ihr nicht weh tun zu müssen.

Der MTW hüpfte und rollte von einer Seite auf die andere, während er die rauhen Hügel durchquerte. Varian hielt Tessa fest und sagte nichts, weil er wußte, daß das jetzt nicht nötig war. In diesem Augenblick wußten sie beide, daß nur eine Sache wichtig war – daß sie zusammen waren.

Fünf

Die Zitadelle befand sich nicht im Samarkesh Burn.

Stoor verbrachte drei Wochen damit, methodisch auf der gewaltigen, tödlichen Sandfläche hin und her zu fahren. Tausende von Quadratems lagen hinter ihnen und nichts als mörderische Hitze. Die gemeinsame Zeit hatte sich dennoch nicht als so unerträglich erwiesen, wie man das vielleicht hätte annehmen können. Im Gegenteil, die Gruppe schien fester zusammengewachsen zu sein. Man verstand sich.

Varian glaubte, daß die blanke Feindseligkeit der Umgebung möglicherweise unmerklich diesen Zustand beeinflußt hatte, der die Mitglieder dazu zwang, einander näherzukommen. Im Angesicht der Grausamkeit des Burns schien jeder zu der Sicherheit zu drängen, die Kameradschaft und geselliges Beisammensein bringen konnten.

Die Abende waren angefüllt mit ausgedehntem Geschichtenerzählen und einem offenen Lagerfeuer, das die schneidende Kälte der Nacht in der Wüste in Grenzen hielt. Stoor erwies sich als wahrer Born von Abenteuerberichten, pädagogisch wertvollen Geschichten und Märchen. Und auch wenn man ihm nur die Hälfte seiner Geschichten glauben wollte, so sah man sich in eine weitaus interessantere als die real existierende Welt versetzt.

„Das Abenteuer liegt dort, wo man es sucht", war einer von Stoors Lieblingssätzen.

Eine Plattheit, sicher, aber auch eine Wahrheit, wenn man Stoor von Hadaan hieß.

Als sie nach Osten weiterfuhren und schließlich den Samarkesh Burn verließen, kam das Abenteuer zu ihnen. Ein Trupp Behistar-Banditen auf Pferden rauschte ihnen von nahe gelegenen Dünen entgegen. Ungefähr zwanzig an der Zahl, stürmten sie mit nicht mehr Angst auf den MTW zu, als hätten sie einen Rollstuhl mit einer alten Frau darin vor sich. Wenn man den Banditen eines zugute halten mußte, dann die Tatsache, daß sie wirklich keine Angst kannten.

Obwohl man sie eigentlich eine dumme Bande von Barbaren nennen muß, sollte man sich in diesem Fall der günstigeren Auslegung bedienen.

Varian saß zu dieser Zeit am Steuer, hatte muntere achtzig Sachen drauf und ließ so eine angenehme Fahrtwindbrise in der Kabine entstehen. Tessa döste auf dem Beifahrersitz, während Stoor und Raim im Hinterraum schliefen. Plötzlich bemerkte Varian die Banditen. Er rief Stoor und Raim, die unmittelbar darauf in die Frontkabine traten.

Tessa wurde das Steuer übergeben, und die drei Männer machten ihre Waffen aus der Ersten Zeit fertig: Varian seine Pistole, Stoor sein halbautomatisches Gewehr und Raim lud Patronen in sein Zielfernrohr-Gewehr. Zwar war Varian entsetzlich knapp an Munition, aber der alte Mann und sein Gefährte hatten ihr ganzes Leben lang Patronen für ihre Waffen gesammelt. Bei dieser Reise führten sie buchstäblich mehr Munition als Nahrungsmittel mit sich. Stoor hatte gesagt: „Das Essen nützt uns gar nichts, wenn wir nicht genug Kugeln haben, damit wir am Leben bleiben können, um zu essen."

Wie wahr . . .

Der MTW mußte den schlitzäugigen Berittenen als leichte Beute erscheinen. Er war lang und hatte in etwa die Form eines Halb-Trapezes. Seine breiten Ketten verschlangen den Sand und warfen ihn in Flugbahnen, die an Schwanzfedern eines Hahnes erinnerten, hinten wieder heraus. Eine Bewaffnung ließ sich auf den ersten Blick am MTW nicht erkennen, weder ein Drehturm noch eine Kanone ragte irgendwo heraus. Er mußte den Banditen wohl wie ein Kinderspiel vorkommen.

Aber dem war nicht so.

Sobald die Reiter in die Reichweite von Raims Zielfernrohr-Gewehr gekommen waren, begann er damit, sie vom Pferd zu schießen. Trotz der Schaukelbewegung des MTWs und trotz des Umstands, daß auch die Banditen sich nicht still verhielten, erwies sich Raim als vortrefflicher Schütze. Fünf Reiter holte er herunter, bevor die Bande in die Reichweite von Stoors G-3 kam. Zu dieser Zeit hatten die Gegner durchaus begriffen, welche Feuerkraft von dem MTW ausging, und waren ausgeschwärmt, um dem Gegner ein weniger leichtes Ziel zu bieten. Varian konnte erst als letzter seine Waffe einsetzen, denn die Pistole war auf große Entfernungen wenig wirksam. Als er endlich mit Aussicht auf Erfolg schießen konnte, war fast das Weiße in den Augen des Feindes zu sehen. Immer noch waren sieben Banditen übrig.

Es krachte auf dem Dach des MTWs, als einer der Reiter aufsprang. Stoor wies nach oben, und Varian stürmte zur Luke an der Decke und öffnete sie. Gleichzeitig zog er auch sein Kurzschwert... Der Mann auf dem Dach war kein Gegner für jemanden, der bei Furioso gelernt hatte, *dem* Waffenmeister der modernen Welt. Innerhalb weniger Sekunden wurde dem Banditen der Kopf von der Schulter getrennt und rollte in die Spur des Fahrzeugs. Oben bemerkte Varian, daß auch die Reiter über Schußwaffen verfügten, wenngleich dies nur primitive Flinten waren, wahrscheinlich Nachbildungen von Museumsstücken und daher uneffektiv. Sicher waren sie für den Schützen noch gefährlicher als für das Ziel.

Der MTW besaß einen toten Winkel, die Rückseite, und darauf ritten die restlichen sechs Banditen jetzt zu, einer hinter dem anderen. Offensichtlich verfolgten sie den Plan, zu mehreren auf das Fahrzeug zu springen und dort Varian mit vereinten Kräften niederzumachen. Inzwischen war auch Stoor neben Varian erschienen. Die Kugeln seiner halbautomatischen Waffe zischten durch die Luft. Das Problem bei dieser Waffe lag darin, daß es den Kleinkaliberpatronen schwerfiel, den Körperpanzer der Banditen zu durchdringen. Er brachte den beiden ersten Reitern Armwunden bei, aber mehr vermochte er nicht. Bedachte man aber, wie unglaublich *zäh* und ebenso *groß* diese Kerle waren, so konnten solche Verwundungen sie nicht nachhaltig aufhalten.

Stoor schlug vor, die Banditen auf das Dach springen zu lassen, damit man sie dort der Reihe nach erledigen konnte. Varian teilte diese Meinung nicht, weil sie seiner Ansicht nach eine größere Überlebenschance besaßen, solange zwischen ihnen und den riesenhaften Verfolgern eine gewisse Distanz lag. Doch da erschien Raim auf dem Dach, und man stimmte rasch ab.

Varian konnte sich mit seiner Ansicht nicht durchsetzen, und den Banditen wurde die Möglichkeit zum Aufschließen gegeben. So geriet Varian in einen Zweikampf, der sich wirklich genauso spektakulär abspielte, wie das dem alten Furioso auch nicht besser gelungen wäre. Der kleine Raim wurde zu einem einzigen Strudel aus schwitzendem Fleisch und wirbelndem Stahl. Die ersten beiden Banditen hatten kaum den Rand des MTWs erreicht, da fielen Varian und Raim schon über sie her. Varian sah, wie ein muskelbepackter Arm vom gepanzerten Körper des ersten Banditen abgetrennt wurde, und diesem folgte rasch der Kopf. Raims Schwert war so scharf wie die Schwerter der vaisyanischen Palastwache.

Varian brauchte etwas länger, die ersten Angriffe seines Gegners zu parieren und nachzustoßen. Dann erledigte er ihn mit einem einzigen Streich, der den Unterleib des Banditen aufschlitzte. Eine blutige Angelegenheit, aber sehr effektiv. Der Bandit fiel hinunter.

Die verbliebenen vier Banditen wollten es für heute gut sein lassen und fielen hinter dem MTW zurück. Doch Raim schoß sie alle mit seinem Zielfernrohrgewehr nieder. Varian hätte sie eigentlich laufenlassen wollen, aber Stoor befürchtete, sie würden mit einer stärkeren Streitmacht zurückkehren und schließlich die drei Männer überwältigen.

Wie die meisten Abenteuer war auch dieses nicht weltbewegend, aber es erwies sich dennoch als außerordentlich lehrreich. Damit war bewiesen, daß die drei sich aufeinander verlassen und einiges Vertrauen in ihre Fähigkeiten setzen konnten, einander den Rücken freizuhalten. Und es hatte sich erwiesen, daß die drei trotz ihrer Unterschiede in Kultur, Charakter und Alter sehr gut als Team zusammenarbeiten konnten.

Varian begann langsam zu glauben, daß ihre Expedition trotz allem ein Erfolg werden könnte.

Dieser Glaube hielt an und wurde noch verstärkt, als sie ohne weitere Zwischenfälle den Rand der Behistar-Republik durchfuhren. Möglicherweise hatte das Ausbleiben der zwanzigköpfigen Bande genügend Respekt vor dem MTW und seiner Besatzung erzeugt, so daß die anderen Banditen lieber Abstand hielten, oder sie hatten einfach genügend Glück, um auf keine weiteren Gefahren zu treffen.

Sie waren bereits länger als einen vollen Mondumlauf unterwegs, als Varian die ersten Spuren der Eisenfelder auf dem Bildschirm des Suchers ausmachte.

„Der Sucher spielt verrückt", sagte er laut, damit jeder es hören könnte.

Stoor stürzte nach vorn in die Kabine. „Die Eisenfelder, der Tod liegt vor uns. Schon mal dort gewesen?"

Varian schüttelte den Kopf. „Nein, ich hab' aber eine Menge Geschichten darüber gehört."

„Das ist nicht dasselbe. Ich weiß noch, wie ich dort das erste Mal herumgelaufen bin ... Hast du je von Julius Cäsar oder ... äh ... General Patton gehört?"

„Nein, wer ist das?"

„Ein paar Militärs, mit denen ich oft herumzog, als ich noch viel jünger war. Die beiden zusammen, die wußten wirklich alles, was man vom Kämpfen verstehen muß ..."

Varian beobachtete weiter das vor ihnen liegende Terrain, was ihn aber nicht am Reden hinderte. „Nun, was ist also mit den beiden?"

„Also gut, ich war mit ihnen zusammen, als es in die Eisenfelder ging. Die Sonne ging gerade unter, und wir waren aus G'rdellia losgezogen. Das kannst du einfach nicht mit Worten ausdrücken, wie weit sich das Gebiet ausdehnt. Es läuft einfach immer weiter und weiter."

„Ich habe lange darüber nachgedacht", sagte Varian. „Glaubst du, daß dort wirklich einmal eine große Schlacht geschlagen wurde ... daß es vielleicht sogar die Riken waren?"

„Und die Genonesen?" sagte Stoor. „Sicher, darüber habe ich auch schon nachgedacht. Meiner Meinung nach ist da 'ne Menge dran. Es gibt so viele Geschichten über die ‚Felder', daß keiner wirklich weiß, was sich dort tatsächlich abgespielt hat. Manche sagen, dort seien Hunderte, vielleicht sogar *Tausende* Schlachten geschlagen worden ... wie ein magnetischer Ort, der Menschen *anzieht,* wenn sie wieder einmal glauben, die Zeit zur ‚endgültigen Abrechnung' sei gekommen ..."

„Wie bei den Zugvögeln ..." sagte Varian.

„Oder den Lemmingen, die zu den Klippen ziehen, um sich dort in den Tod zu stürzen", sagte Stoor. „Man hört solche Geschichten immer wieder. Verrückt. Einfach *verrückt,* so was!"

Varian war sich nicht sicher, ob er überhaupt verstand, wovon der alte Mann sprach. Und von „Lemmingen" hatte er noch nie etwas gehört, obwohl er dazu genickt hatte. Varian war im Moment ohnehin nicht in der Laune, eine weitere Geschichte zu hören – und erst recht keine über irgendwelche verrückt gewordenen Kleintiere.

Stoor beobachtete den Bildschirm, wo die Anzeiger die ersten Anzeichen der Eisenfelder vermerkten. Dann blickte er nach oben, um den Stand der Sonne zu ermitteln.

„Wenn wir auf dieser Route bleiben, werden wir wahrscheinlich bei Sonnenuntergang die ‚Felder' erreichen. Hört sich irgendwie passend an, was? Irgendwie poetisch, würde ich sagen."

Als erfahrener Reisender, der er war, schätzte der alte Stoor ziemlich präzise den Zeitpunkt ein, da die Eisenfelder vor ihren Augen lagen. Raim saß in jenem Moment gerade am Steuer und Tessa auf dem Beifahrersitz.

Sie riefen die anderen, die dann auch in die Kabine kamen. Am Horizont ließen sich die ersten dunklen, verhutzelten Silhouetten erkennen.

Der MTW rollte näher heran, und eine leichte Brise trug warme Luft in die Fahrerkabine. Sand stieg wie Meeresschaum zwischen den verwinkelten Brocken auf, die sich wie Grabsteine aus dem Boden erhoben, und fiel wieder zu Boden. Die Sonne ging unter, und die Temperatur fiel rapide – so als sollte damit ihr Eindringen in einen Ort verkündet werden, der jenseits der Grenzen von Raum und Zeit lag.

Bilder und Eindrücke drängten sich in Varians Bewußtsein. Er beobachtete, wie die undeutlichen Schatten größer wurden, während das Fahrzeug sich ihnen näherte. Worte und Gefühle suchten nach zeitlichem und logischem Zusammenhang, aber Varian mußte sich endlich eingestehen, daß er von dem Ausblick überwältigt wurde. Sie betraten einen Ort des Mysteriums und des Märchens . . . einen Platz des Todes.

Nichts rührte sich, nichts lebte auf den Eisenfeldern. Als der MTW tiefer in das unermeßliche Klumpenland eindrang, senkte sich Stille auf die Insassen herab. Selbst Stoor schwieg, als jeder einzelne aus der

Gruppe den gräßlichen Ausblick auf sich einwirken ließ. Eine unendliche Galerie, angefüllt mit den schattengleichen Korridoren des Grotesken, des Unaussprechlichen. Eine Stilleben-Montage aus den Apokalypsen der Menschen und ihrer Maschinen.

Ein ausgebrannter Panzer mit einem verkohlten Skelett, das immer noch in jenem Zeitabschnitt eingefroren war, als es noch ein Mensch gewesen war, der sich aus dem brennenden Fahrzeug retten wollte.

Die verdrehten, verrosteten Überbleibsel eines vielmotorigen Flugzeugs lagen dort, die Spitze hatte wie ein V den Boden umgepflügt und zeigte damit an, wo die Maschine aufgekommen war.

Ein kreisförmiges Becken aus ultraerhitztem Sand, jetzt glasiert, hatte einen diamantharten Boden geschaffen. Seine Glattheit wurde nur durch ein herausragendes, großes und verdrehtes Stück Stahl unterbrochen. Der Eindruck von einer namenlosen, sehr avantgardistischen *Skulptur*.

Maschinen und Teile lagen wie tote Blätter auf dem Sand verstreut. Der Wind schlüpfte mühelos durch die zahllosen Ecken und Winkel. Gelegentlich schwoll er an und produzierte eine nervtötende, schreckliche Musik, eine Kombination aus Wehklagen und Sätzen aus einer atonalen Sonate.

Falls man daran glaubte, konnte man sich den Ort leicht als von Geistern bewohnt vorstellen. Die Trugbilder von Millionen Soldaten drängten sich auf den freien Flächen. Alle schwebten dahin, Gewehr über, das Bein halb angehoben im erstarrten Marschtritt, als seien sie dazu verdammt, auf ewig ziellos in den Ruinen herumzustolpern.

Varian war es schließlich, der die kalte Stille brach.

„Sieht das hier überall so aus? Ich kann es einfach nicht glauben . . ."

„Oh ja, besser du glaubst dran", sagte Stoor. „So zieht sich das endlos hin. Immer weiter und weiter und weiter . . . Tausende, möglicherweise Hunderttausende von Quadratkas."

„Wie in einem Museum", sagte Tessa, „so kalt und so steril. Irgendwie scheinen wir nicht hierher zu gehören. Spürt ihr das nicht auch?"

„Ich hatte dieses Gefühl auch", sagte Varian, während er den Blick über dieses unglaubliche Panorama der Zerstörung wandern ließ. Als geübter Kämpfer konnte er die Notwendigkeit von Waffen einsehen, er konnte auch die Macht der Maschinen und Armeen respektieren, die sich hier versammelt hatten, und er konnte sogar die aufreizende

Aufregung verspüren, den *Ruhm,* der wie ein brennender Nebel in der Luft gehangen haben mußte. Aber ungeachtet all dessen war selbst ein Varian von dem bleichen Testament der Eisenfelder erschüttert.

Es war die ultimate Metapher. Das endgültige Bild. Das andauernde Monument für das Bedürfnis des Menschen, sich erneut im Krieg zu erproben.

„Mensch, sieh doch mal, der Sucher", sagte Tessa und deutete auf den Bildschirm, auf dem ein ganzes Lichterbündel wie Schneeflocken tanzte. „Er spielt verrückt!"

Stoor griff nach einem Schaltknopf und drehte ihn herunter. „Wir müssen ihn feinjustieren, ihn so einstellen, daß er nur auf elektromagnetische Impulse anspricht."

„Kannst du das denn?" Varian sah den alten Mann an und fragte sich, ob das die Einleitung zu einer neuen Geschichte sein sollte.

Stoor nickte. „*Raim* kann das. Man kann gar nicht zwanzig Jahre in Zend Avesta beim erfindungsreichsten Volk der Welt verbringen, ohne nicht zumindest *etwas* gelernt zu haben."

„Wovon sprichst du eigentlich?" Tessa starrte ihn an, während Raim das Fahrzeug weiter durch die Ruinen steuerte.

„All die Dinge aus der Ersten Zeit funktionieren auf Grund kleiner Teilchen aus Draht und Plastik. Man nannte sie ‚Grillen', weil sie diesen Tierchen ähnlich sahen. Diese kleinen Teilchen senden spezifische Signale aus, die der Sucher vermerkt, sobald sie in seine Reichweite kommen. Man muß dem Kasten nur sagen, wonach er suchen soll, klar?"

„Stimmt", sagte Varian. „Wir brauchen ihn nicht mehr, um vor uns liegende Objekte auszumachen. Wir können diese ja jetzt mit den eigenen Augen *sehen*. Aber falls eines dieser Objekte wirklich die Zitadelle des Wächters sein sollte, werden wir das nie herausfinden."

„Wir könnten unser ganzes Leben damit verbringen, jedes einzelne Wrack zu durchsuchen", sagte Tessa.

„Das Leben von uns *allen*, sagte Stoor und blickte durch die Frontscheibe nach draußen. Er rieb sich den Bart, betrachtete einen Moment lang den Himmel und fuhr dann fort. „Hört mal, warum lassen wir es nicht für heute nacht genug sein? Raim kann den Sucher justieren, und wir errichten unser Nachtlager, so mit vorzüglichem Nachtmahl und allem, was dazugehört. Wir werden eine ganze Weile hier drinnen beschäftigt sein."

Alle stimmten zu. Langsam kam das Fahrzeug unter dem Schatten einer großen Maschine zum Stehen. Früher einmal war diese auf großen Stachelrädern gelaufen, jetzt aber waren nur noch Nadeln aus Eisenoxid übriggeblieben.

Der Himmel war dunkel und wolkenlos, als Varian mit Tessa im näheren Umfeld des Lagers spazierenging. Die Sterne standen hell und kalt am Himmel, und die lyrischen Töne von Raims flötenreicher *Arthis* woben sich gewandt in die Nachtstille ein. Tessa hielt fest seine Hand, und er bemerkte, daß sie kurz vor der Schwelle zum Zittern stand.

„Ist dir kalt?"

„Nein, das ist es nicht."

„Tessa, hast du Angst vor mir?" Seine Stimme klang ruhig und sachlich. „Ist das der Grund? Oder liegt es an diesem Ort? Oder an dieser Arbeit, die wir hier tun?"

„Vielleicht ist es all das zusammen . . . ich weiß es nicht, Varian. Ich habe viel nachgedacht – irgend etwas stimmt hier nicht. Zunächst habe ich geglaubt, ein ganz neues Leben würde mich erwarten, seit ich dich getroffen habe . . . seit du mich gerettet hast . . ."

„Also liegt es nicht . . .?" Manchmal beschlich Varian das Gefühl, daß alle Frauen das gleiche besondere Wesen hatten, ein Wesen, das Männern für immer ein Geheimnis bleiben würde.

„Nein, warte, hör mich erst an. *Du* weißt, welches Leben ich hinter mir habe. Bislang hatte ich nie irgendeinen Einfluß darauf. Niemals! Zuerst mein Vater, dann die Männer, die mich verkauft haben . . . Ich hatte ja nie auch nur die Gelegenheit, daran zu denken, mein Schicksal in die eigenen Hände zu nehmen. Mir blieb nie die Zeit, mir darüber klarzuwerden, was ich eigentlich wollte. Bis auf eines: Ich wußte, daß ich nie mit einem Mann zusammen sein wollte, solange ich lebte."

„Das kann ich gut verstehen", sagte er. „Du hast mir einmal gesagt . . ."

„Laß mich erst ausreden." Sie gestikulierte mit der Hand über die Ruinen, die die beiden umgaben. „Ich komme mir hier wie eine Gefangene vor. Ich fühle mich total beklemmt, und ich wundere mich, daß du und die beiden anderen Männer dieses Gefühl nicht habt. Diese Beklemmung hängt über uns, als hätte sie eine reale Existenz.

Ich *spüre* sie, Varian, und sie läßt mich daran denken, was mir bis jetzt in meinem Leben alles widerfahren ist." Sie hielt inne, um sich die Augen zu reiben. Langsam schüttelte sie den Kopf.

„Erzähl weiter . . ." Er berührte ihre Schulter, aber sie wich zurück.

„Es ist nur, daß . . . ich eine Menge Zeit hatte, über sehr viele Dinge nachzudenken, seit wir diese Reise begonnen haben. Und . . ."

„Und du bist zu dem Schluß gekommen, daß du nicht länger bei mir bleiben willst? Das geht doch in Ordnung, Tessa. Ich kann das gut verstehen. Und ich habe dir keine Bedingungen gestellt, als ich dein Leben rettete . . ."

Tessa lächelte. „Nein, nein. Das habe ich nicht gemeint. Ganz und gar nicht, Varian. Und daß du überhaupt davon gesprochen hast, beweist mir erneut, daß du ein guter Mann bist, ein Mann mit Charakter – und ich habe erst so wenige Menschen mit *Charakter* kennengelernt . . . Nein, das habe ich wirklich nicht gemeint."

„Jetzt verwirrst du mich aber."

„Es ist diese Suche", sagte sie langsam und ohne ihn anzusehen. „Die kann noch *Jahre* andauern. Und bei dieser Vorstellung werde ich ganz krank, denn ich habe nicht vor, einen Großteil meiner neuen Freiheit an so etwas zu vergeuden . . ."

„Kannst du dir denn nicht vorstellen, was es für uns bedeuten würde, den Wächter zu finden?"

„Doch, ja, natürlich. Aber du hast mich noch immer nicht richtig verstanden. O Varian, du begreifst einfach nicht, was ich sagen will, nicht wahr?"

Ihm blieb nichts anderes übrig, als den Kopf zu schütteln. Er wünschte sich, Frauen könnten etwas direkter sein, etwas sachlicher, wenn sie über ihre Gefühle sprachen.

„Ich will folgendes sagen, Varian: Ich möchte nicht mit diesen anderen Männern zusammen sein, sondern nur mit *dir* allein. Du hast mir die Freiheit wiedergegeben, und ich möchte sie zusammen mit dir verbringen."

Fast hätte er gesagt: Ist das alles, was dir fehlt? Aber er ließ es lieber. Ihre Worte beruhigten ihn auf der einen Seite und besorgten ihn auf der anderen. Am liebsten hätte er sie in die Arme genommen und sie gegen seine Brust gedrückt. Aber auch das unterließ er.

Er sah ihr direkt in die Augen und sagte sanft: „Ich glaube, ich habe dich jetzt verstanden, doch nun weiß ich nicht mehr, was ich machen soll. Denn wir befinden uns ja *hier*, weit, weit weg von aller Zivilisation. Wir können doch nicht einfach weglaufen."

„Das weiß ich auch", sagte sie.

„Ja, aber was erwartest du dann, was ich sagen soll?"

„Das weiß ich auch nicht. Wenn ich romantischer veranlagt wäre, würde ich dich gerne sagen hören, daß du mich liebst . . . aber ich weiß gar nicht, was ‚Liebe' ist, und ich käme mir unfair vor, dich unter solchen Umständen darum zu bitten."

„Nun, ich *bin* etwas romantischer veranlagt, und ich glaube *wirklich*, daß ich dich liebe. Aber das ist es nicht, was ich gemeint habe. Du weißt, daß wir hier ohne Stoor und Raim nicht weg können. Und die beiden fahren hier nicht eher fort, bis sie sich davon überzeugt haben, daß der Wächter nicht hier ist."

„Das ist mir klar."

„Also, was denn nun? Was willst du von mir hören?"

„Ich weiß es nicht. Sag mir doch, wo wir hinfahren werden, wenn wir hier nichts finden."

„Wahrscheinlich zum Baadghizi-Tal. Warum?"

„Gibt es nichts dazwischen – Städte zum Beispiel?"

Varian dachte über die Frage nach. „Wir kommen am Ostrand von G'rdellia vorbei. Große Städte gibt es dort nicht, aber ganz sicher kleinere. Wir liegen abseits der Haupthandelsrouten, mußt du wissen."

Tessa nickte. „Glaubst du, wir halten irgendwo in G'rdellia an?"

„Vielleicht. Ganz sicher könnten wir mit Stoor darüber reden, ihn vielleicht sogar dazu bringen. Warum?"

„Du *weißt*, warum." Sie starrte ihn mit ihren grünen Augen intensiv an.

„Ja, ich kann es mir denken."

„Und?"

„Ich weiß es nicht, Tessa. Ich weiß es wirklich nicht. Du verlangst von mir, zwischen zwei Dingen zu wählen, bei denen ich mir nicht sicher bin, ob ich mich überhaupt zwischen ihnen entscheiden kann."

Sie blickte nach oben in den wolkigen, hellen Himmel.

„Zumindest sagst du mir ehrlich, was du fühlst und was du denkst. Einen *solchen* Menschen habe ich auch noch nie kennengelernt."

„Dann gib mir wenigstens Zeit, darüber nachzudenken", sagte er matt.

„Was fasziniert dich denn so an diesem Ort, Varian?" Sie ließ den Blick über die dunklen Schatten schweifen, die sie umgaben.

Er schwieg einige Zeit lang und beobachtete ebenfalls die Schatten der Vergangenheit. „Ich kann es dir nicht sagen, weil ich es selber nicht weiß. Ich *weiß* nur, daß vor uns schon Menschen gelebt haben, daß alles, was wir getan haben, vorher schon einmal gemacht worden ist . . . ich kann es dir nicht erklären, aber das bewirkt etwas in mir." Er atmete tief ein und sah sie dann an: „Mir fehlen die passenden Worte, Tessa. Aber ich kann es fühlen. Ich bin ein einfacher Mann, das weiß ich genau. Doch tief in mir steckt etwas. Etwas wie ein glühendes Kohlestück, das nicht verlöschen will. Und das muß *heraus,* ich muß es einfach wissen. Es muß mehr an dieser Welt dran sein, als wir zu erkennen vermögen . . ."

Er trat einen Schritt zurück und deutete zum Himmel. „Sieh hin, sieh einmal nach oben. Manche Astronomen glauben, daß jeder Stern so etwas wie unsere Sonne ist. Genauso groß oder sogar noch größer. Kannst du dir das vorstellen? Kannst du dir vorstellen, was das bedeutet? Daß dort, bei diesen Sternen, Welten wie die unsere liegen könnten? Ich bin überzeugt, die Leute aus der Ersten Zeit wußten das. Und ich glaube, daß sie dorthin verschwunden sind, falls sie sich nicht alle gegenseitig umgebracht haben.

Leuchtet dir das nicht ein? Ich will es *wissen*. Und jetzt bin ich über eine Sache gestolpert, die mir vielleicht die richtige Antwort gibt."

„Vielleicht, Varian . . . du kannst es nicht mit Bestimmtheit sagen."

„*Was* wissen wir denn schon mit Bestimmtheit!" Er wandte sich von ihr ab und sah wieder in den Himmel. „Ach, alles ist zum Kotzen! Du willst, daß ich die Suche abbreche, nicht wahr? Du willst alles hinschmeißen, wenn wir hier nichts finden. Was meinst du wohl, wird Stoor sagen, wenn ich alles hinwerfe und sage, ich gehe jetzt nach G'rdellia."

„Ist das etwas, was deiner Männlichkeit nicht schmecken will?" sagte Tessa ohne die Spur eines Lächelns.

Varian lachte auf. „Nein, nein! So habe ich das ganz sicher nicht gemeint. Denk doch mal nach, Tessa. *Denk* nur kurz nach. Wenn du Stoor wärst, was würdest du davon halten? Dein Partner bei einer Suche, die vielleicht das bedeutendste Stück der Welt entdecken könnte, beschließt plötzlich auszusteigen . . . Würdest du dir dann einen Reim darauf machen können? Nein, natürlich nicht. Also denkt

Stoor darüber nach, welcher Grund wohl dahinterstecken könnte. Und er gelangt nur zu einer wahrscheinlichen Antwort: Verrat."

„Glaubst du denn wirklich, Stoor könnte das von uns denken . . .?" Varian lachte. „Ich glaube es nicht, ich weiß es."

„Aber warum? Wieso?"

„Weil die Welt nun einmal *so* beschaffen ist! Ich würde ja dasselbe auch von ihm annehmen, wenn er plötzlich die Brocken hinschmeißen würde. Das ist doch ganz simpel: Bei einer solchen Gelegenheit macht man sich nicht einfach davon. Nicht in dieser Welt." Varians Hände zitterten, und seine Stimme war immer lauter geworden. Er wandte sich wieder von ihr ab und hoffte gleichzeitig, daß keiner seiner Partner aus dem Lager ihn gehört hatte.

„Na und . . . ich habe dich doch nicht gebeten, alles liegenzulassen, oder? Dich gebeten, ein Leben voll von Ruhm und Reichtum in den Wind zu schießen . . . und wozu? Aus Liebe? Oh, Varian, ich weiß ja noch nicht einmal, was Liebe ist. Wie könnte ich dich denn dann bitten, dafür deinen Lebenstraum aufzugeben?"

Er drehte sich wieder um und sah ihr direkt in die grünen Augen. „Ich weiß auch nicht, wie du das anstellen könntest."

„Und wie solltest du mich nicht hassen, da ich dich zu einer solchen Entscheidung zwingen will?"

„Dich *hassen?* Warum sollte ich dich hassen?"

„Wenn du siehst, was ich dir antue!" Sie stand kurz vor den Tränen.

Varian verstand sie jetzt überhaupt nicht mehr. Tessa war eine bunte Mischung aus Emotionen und einer Logik, die ihm wohl immer ein Geheimnis bleiben mußte. Aber gerade deswegen wollte er diese Frau.

„Damit ist noch immer nicht geklärt, warum ich dich plötzlich hassen sollte."

Tessa ließ die Hände rasch sinken, um ihrem Verdruß Ausdruck zu verleihen.

„Oh, ihr Männer seid manchmal wirklich unmöglich! Warum nur wollt ihr nie begreifen?"

„Ich verstehe dich doch. Du willst nicht dein ganzes Leben mit mir und diesen beiden Rauhbeinen verbringen. Du möchtest etwas von der Behaglichkeit und der Kultur für dich haben, die du in Eleusynnia erlebt hast . . . Und das alles möchtest du mit mir zusammen genießen. Das kann ich doch verstehen. Und du willst, daß ich dich sobald wie möglich zu einem solchen Leben begleite und nicht erst in ein paar Jahren oder in zehn Jahren oder wie lange es dauern wird, bis wir den Wächter gefunden haben."

„Und du bist mir nicht böse, weil ich das von dir möchte?"

„Nein, warum denn? Das ist doch leicht zu begreifen – daß eine Frau so denkt."

„Ich verzichte auf diese Würdigung."

Varian zuckte die Achseln. „Immerhin gibt es nicht zu leugnende besondere Eigenarten – *und* ich habe noch nie einen *Mann* erlebt, der sich so verhalten hat wie du heute abend."

„Nun, eigentlich solltest du mich aber hassen."

„Sei nicht kindisch. Ich hasse dich nicht, und ich werde dich nicht hassen oder ein ähnliches Gefühl dir gegenüber hegen. Ich habe mich lediglich noch nicht entschieden, was ich tun werde."

„Was willst du damit sagen?" Sie sah ihm direkt ins Gesicht, und ihre Miene hellte sich auf.

„Ich will damit sagen, daß ich noch darüber nachdenken muß, ob ich mit dir nach G'rdellia gehe oder nicht."

Tessa warf die Arme um seinen Hals und begann laut zu lachen. Urplötzlich wurde daraus jedoch ein leises Schluchzen.

„Was ist denn jetzt los?" fragte er.

„Nichts, gar nichts ist los."

„Und warum weinst du dann?"

„Ich weine ja gar nicht."

Varian war nun völlig ratlos. „Du weinst *nicht?*"

„Sei jetzt ganz still, Varian, und halte mich fest."

„Aber ich verstehe gar nicht, was eigentlich vor sich geht. Und ich würde gerne . . ."

„Varian bitte . . . hör zu, du hast mich einfach sehr glücklich gemacht. Und laß es damit gut sein."

„Was soll ich *getan* haben?"

Tessa kicherte. „Jetzt sei nur einfach still", sagte sie. „Und nimm mich."

Und das tat er.

Sechs

Dreieinhalb Wochen später fanden sie den Wächter.

Eigentlich war es der Sucher, der den antiken Komplex zuerst entdeckte. Und der wies auch nur ein vage umgrenztes Gebiet elektromagnetischer Tätigkeit aus. Die Gefährten im MTW konnten daraus noch nicht schlüssig ersehen, daß dies wirklich die Zitadelle des Wächters war – bis sie dann schließlich in seine Festungsanlagen gelangten. Und die allein hätten schon als Erfolg genügt.

Nach der Karte lag dieser Ort am östlichen Ende der Eisenfelder. Er grenzte im Nordosten an den Carrington-Höhenzug, der wiederum die südliche Begrenzung zum Baadghizi-Tal bildete.

Stoor war so aufgeregt, daß er keinen anderen Gedanken mehr fassen konnte, als den einströmenden Signalen zu folgen und zu ihrer Quelle vorzustoßen. Das würde der Beweis für die endlose Kette seiner abenteuerlichen Geschichten sein. Varian kam jetzt zu der Überzeugung, daß Stoor mehrere hundert Jahre alt sein mußte, um nur die Hälfte aller Geschichten erlebt zu haben, deren Authentizität er für sich in Anspruch nahm.

Ohne zu mucken fuhr der MTW weiter, angetrieben von dem Methankonverter, der Treibstoff aus menschlichen Exkrementen gewann. Die Solarzellenbatterien versorgten die Mannschaft mit Wärme und Energie. Die Maschine war das Vermächtnis der Genialität und des hohen Standards an technischem Know-how, über den die Erste Zeit verfügt hatte. Dennoch wußten die Insassen, daß der MTW eher als Spielzeug gelten mußte, wenn man ihn mit den Wundern der Wächterzitadelle verglich, für die schon Kartaphilos, der Roboter, ein beredter Beweis gewesen war.

Varian hatte Widerwillen gespürt, Tessa über ihre wahren Gefühle angesichts der Entdeckung des Wächters zu befragen. Was auch immer sie fühlen mochte, sie verbarg es unter einer gelassenen, schlichten Miene, die aber ihren Wunsch Lügen strafte, bei der Bewältigung der anstehenden Aufgabe zu helfen.

Die vier stellten auf der Karte eine geeignete Route durch die Ruinen der Eisenfelder zusammen und waren fest davon überzeugt, endlich am Ziel zu sein. Varian hatte während einer Vollmondnacht draußen in den Eisenfeldern die Beobachtung gemacht, daß hier mehr als eine Schlacht geschlagen worden war. Anscheinend hatten hier einige gewaltige Explosionen oder andere verheerende Umwälzungen stattgefunden, bei denen tiefere Bodenschichten freigelegt wurden. Manchmal waren sie über ein Gebiet gerollt, wo die zerschmetterten Überbleibsel der Ersten Zeit weniger offen zu Tage traten, wo tiefe Schnitte in die Halbwüste geschlitzt waren und marmorierte Streifen vergangener Schichten offenlegten. An manchen Stellen waren menschliche Gebeine so dick und fest in den Fels gepreßt, daß dieser wie ein weiß getünchter Brombeerstrauch aussah. Hatte sich hier ein Massengrab befunden? Oder eine Massenhinrichtungsstätte? Waren es die Überreste einer einzigartig zu nennenden Schlacht, deren Ablauf man sich nur in schwärzesten Alpträumen vorstellen konnte? Ein Geheimnis, das wohl auf immer verlorengegangen war, wie die vier befürchteten, und das nur noch tiefer in die Schatten anderer Geheimnisse führte.

Als sie der Signalquelle immer näher kamen, stießen sie auf andere merkwürdige Dinge. Zwischen den verrosteten Überbleibseln des Krieges, zwischen den verstreuten Knochen von Menschen lagen die Gebeine *anderer* Wesen. Obwohl man nur wenige intakte Skelette entdecken konnte, waren sie in der Lage, die Größe dieser Wesen ungefähr zu bestimmen – und die war wahrhaft beeindruckend. Die meisten von ihnen waren Zweifüßler, aber ihre Oberschenkelknochen waren so dick wie ein menschliches Becken und etwa drei Ems lang. Und sie stießen auf eine sich im Sand windende Wirbelsäule, die sechzehn Ems lang war! Selbst unter der Voraussetzung, daß ein Teil dieser Knochenreihe den Schwanz gebildet hatte, mußte dieses Wesen unvorstellbar groß gewesen sein und einen normalen Menschen um volle zehn Ems überragt haben. Meist waren die Skelette dieser Riesenwesen zerschmettert und über die ganze Gegend verstreut, als seien sie von einer unglaublichen Hitze verbrannt worden. Wenn man versuchte, sich die Schreckensgestalten auszumalen, die einst über dieses Schlachtfeld gestampft waren, konnte einem wahrlich schwindlig werden.

Als die Kas an ihnen vorbeizogen und die Atmosphäre vor Erwartung zum Schneiden dick geworden war, kam auch die Stunde, wo sie die Zitadelle mit eigenen Augen sehen konnten. Etwa eine halbe Stunde vor Sonnenuntergang erblickten sie das merkwürdig geformte Gebilde, wie es langsam aus dem Dunst und der flimmernden Luft der Konvektionswirbel hervortrat und Gestalt gewann.

Zuerst schien es sich zu bewegen, zu wabern und selbst dann noch die Form zu ändern, wenn die Menschen längere Zeit auf einen Fleck starrten. Aber es stellte sich heraus, daß es sich dabei nur um eine Illusion handelte, eine klimatische Täuschung und vielleicht auch ein Trugbild ihrer eigenen überanstrengten Gehirne. Als sie noch näher herankamen, erwies sich die Form als unverrückbar fest wie Felsgestein. Bedrohlich ragte das Gebilde hoch. Es war ein ineinander verschachteltes Gebäude mit vielleicht fünf eindeutig auszumachenden Stockwerken, obwohl die Geometrie dieser Konstruktion leicht zwei oder drei zusätzliche Stockwerke verbergen konnte. Da es über das gleiche ockerfarbige Aussehen wie der Sand verfügte, mochte möglicherweise ein Teil des Komplexes getarnt sein. Die vier Menschen konnten die extreme Art dieser Architektur erst erfassen, als sie ziemlich nahe herangekommen waren. Ein Irrgarten aus unmöglichen Winkeln, vorspringenden Trägern, Neigungen und Verblendungen. Auf der ganzen Welt existierte nichts Vergleichbares. Kühn ragte es in den Himmel, ein Symbol für die Macht und die Phantasie seiner Erbauer.

Die Indikatoren des Suchers tanzten wie verrückt und schlugen in Richtung auf das Gebäude aus. Es gab keinen Zweifel mehr, was dieses Ding darstellte, funktionierte es doch immer noch innerhalb seiner vielfacettigen Mauern. Wenn der MTW mit einem Funkgerät ausgestattet gewesen wäre, hätten die Insassen jetzt auf fast allen Kanälen eine Warnung von der Zitadelle empfangen können, mit der dem unautorisierten Vehikel befohlen wurde, anzuhalten, sich zu identifizieren und weitere Instruktionen abzuwarten.

Da dies jedoch nicht möglich war, stand dem Mannschaftstransporter ein anderer Empfang bevor.

„Unser Antrieb verliert Energie", sagte Stoor und bediente mehrere Hebel, um der Ursache dieses Problems auf den Grund zu kommen. „Auch die Lichter auf der Konsole erlöschen. Das verdammte Ding stirbt uns unter den Fingern weg."

Varian hörte gar nicht zu. Er hatte gerade am Sockel des Gebäudes, das sich jetzt kaum mehr als zwei Kas von ihnen entfernt befand, eine Bewegung ausgemacht.

„Sieh mal, dort. Da kommt etwas auf uns zu."

Ein dunkler Schatten, nicht groß, bewegte sich dafür um so rascher auf sie zu und ließ einen Staubteufelstreifen in seiner Spur zurück.

Ohne ein Wort miteinander zu wechseln, griff jeder nach seiner Waffe und legte sie auf das näher kommende Fahrzeug an, das jetzt als solches an seinen riesigen Ballonreifen erkennbar war. Die Reifen waren so hoch wie das ganze Fahrzeug.

Es rollte weiter, bis es sehr dicht vor dem MTW anhielt und schien die auf sich gerichteten Waffen überhaupt nicht zu bemerken. Es war sehr klein und wirkte nicht groß genug, um auch nur einen Mann transportieren zu können. Waffen ließen sich nicht an dem Fahrzeug ausmachen. Einen langen Moment lang starrten sich das fremde Gefährt und die Menschen stumm an.

Plötzlich quoll ein Strom unidentifizierbarer Worte aus einem Lautsprecher, der irgendwo unter der Oberfläche des kleinen, fahrbaren Roboters stecken mußte. Nach einer kurzen Pause wurde die Nachricht wiederholt, diesmal jedoch in einer anderen Sprache. Varian hielt sie noch am ehesten für G'rdellianisch. Wieder eine Pause, dann sprach die Maschine erneut – jetzt in Nesporanisch, was jeder verstehen konnte. Tessa gab später zu, einzelne Worte aus allen drei Mitteilungen verstanden zu haben, aber sie sei vor Entsetzen wie gelähmt gewesen, da sie noch nie zuvor eine Maschine gesehen hatte, mit der man sich unterhalten konnte.

„*Man erwartet von euch, euch unverzüglich zu identifizieren. Ihr habt auf unsere Funkwarnung nicht reagiert, also wurde ein Nullenergie-Netz über euer Fahrzeug gelegt.*"

„Was will er?" fragte Stoor. „*Dieser* Knirps soll unseren MTW lahmgelegt haben?"

„Sieht ganz so aus", sagte Varian, „kommt, laßt uns lieber tun, was er von uns verlangt."

Stoor sah erst von dem kleinen Roboter zu Varian und dann wieder zurück. Schließlich nickte er. „Wir sind hier wegen Cartor Fillus alias Kartaphilos oder wie auch immer der Bursche sich nennen mag."

„*Cartor Fillus? Ihr kennt ihn? Bitte identifiziert euch – sofort.*"

„Ich bin Stoor von Hadaan, und meine Freunde hier heißen: Varian Hamer, Tessa von Prend und Raim von Maaradin."

Eine kurze Zeit lang blieb es still. Varian war auf der Hut und argwöhnisch. Seine Hand umspannte die Pistole und richtete sie von der Hüfte aus auf das Zentrum des Roboters.

„*Seid ihr von Cartor Fillus hierhergeschickt worden?*"

„Ja", sagte Varian, „er hat uns gesagt, wir sollen den *Wächter* suchen."

„*Beschreibe Cartor Fillus – genau bitte.*"

„Ihn *beschreiben!?* Wozu in Krells Namen!?" Stoors Gesicht lief rot an, und seine Hand zitterte, als er seine Waffe wieder auf den kleinen, neutralen Roboter anlegte.

„Tu, was er sagt", meinte Tessa. „Das ist die einzige Möglichkeit für den Wächter, um festzustellen, ob wir die Wahrheit sagen."

Varian stimmte dem zu, teilte Stoor mit einem Blick mit, daß er weitermachen wollte, und beschrieb dann den alten Mann, den er als Kartaphilos kennengelernt hatte.

Nach seiner Darstellung trat wieder eine kurze Pause ein, bis der Roboter schließlich sagte: „*Ein zutreffendes Porträt. Euer Fahrzeug wird unverzüglich wieder mit Energie versorgt. Folgt mir bitte dichtauf. Und vermeidet es, zu irgendeinem Zeitpunkt von meinem Kurs abzuweichen, denn das brächte euch unter Umständen in große Gefahr, weil dieses Gebiet sorgfältig gegen unerwünschte Besucher gesichert wurde.*"

Der kleine Roboter wandte sich behende in einem engen Wendekreis herum und rollte zurück auf die alptraumhafte Architektur der Zitadelle zu. Mit dem angekündigten Energiefluß erwachte der Antrieb schnell wieder zum Leben, die Lichter auf der Kontrollkonsole blinkten wieder auf, und der Mannschaftstransporter rumpelte los, nachdem Stoor die Steuerung übernommen hatte.

Während sie dem Automaten folgten, bemerkten sie, daß so gut wie gar kein Schrott im eigentlichen Umkreis der Zitadelle herumlag. Es schien so, als hätte der Wächter genau darauf geachtet, dieses Gebiet von allen Wracks freizuhalten, die unter Umständen einer feindlichen Streitmacht Deckung und Schutz geboten hätten. Somit mußte sich alles der Zitadelle ungeschützt und waffenlos nähern. Varian besah sich die ineinander verwobenen Reihen und Winkel, aus denen die Fassade der Zitadelle bestand, um irgendwelche Vorsprünge, Schutzwälle oder andere Befestigungen zu entdecken – oder, schlimmer noch, irgendwelche Waffen, die sich vielleicht auf ihren anrollenden

MTW gerichtet hatten. Aber er konnte nichts ausmachen und erblickte nur die allumfassende Vorderfront, die wie Sandstein aussah. Da es kaum vorstellbar war, daß die Zitadelle über kein Verteidigungssystem verfügte, kam Varian zu dem Schluß, daß die ganze Art des Gebäudes und der kunstvolle Einsatz von Tarnmaßnahmen dieses System vor ihm verborgen hielten.

Langsam rollten sie über den Sand. Die beiden letzten Kas bewältigten sie unter größter Vorsicht. Der kleine Roboter auf Rädern wartete auf sie, als sie sich einer Mauer am südlichen Sockel der Zitadelle näherten, die nahtlos zu sein schien. Erst jetzt konnte Varian die immensen Ausmaße des Komplexes richtig würdigen: Die Mauer, der sie sich jetzt gegenüber sahen, war sicher tausend Ems lang und damit noch gewaltiger als die Große Bibliothek von Voluspa, dem in seinen Ausmaßen bedeutendsten Gebäude der modernen Welt.

Eine kleine Vorrichtung, die wie eine tief eingebuchtete Schüssel aussah, erhob sich vom Roboter auf einem Stiel und wies auf die leere Wand. Als wäre es Zauberei, erschien eine rechtwinklige Naht im Sandstein, die schließlich in einem hellen Blaugrün schimmerte. Dann brach das Schimmern ab und machte einer schwarzen, rechteckigen Öffnung Platz, die etwa drei Ems breit und fünf Ems hoch war. Der kleine Roboter zog seinen Stiel und seine Schüssel wieder ein, rollte auf die Mauer zu und verlor sich in der alles verschlingenden Dunkelheit. Stoor zögerte einen Moment und schaltete dann die Bedienungsinstrumente auf ‚Vorwärts‘. Der Mannschaftstransporter folgte seinem Führer in die Zitadelle.

Einmal drinnen, fanden sie sich auf einer glatten, unbegrenzten Rampe aus einem stumpfen Metall wieder, die stetig und in einem gerade noch erträglichen Neigungswinkel nach unten führte. Varian drehte sich um und entdeckte, daß ihre Öffnung sich wieder verschlossen hatte und unsichtbar geworden war. Falls sie hier wieder hinausgelangen wollten, würde das auf dem Weg, den sie gekommen waren, unmöglich sein. Aber natürlich wird es hier mehr als nur einen Ausgang geben, dachte er. Es *mußte* noch einen weiteren geben.

Während er die vor ihnen liegende Umgebung studierte, wurde ihm klar, daß sie durch einen langen Tunnel fuhren, der aus einer unsichtbaren Quelle beleuchtet wurde. Nirgends ließen sich Fackeln, Gaslampen oder Laternen ausmachen, und trotzdem wurde Licht verbreitet, als wären die Wände selbst die Strahlungsquelle. Die

Tunnelwände wiesen ebenfalls keine Anhaltspunkte auf, doch glaubte Varian, daß es sich hierbei ebenfalls um eine Illusion handelte, nachdem er gesehen hatte, wie die Außenöffnung entstanden war. In Gedanken sah er wieder das Gesicht des alten Mannes – besser: des Roboters – vor sich, der auf der *Courtesan* seinen Arm gepackt und ihm die Geschichte vom Wächter erzählt hatte. Seltsamerweise traute Varian dem Roboter – insoweit man einer Maschine wirklich trauen konnte – und glaubte, daß die Geschichte um den Wächter der Wahrheit entsprach.

Kein Wort wurde während der Reise nach unten gewechselt, so als sei jeder von ihnen darauf bedacht, seine Gedanken für sich zu behalten. Oder aber, dachte Varian, es könnte auch einfach die Furcht sein, die jeden schweigen ließ.

Ungefähr eine Stunde lang rollten sie den Tunnel hinab. Es war unmöglich, sich auszumalen, wie tief sie in die Zitadelle eingedrungen waren, aber Varian vermutete, daß es wirklich sehr tief sein mußte. Auch war es kaum möglich, die Größe der Zitadelle zu erfassen, obwohl man nicht daran zweifeln konnte, daß dieses Gebilde aus der Ersten Zeit wirklich gigantisch zu nennen war und möglicherweise Schätze und technologische Wunder enthielt, die selbst die ausschweifendsten Vorstellungen des alten Stoor übertrafen.

Endlich geleitete sie der kleine Roboter in einen großen, fünfseitigen Raum. In jedem Wandstück waren etliche große, nischenartige Türen. Der Raum verfügte über keinerlei Inventar; lediglich ein sehr ausgeschmücktes Mosaik bedeckte den Boden. Es bediente sich der Pentagonform als Grundmotiv. An den Wänden standen bilderartige Buchstaben und Wörter aus einer Sprache, die von niemandem in der Gruppe entschlüsselt werden konnte. Man nahm an, daß es sich dabei um Genonesisch handelte. Die Worte mochten geographische Hinweise, Warnungen oder andere Instruktionen sein, aber da konnte man sich nicht sicher sein.

„Ihr werdet hier warten, bis der Wächter mit Euch in Kontakt tritt", sagte der kleine Roboter, wandte sich abrupt herum und rollte leise durch einen der Ausgänge davon. Rasch verschwand er im Irrgarten der Abzweigungen und dem Auf und Ab im Labyrinth der Korridore.

Stoor sprang aus dem Wagen und näherte sich der metallischen Außenfläche der Wände. „Jetzt schau sich einer bloß mal diese Kunstfertigkeit an, Mensch!"

Raim trat neben ihn. Er hielt sein Zielfernrohrgewehr an der Hüfte in Stellung – allzeit bereit, seinen Meister zu beschützen.

„Das Mosaik auf dem Boden ist ebenso prächtig", sagte Tessa, während sie mit Varian aus dem MTW kletterte. „Seht euch nur mal dieses Muster an."

„Da gibt's nun wirklich nichts daran zu deuteln, mein Junge. Tja, Erste Zeit! Verdammt noch mal! Die Leute, die hier an den Schalthebeln sitzen, könnten die ganze Welt beherrschen!"

Varian wollte gerade etwas sagen, als hinter den vieren eine Stimme ertönte.

„Willkommen in der Zitadelle. Ich bin der Wächter."

Die Stimme klang tief, männlich und wohltönend. Die vier drehten sich rasch herum und gewahrten einen großen, grauhaarigen Mann, der etwas trug, das wie eine Militäruniform aussah. Sie war hell gelbbraun und wies olivgrüne Streifen und Tupfer auf. Die Uniform lag gut am Körper an und wurde von braunen Stiefeln und einem ebensolchen Waffengürtel ergänzt – obwohl der Mann keine Waffen mit sich führte. Das Gesicht des Mannes war kantig, sauber rasiert und irgendwie schön. Seine Augen waren braun und groß und zum Teil von schweren Gliedern bedeckt; dies verlieh ihnen einen geduldigen, freundlichen Ausdruck. Die Nase des Mannes war scharf gezogen und gebogen, der Mund mit schmalen Lippen und einem Lächeln versehen. Er hielt die rechte Hand ausgestreckt – das universelle Zeichen für Frieden.

„Wächter?" sagte Stoor. „Ich hielt den Wächter für eine Maschine."

Der grauhaarige Mann lächelte und trat ein paar Zens näher. „Es ist der Wächter, der mit euch spricht. Was ihr mit euren Augen seht, ist nur ein beweglicher Ausläufer von mir – ein ausgezeichnet konstruierter Roboter. Der Wächter ist physisch um euch herum präsent. Meine Komponenten ziehen sich durch den ganzen Komplex der Zitadelle."

„Warum dann der Roboter?" fragte Stoor.

„Du bist Stoor?" fragte der Wächter.

„Ja, Mann, das stimmt. Nun hör mal, möchtest du vielleicht meine Frage beantworten?"

„Natürlich. Dem Gebrauch von menschenähnlichen Robotern oder *Homologs*, wie sie einst genannt wurden, liegt eine psychologische Bedeutung zugrunde. Man hat vor langer Zeit herausgefunden, daß die Bewohner der Enklave besser mit einer Maschine zurechtkamen, die menschliche Züge trug, als mit einer, die auch wie eine Maschine aussah. Es gibt den Menschen psychologisch gesehen mehr Selbstvertrauen, mit einem Homolog zu sprechen statt mit einer Konsole voller Schalter und LEDs. Meint ihr nicht auch?"

„Ich habe weder mit dem einen noch mit dem anderen bislang viel zu tun gehabt, daher kann ich dir schlecht eine Antwort darauf geben", sagte Stoor.

Der Homolog lächelte. „Stellt euch jetzt bitte selbst vor. Hebt einfach eine Hand, sobald euer Name fällt. Raim. Tessa. Und dann bist du natürlich Varian."

„Ja, das bin ich." Varian schüttelte dem Roboter die Hand. Von allein wäre man nie darauf gekommen, dieses Wesen sei nicht menschlich. Sein Griff war fest, warm und bestimmt. „Sag mir, bitte, sind wir die Ersten, die dich gefunden haben? Die ersten seit . . . dem Krieg?"

„Dem Krieg? Ach ja, der Krieg." Das Lächeln des Homologs verschwand und machte einer ernsten Miene Platz. Damit wurde klar, daß er genau über die Antwort nachdachte.

Varian betrachtete die Maschine und fragte sich, ob sie wirklich die Denkprozesse ihres Hauptcomputers wiedergab oder ob sie lediglich ein künstlich hergestelltes Abbild war, eine Maske, unter der sich die wahren Absichten dieser künstlichen Intelligenz, des Wächters, verbargen.

„Ja", fuhr der Homolog jetzt fort, „ja, ihr seid die ersten, die *einzigen* Menschen, die je so weit gekommen sind."

„Willst du damit sagen, daß andere auch schon die Zitadelle gefunden haben?" fragte Tessa.

„Andere haben sie per Zufall entdeckt. Nomaden und anderes eher primitives Volk, Menschen, die nicht in der Lage waren, die eigentliche Bedeutung der Zitadelle zu erkennen. Nein, ihr seid die ersten, die auf Grund der Worte von Kartaphilos gekommen sind, die ersten, die mir geschickt wurden. Und ich muß es hier sagen: Obwohl so sehr, sehr viel Zeit verstrichen ist, bin ich froh, euch zu empfangen."

Varian lächelte. „Ich fürchte nur, wir sind nicht rechtzeitig gekommen, um Verstärkung zu bringen . . . äh, der Hauptgrund, weshalb dein Botschafter ausgesandt wurde. Ich nehme aber an, du bist auch so halbwegs zurechtgekommen."

Der Homolog lächelte dankbar und nickte. „Oh ja . . . die Zitadelle hat sich ganz gut gehalten, wie ihr selbst sehen könnt . . ."

„Eigentlich", sagte Stoor, „haben wir nicht allzuviel gesehen. Nur einen Haufen leerer Wände. Nicht sonderlich aufregend, weißt du."

„Ihr werdet noch eine beeindruckende Führung erleben, das verspreche ich euch. Und ich möchte mein Bedauern über den wenig erhebenden Eingang ausdrücken. Aber das war die einzige Möglichkeit, euer Gefährt und eure Vorräte, die ihr sicherlich mit euch führt, sicher hereinzuführen."

„Stimmt, wir haben wirklich ein paar Sachen an Bord, von denen wir ungern Abschied genommen hätten. Danke schön auch." Varian sprach ganz ungezwungen. Er fragte sich, ob der Wächter die versteckte Anspielung auf die Waffen herausgehört hatte, die Stoor und Raim offen trugen.

„Ihr seid mehr als willkommen. Und wenn ihr mir jetzt bitte folgen wollt, möchte ich euch gerne eure Unterkünfte zeigen. Ich bin mir sicher, daß ihr euch solche Stätten nicht habt träumen lassen."

Der Homolog wandte sich um und steuerte auf einen Ausgang zu, der zu einem beleuchteten Korridor führte. Die vier Gefährten rafften ein paar persönliche Gegenstände zusammen – inklusive der Waffen – und folgten nach. Sie wurden ein kurzes Stück bis zu einer weiteren Reihe von Türen geführt, die sich beim Erscheinen des Homologs zu kleinen Kammern öffneten. Stoor zögerte, dort einzutreten, bis der Roboter ihm die Arbeitsweise des Fahrstuhls erklärte – ein weitverbreitetes Beförderungsmittel in den Gebäuden der Ersten Zeit. Solchermaßen beruhigt, betrat die Gruppe diese Vorrichtung und fuhr damit an ungezählten Etagen vorbei nach oben.

Als die Türen sich wieder öffneten, war selbst Stoor nicht auf den Anblick vorbereitet, der sie erwartete. Sie betraten einen üppigen, tropischen Ort, einen leuchtend grünen Regenwald, einen Dschungel aus grünen Bäumen und Pflanzen. Die Luft war feuchtwarm und roch schwer nach den verschiedenen Blütendüften, die die vor ihnen liegenden Gärten wie die durcheinander geratenen Farben auf der Palette eines Malers überhäuften. Nirgendwo sonst auf der bekannten Welt gab es einen derart lebendigen, so von blühenden grünen Pflanzen strotzenden Ort. Der Kontrast zu der rauhen, verwüsteten Welt, der sie auf ihrer Reise begegnet waren, war so groß, daß die Sinne der vier einige Zeit lang aussetzten.

„Einer unserer botanischen Gärten", sagte der Roboter. „Auf jeder Etage befindet sich mindestens ein solcher Garten oder ein Arboreum. Hier geht es weiter, bitte."

Sie folgten dem Roboter eine leicht ansteigende, eingefriedete Rampe hinauf, die manchmal über und manchmal mitten durch das allgegenwärtige Wachstum führte, das im wahrsten Sinn des Wortes den ganzen Raum ausfüllte. Zuerst war es ihnen gar nicht aufgefallen, aber dann bemerkten sie, daß selbst die Luft von Leben erfüllt war: Ständig summten Insekten, tschirpten Vögel und schlugen mit den Flügeln, flöteten schrill die Singvögel und schrien die Opfer des Dschungels kreischend auf.

„Die Zitadelle diente als Mittelpunkt der Stadt, die einst ihre Außenmauern umgab. Sie war eine Agora, ein Forum und ein Marktplatz für den ökonomischen, intellektuellen und kulturellen Austausch." Der Roboter ergänzte seine Ausführungen mit Gesten seiner Hände, während er die Gruppe durch die Gartenanlage führte. „Als der Krieg ausbrach, wurde dieser Mittelpunkt einer jeden Stadt in die zentrale Koordinierungsstelle für das städtische Verteidigungssystem umgewandelt. Jede Zitadelle wurde mit einem besonderen KI-Satz ausgerüstet, den man Wächter nannte."

„Und was heißt KI-Satz?" fragte Varian.

„Sie sprechen gerade mit einem", sagte der Roboter. „KI steht natürlich für Künstliche Intelligenz. Mit diesem Begriff wird der Computertyp bezeichnet, der für eine spezielle Aufgabe ausgerüstet ist. In diesem Fall Serie 4."

„Wo sind denn all die Menschen?" Tessa sah sich im Garten wie ein Kind im märchenhaften Dschungel eines vergänglichen Traums um. „Was ist mit ihnen geschehen?"

„Sie sind alle . . . verschwunden", sagte der Roboter, so als müsse er jedes Wort einzeln auswählen. „Sie sind schon vor langer Zeit verschwunden."

„Verschwunden?", sagte Stoor. „Du meinst wohl *tot*, oder?"

„Ja, *tot* ist der treffendere Ausdruck." Der Roboter war an einer Rampenkreuzung angelangt und wandte sich nach rechts. „Hier entlang, bitte."

„Aber wie konnte dies alles hier denn bestehen bleiben, wenn die ganze Bevölkerung umgekommen ist?" fragte Varian.

Der Roboter drehte sich um und sagte ruhig: „Das ist eine lange

100

Geschichte, über die ich noch genau berichten werde, nachdem wir die passenden Unterkünfte für euch gefunden und euch eine Mahlzeit zubereitet haben. Essen und Regeneration. Das sind doch Primärdirektiven der Menschen, oder liege ich da falsch?"

„Da kannst du einen drauf lassen", sagte Stoor und lachte über die merkwürdige Ausdrucksweise des Roboters.

„Nun gut denn. Ich werde dafür sorgen, daß ihr zufriedengestellt werdet. Es wird euch noch viel Zeit für Geschichtslektionen zur Verfügung stehen. Nun hier entlang, bitte."

Sie wurden durch einen hell erleuchteten Gang geführt, dessen Wände mit impressionistischen und surrealistischen Kunstwerken bedeckt waren. Die Zusammenstellung von Farben, die Ausgewogenheit und Bildkomposition sprachen von einem derart ausgezeichneten Geschmack, daß er jenseits des Beurteilungsvermögens der Besucher lag. Fünf Kunstobjekte hingen an jedem Wandstück, jedes einzelne äußerst vorteilhaft angebracht.

Die Gruppe blieb vor einer Tür stehen. „Dies ist das erste Zimmer", sagte der Roboter. „Da ich weder etwas von euren Schlaf- und Lebensgewohnheiten noch von euren sexuellen Partnerbeziehungen weiß, fürchte ich, daß ich euch fragen muß, wie ihr auf die Zimmer verteilt werden wollt."

Stoor sah erst die anderen an, dann fragte er schelmisch grinsend: „Wie groß sind die Zimmer denn?"

„Wollt ihr ein Zimmer für alle zusammen?" fragte der Automat.

Tessa lachte. „Lieber Gott, nein – alles, bloß das nicht!"

„Nein", sagte Stoor. „Weißt du, mein lieber Freund hier, Raim . . . er ist mein Leibwächter. Ich habe ihm einmal das Leben gerettet, und gemäß seiner maaradinischen Herkunft ist er verpflichtet, bis zum Ende meines Lebens bei mir zu bleiben. Er schläft sogar bei mir, *aber* . . ." – Stoor hob eine Hand und grinste sich in den Bart – „. . . er schläft nicht *mit* mir, falls du verstehst, was ich meine."

Varian lächelte, und der Roboter gab überflüssigerweise eine bejahende Antwort, mit der er zustimmte, Stoor und Raim könnten das Zimmer hinter dieser Tür nehmen. Er drückte Stoors Handfläche gegen eine kleine, schwarze Platte neben der Tür, und diese blitzte in einem stoischen Weiß auf. Er wiederholte die Prozedur mit Raims Hand – unabdingbare Voraussetzung für das Funktionieren eines Handflächendruckschlosses.

Als der alte Mann mit seinem Freund das Zimmer betrat, führte der Roboter Varian und Tessa zur nächsten Tür auf derselben Gangseite. „Wollt ihr beide ebenfalls ein Zimmer zusammen nehmen?" „Ja", sagte Tessa. Sie wollte Varian dabei nicht ansehen, und dieser lächelte breit über ihre Schüchternheit, die trotz des bestürzenden Traumas ihrer Vergangenheit überlebt hatte.

Sie betraten ihr Zimmer, nachdem sie ihre Handflächen gegen das Schloß gedrückt hatten, und sahen, daß es in Pentagonform fünf Wände aufwies. Jede einzelne Wand schien sanft zu leuchten, jede in einer anderen, doch komplementären Farbe. Die Farben waren in Erdtönen gehalten: pastellhafte Gelb-, Orange-, Brauntöne und Elfenbein. An der gegenüberliegenden Wand hing eine große, schwarze Platte, die den Großteil des Wandstücks bedeckte und aus dem gleichen Material zu bestehen schien wie das Handflächenschloß. Der Roboter zeigte ihnen das Zimmer und deutete schließlich auf eine Plattform, die offensichtlich das Bett darstellte, obwohl es auf etwas ruhte, das wie eine Zikkurat aussah und weniger wie ein Bettgestell. Der Roboter erklärte, daß das Bett mit einer gelantineartigen Substanz gefüllt sei, die im Labor entwickelt worden und eigentlich ein halborganisches Material sei, das sich dem Körper der Person völlig anpassen würde, die sich darauf legte. Als ein Zwitter aus Pflanze und Tier wartet die Substanz mit einem Maximum an Schlaf- und Erholungskomfort auf – dies oder so etwas Ähnliches sagte der Roboter. Man konnte sie auch als Bad und Toilette benutzen; und sie basierte auf Prinzipien, die sich zwar als effektiv erwiesen, dennoch nicht leicht zu verstehen waren. Der Schirm an der gegenüberliegenden Wand bescherte einem, sobald man ihn einschaltete, ein Panorama des Umlandes der Zitadelle, inklusive des Carrington-Höhenzuges, der sich mit schneebedeckten Gipfeln in den weit entfernten Horizont bohrte.

Der Raum steckte voller Nischen und innenarchitektonischer Ideen und bestand aus einem Material aus einer anderen Zeit. Es stellte wahrhaft die Krönung des Versuchs dar, Wärme, Komfort und Sicherheit zu gewährleisten, aber für Varians Geschmack störte hier etwas. Der Raum strahlte eine Kälte aus, die physische Existenz zu besitzen schien und an die er sich nie gewöhnen würde. Er konnte dieses Gefühl nicht anders beschreiben, als in Gedanken die total antiseptische Note dieses Zimmers, überhaupt der ganzen Zitadelle, zu beklagen. Nirgends fand sich ein Staubkorn oder eine Spur von Leben. Nicht ein Fingerabdruck, ein Schmierfleck oder sonst das geringste Anzeichen dafür, daß sich etwas nicht an seinem richtigen Platz befand.

Man versorgte sie außerdem mit einem vollständigen Sortiment an Kleidungsstücken nach dem gleichen Grund- und Schnittmuster wie die zwanglose, paramilitärische, funktionale und bequeme Uniform des Roboters. Später brachte man sie zu einem kleinen Speisesaal, von dem man einen guten Überblick über die botanischen Gärten hatte. Der Homolog hatte anscheinend vorher alles zubereitet und bediente sie nun allein. Die vier Menschen kamen sich vor, als würden sie im Palast eines großzügigen, wenn auch etwas exzentrischen Königs bewirtet.

Viele Fragen brannten ihnen auf der Zunge, und sie versuchten, während der Mahlzeit ein Gespräch mit dem Wächter in Gang zu halten. Seltsamerweise wurde vielen ihrer Fragen vorsätzlich ausgewichen, oder es wurde ihnen manchmal sogar ganz offen die Antwort verweigert. Zum Beispiel behauptete der Wächter, nicht zu wissen, wieviel Zeit seit dem Krieg vergangen war, keine Ahnung davon zu haben, *wann* die Erste Zeit zu Ende gegangen war oder aus welchem Grund es überhaupt zu diesem Vorfall gekommen war. Darüber hinaus zeigte er sich unwissend, was die Größe der Eisenfelder oder die verwirrende Anzahl von Trümmerschichten anging, von der man auf eine Vielzahl von Kriegen im Verlauf der Jahrtausende schließen konnte.

Varian und Stoor verloren die Geduld mit dem Homolog, der jede Frage mit einer Lässigkeit von sich wies, die sowohl zungenfertig als auch unverschämt war.

„Ganz sicher wird es hier doch so etwas wie eine Bibliothek geben", sagte Varian. „Einen Ort, den die Leute aufgesucht haben, wenn sie etwas in Erfahrung bringen wollten . . ."

„Natürlich", sagte der Homolog. „Es gibt ein Datenspeicherungs-Zentrum, und im gesamten Komplex befinden sich viele Abrufungs-Terminals. Man benutzt diese ganz einfach, indem man die Frage eintippt oder über den Vokal-Registrator eingibt."

„Sind diese Geräte denn nicht mit der Hauptabteilung der Maschine verbunden?" fragte Stoor. „Sind sie nicht alle Teile desselben Systems von . . . *dir?* Dem Wächter?"

„Doch, dem ist so."

„Dann brauchen wir ja gar keinen Terminal zu benutzen", sagte Tessa. „Wir können genausogut einfach *dich* fragen."

„Auch das ist richtig."

„Aber du behauptest doch, daß du eine ganze Menge von dem nicht weißt, was wir dich gefragt haben", sagte Stoor. „Damit ist es ja völlig egal, ob wir die Terminals befragen oder nicht... wir bekommen die gleichen Antworten wie von *dir*."

„Das ist ebenfalls richtig", gab der Homolog lächelnd zur Antwort.

Eine ungemütliche Stille herrschte jetzt am Tisch. Alle vier starrten den Roboter an, der am anderen Ende des Tisches stand. Er trug eine unversöhnliche Miene, die seinem Versuch Hohn sprach, sympathisch zu wirken. Das Gesicht des Homologs trug nicht mehr die freundlichen, fast großväterlichen Züge. Es war das Gesicht eines kalten, berechnenden Wesens, das mittlerweile alle Masken abgelegt hatte, die seine wahre Natur verschleiern sollten.

„Darf ich etwas anderes fragen?" sagte Varian.

„Aber natürlich – alles, was du willst."

„*Das* bezweifle ich", sagte Tessa.

„Warte, Tessa", sagte Varian. „Nun hör mal zu: Als ich mit Kartaphilos gesprochen habe, meinte er, er suche Leute, die geschickt genug seien, diesen Ort zu finden, um dem Wächter irgendwie zu helfen. Ist das richtig?"

„Oh ja", sagte der Roboter, „stimmt ganz genau."

„Wie sollen wir denn helfen? Was willst du von uns?"

„Eine ganze Menge, Varian Hamer. Und zu geeigneter Zeit wird man euch davon in Kenntnis setzen. *Alle* eure Fragen werden *zu geeigneter Zeit* beantwortet werden."

„Du sprichst, als hättest du für alles einen fertigen Plan, einen Zeitplan."

Der Roboter nickte langsam. „Das ist ebenfalls richtig."

Varian schüttelte den Kopf und ließ eine Hand auf seiner Pistole ruhen. Das war nicht als Drohung gemeint, sondern lediglich eine unbewußte Verteidigungsmaßnahme.

„Dann erkläre mir bitte etwas anderes", sagte Varian. „Du weißt mehr, als du uns sagst... dessen bin ich mir ziemlich sicher. Aber warum handelst du so?"

„Das kann ich im Moment nicht anders erklären, als wiederum

darauf hinzuweisen, daß du recht hast. Kartaphilos ist ein äußerst weiser Menschenkenner. Ich muß ihm mein Kompliment aussprechen."

„Er ist hier?" fragte Stoor.

„Im Moment nicht, aber er ist hierher – wie sagt man bei euch – vom aktiven Dienst zurückbeordert worden? Ja, er wurde zurückgerufen und wird bald hier erscheinen."

„Moment mal", sagte Stoor und hieb mit der Faust heftig auf den Tisch. „Varian hat recht. Bei Krell, hier geht irgend etwas vor sich, über das ich gerne Genaueres wüßte. Irgend etwas *stinkt* hier ganz gewaltig!"

„Die Luft wird klimatisch kontrolliert. Es gibt hier keine Gerüche, die Menschen nicht zuträglich sind."

„O Scheiße, Mann. Befaß du dich weiter mit ihm!" sagte Stoor. Trotz seiner Verwirrung grinste er.

„Man ließ uns in dem Glauben, der Wächter sei ein *Diener* der Menschheit", sagte Varian, „und daß wir in die Geheimnisse der Ersten Zeit eingeweiht würden, falls wir jemals diesen Ort finden sollten."

„Und daß die Welt Vorteil aus dem Wissen erhalten würde, das ganz offensichtlich hier gespeichert wird..." ergänzte Tessa.

Wieder nickte der Homolog langsam. Immer noch steckte das nichtige Lächeln wie eine mürbe konstruierte Maske auf seinem Gesicht. „Das sind in der Tat Möglichkeiten, die aus eurer Entdekkung der Zitadelle entstehen könnten, da muß ich euch recht geben. Aber bevor es dazu kommen kann, müssen erst bestimmte... Umstände... eintreten."

„*Umstände*", sagte Stoor mit einer Stimme, die sich kaum noch von einem Bellen unterschied. „Was denn für *Umstände*?"

„Ihr werdet sie begreifen, sobald sie eintreten. Mehr kann ich euch jetzt nicht sagen."

Tessa erhob sich von ihrem Stuhl und sah den Homolog scharf an. „Wächter, verbessere mich bitte, wenn ich etwas Falsches sage, aber du sprichst von uns, als seien wir hier... Gefangene."

Wieder herrschte diese unbehagliche Stille. Die Augen von allen vieren starrten auf den Homolog, der ihren Blicken mit einem Ausdruck in den Augen begegnete, der kaum zu ergründen war.

„Da liegst du nicht falsch", sagte er schließlich.

Sieben

Kurze Zeit später begannen die Illusionen.

Zumindest hofften die vier Menschen, daß es sich dabei um Illusionen handelte, denn andernfalls wäre es der reine Wahnsinn gewesen.

Varian war allein durch das dritte Stockwerk der Zitadelle gelaufen. Hier befanden sich die größten Werke am Ort: Maschinenanlagen, Hüttenwerke, Mühlen, Kraftwerke – ein Nährboden für industrielle Produktion, der ausgereicht hätte, das Gesicht eines ganzen Staates der modernen Welt zu verändern. Eine ganze Miniaturstadt aus Präzisionsmaschinerie breitete sich vor ihm aus: schimmernder Stahl, leuchtende Legierungen, massive Turbinen, Drehbänke und Stanzmaschinen. Und über dem Ganzen herrschte Grabesruhe. Nicht ein Mucks regte sich aus der großen Leere der Anlage: Kein Mensch lief vorbei, und niemand bewegte Kontrollhebel, die gewaltigen Hochöfen und Konverter lagen kalt und tot da.

Wo waren die Menschen geblieben? Eine dieser Fragen, die der Wächter nicht beantworten konnte – oder besser, nicht beantworten wollte. Und besonders diese Frage ließ Varian keine Ruhe: Wohin waren sie verschwunden? War es denn wirklich möglich, daß der Krieg sie so vollständig ausgelöscht hatte? Wurden sie vielleicht in irgendeiner verborgenen Abteilung der Zitadelle ebenfalls gefangengehalten? War der Wächter eine Maschine, die verrückt geworden war? Und wenn dies der Fall war, würden er oder sie alle vier jemals etwas dagegen unternehmen können?

Dazu fehlten ihnen die Mittel oder, anders ausgedrückt, sie konnten noch nicht das Wesen des Wächters verstehen. In jeder Sekunde wurde Varian an die überlegene Weisheit derjenigen erinnert, die diesen Ort, durch den er jetzt schritt, erschaffen hatten. Sie müßten ja völlig übergeschnappt sein, um es selbst mit den Stiefkindern einer solchen Gesellschaft an Geist oder Fähigkeiten aufnehmen zu wollen.

Er lief weiter. Sein Waffengurt hing schlaff über der Zitadellen-

„Uniform". Ihm war genau wie den anderen das Tragen von Waffen gestattet worden. Anscheinend ein Zeichen des Wächters, um zu zeigen, daß er die vier nicht zu fürchten brauchte. Er verließ den Industriekomplex, ging um eine Ecke und fand sich auf einem breiten, schattigen Weg wieder, wo sich sicher einst große Menschenmassen gedrängt hatten, um sich auf dem offenen Forum zu treffen und miteinander zu kommunizieren. Nun war daraus ein ruhiger Park geworden, ein Stück Grün, das besonders von Bäumen geprägt wurde, von denen Varian gar nicht wußte, daß sie auf der Erde vorkamen.

Während er über die sorgfältig gepflegten Spazierwege dahinschritt, machte er im Augenwinkel eine Bewegung aus. Rasch drehte er sich auf dem Absatz herum und hatte in einer blitzartigen Bewegung auch schon die Pistole in der Hand – genauso wie der alte Furioso es ihm vor vielen Jahren beigebracht hatte. Er richtete die Waffe auf drei Gestalten, die anmutig im Dickicht unter herbstfarbenen Bäumen standen.

Drei wunderschöne Frauen hielten sich ganz ruhig unter den Bäumen auf und machten den Eindruck, als hätten sie auf ihn gewartet.

„Einen schönen Tag, mein Herr", sagte eine Frau. „Ich heiße Hera." Sie war die größte von den dreien und hatte blaugrüne Augen und kastanienbraunes Haar, das sehr lang, voll und glänzend war. Ihr Gesicht war feingeschnitten und trug ein einladendes Lächeln. Sie war eine wirklich schöne Frau. Hera trug ein langes, praktisch durchsichtiges Gewand, durch das er ihren Körper erkennen konnte: straff, trotzdem geschmeidig und alles in allem wohlproportioniert.

„Ich heiße Varian Hamer", sagte er und ließ die Waffe wieder sinken, steckte sie jedoch nicht wieder ein. „Was tut Ihr hier? . . . Ich dachte . . . ich glaubte, ich sei allein hier . . ."

„Das ist doch ganz egal", sagte Hera. „Wir sind nur hierhergekommen, um Euch um einen kleinen Gefallen zu bitten." Hera zeigte auf ihre beiden Begleiterinnen, die jetzt vortraten. Sie beugten zierlich das Haupt und verloren dabei für einen kurzen Moment ihren starren Blick. „Das sind Athene und Aphrodite."

Varian verbeugte sich vor den Frauen und faßte sie kurz ins Auge. Athenes Haare waren rabenschwarz, und sie trug relativ schwermütige Züge: mandelförmige, braune Augen, eine wohlgebräunte Haut, ein voller, sinnlicher Mund und eine leicht gebogene Nase. Ihre Wangenknochen standen hoch und traten hervor. Sie trug ein ebensolches transparentes Gewand, durch das ihre wogenden Hüften und großen Brustwarzen sichtbar wurden. Aphrodite war zwar nicht weniger aufregend, sah aber ganz anders aus: goldblondes Haar, himmelblaue Augen, lange Wimpern, eine kecke, kurze Nase und ein kleiner, zarter Mund, sanft geschwungen wie der Bogen eines Jägers. Sie trug wie die beiden ersten Frauen ein Gewand, das nichts verheimlichte, und stand ihnen, was die Formen anging, in nichts nach. Tatsächlich konnte sich Varian nicht daran erinnern, jemals zuvor drei Frauen auf einem Fleck gesehen zu haben, die allesamt so perfekt waren und doch so verschiedene Beispiele für weibliche Schönheit darstellten.

„Wir haben ein Problem", sagte jene, die Athene hieß.

„Ja", sagte Aphrodite. „Wir waren auf einem Bankett, das einige Freunde von uns gegeben haben . . ."

Varian wollte sie unterbrechen und sie danach fragen, woher sie kamen, *wessen* Bankett das gewesen sei und wieso sie hierhergekommen waren . . . Aber er konnte einfach nichts sagen. Es war so, als hätten sie einen unspürbaren Einfluß auf ihn.

„Und dort gab es eine besondere Aufgabe", sagte Hera und griff in ihr Gewand, aus dem sie eine hervorragende Skulptur hervorholte – einen goldenen Apfel. Varians Kennerblick war entzückt von der kunstvollen Ausarbeitung des goldenen Apfels, und er hielt Hera für eine Art Zauberin – sie hatte die Skulptur irgendwo in ihrem Gewand getragen, aber dieses war so transparent, so fein und so eng anliegend . . . wo hatte sie die Skulptur bloß vorher versteckt?

„Eine besondere Aufgabe?" sagte er schließlich.

„Ja", sagte Athene. Das dunkle Haar fiel sinnlich über ihr Gesicht. „Die Skulptur wurde mit einer kurzen Nachricht gefunden, die verfügte, daß der Apfel der schönsten Frau auf dem Bankett gebühre."

„Eigentlich", sagte Aphrodite, „hieß es dort, der *reinsten*. Alle beanspruchten die Skulptur für sich, bis in der Endausscheidung nur noch drei übriggeblieben sind."

„Ich fürchte, da komme ich nicht ganz mit", sagte Varian. Er hielt immer noch die Pistole in der Hand. Er weigerte sich eigentlich, sie wegzustecken, denn er traute der Geschichte der Frauen nicht so recht

– er hielt sie eher für Homologs des Wächters. „Könntet Ihr mir denn vielleicht sagen, was das für ein Bankett war und wo Ihr hergekommen seid? Ich war nicht darauf gefaßt, hier auf jemanden zu treffen, wißt ihr . . ."

Hera lächelte. „Es war das Bankett vom König Peleus und der Thetis. Natürlich hat es auf dem Olymp stattgefunden. Aber wir haben wenig Zeit und erbitten Eure Hilfe."

„Ja, das tun wir", sagten Athene und Aphrodite gleichzeitig.

Varian war verwirrt, und irgendwie hatten die Frauen ihn eingeschüchtert. Er hatte noch nie von diesem König und seiner Begleiterin gehört – und genausowenig vom Olymp. Aber sein Verstand hielt sich daran auch gar nicht auf. Er schien sich nur auf Heras letzte Worte konzentrieren zu können: Sie benötigten seine Hilfe. „Was kann ich denn für Euch tun?"

„Das liegt doch eigentlich auf der Hand, oder?" meinte Athene. „Wir möchten, daß Ihr unser Richter seid. Ihr sollt entscheiden, welche von uns die Schönste ist . . ."

„Dem ist so", sagten die beiden anderen.

Seine Gedanken gerieten in Aufruhr. Die Vorstellung, zwischen diesen drei Frauen zu entscheiden, drohte seinen Verstand zu sprengen. Er fragte sich, ob er zu einem solchen Urteilsspruch überhaupt fähig war. Jede einzelne von ihnen war auf ihre Weise so einzigartig exotisch, so geheimnisvoll anziehend – bei dieser Wahl mußte jeder Mann versagen.

„Ich weiß nicht, wie ich das anfangen soll."

„Oh, Ihr könnt es aber", sagte Athene.

„Doch sicher werdet Ihr etwas Zeit benötigen, um darüber nachdenken zu können", sagte Aphrodite. „Dafür haben wir Verständnis."

„Deshalb", sagte Athene, „werden wir Euch jetzt für einige Zeit allein lassen. Danach kehren wir zurück, um Eure Entscheidung zu hören."

Bevor Varian etwas einwenden konnte, drehten alle drei Frauen sich um und glitten rasch durch eine Lücke im Dickicht der Bäume davon. Er sprang ihnen hinterher, um sie einzuholen, mußte aber feststellen, daß sie spurlos verschwunden waren. Kein Geräusch ertönte mehr. Kein Beweis war mehr vorhanden, der davon künden konnte, daß sie je hiergewesen waren. Varian beschlich ein Gefühl, mit dem er nur selten zuvor zu tun gehabt hatte. Er war ein Mann, der sich bestens mit Duellen, Hinterhalten, Seeüberfällen und anderen Gefechten auskannte, aber er hatte nie die Wucht der kalten Angst gespürt, die jetzt durch seinen Körper schoß.

Hinter ihm ertönte ein Geräusch.

Blitzschnell wirbelte er herum und sah sich der rätselhaften Hera gegenüber. Sie stand allein vor ihm und lächelte ihn madonnenhaft an. Ihr kastanienbraunes Haar fiel ganz locker auf die Schultern hinab.

„Hab keine Angst", sagte sie, „ich bin gekommen, um dir einen Handel vorzuschlagen."

„Wie bitte?" Varian war jetzt völlig verwirrt.

„Eigentlich eine ganz einfache Sache. Falls du *mich* erwählst, so kann ich dir die politische Herrschaft über die ganze Welt schenken. Frag nicht, wieso mir das möglich ist, glaube mir einfach, wenn ich es dir sage. Ist doch ganz einfach, oder? Wähle mich, und du bist der Herr der Welt!"

„Aber das ist doch nicht möglich . . . Ihr . . ."

„Ich meine es ernst", sagte Hera mit einer Stimme, die ihn wie ein Schwert durchdrang. Sie strahlte eine Autorität und einen Stolz aus, wie dies nur bei jemandem der Fall sein konnte, der an die Macht und ihren Gebrauch gewöhnt war. Aus irgendeinem Grund, den er sich zu diesem Zeitpunkt jedoch nicht erklären konnte, glaubte Varian ihr.

„Ich muß darüber nachdenken", sagte er.

„Natürlich." Hera lächelte wissend und kehrte in die Bäume zurück.

Bevor er ihr folgen konnte, um festzustellen, wie sie ihren geheimnisvollen Abgang bewerkstelligte, ertönte ein weiteres Geräusch hinter ihm. Jemand rief seinen Namen.

Er drehte sich um und war eigentlich kaum noch überrascht, Athene vor sich zu sehen, die dunkle, sinnliche Athene. Ganz nahe stand sie bei ihm. Ein Bein war nackt aus einem Schlitz im Gewand herausgetreten und die Hüften waren in einem aufreizenden Winkel gebogen.

„Ich habe dir ebenfalls ein Geschäft vorzuschlagen", sagte sie.

„Komischerweise bin ich kaum überrascht."

Athene lachte. Es klang wie eine hypnotisierende, aber auch außerordentlich wohlgefällige Melodie. „Nein, Varian, nicht, was du vermutest."

„Dann fangt an: Was bekomme ich, wenn ich Euch erwähle?"

„Ganz einfach: Du bekommst das, wofür du hiergekommen bist, das Geheimnis der Zitadelle – das Wissen um den Wächter und die wahre Geschichte der Ersten Zeit."

Sein Herz tat einen gewaltigen Sprung: eine physische Reaktion, die genau den Aufprall dieser Worte auf seinen Verstand wiedergab. Woher konnte sie wissen, was er wirklich wollte? Und wie konnte sie es ihm verschaffen?

„Meine Macht, dir das zu geben, was du willst, steht außerhalb jeder Diskussion", sagte sie, als könne sie seine Gedanken lesen.

„Ich glaube, so etwas Ähnliches habe ich irgendwo schon einmal gehört."

„Trotzdem mußt du dich entscheiden."

„Ich werde erst über Euer Angebot nachdenken, falls es Euch nichts ausmacht."

Athene lächelte und kehrte in den Wald zurück, wo sie sich bald mit den bunten Farben der Bäume vermischte. Im Nu war sie verschwunden.

Er starrte immer noch auf die Stelle, wo sie verschwunden war, als er erneut seinen Namen hörte.

Diesmal drehte Varian sich langsam um und hatte schon erwartet, ein paar Schritte von ihm entfernt die liebreizende Aphrodite zu sehen, bevor er sie tatsächlich erblickte.

„Ich habe Euch schon erwartet", sagte er und lächelte sardonisch.

„Wirklich?"

„Laßt uns nicht viel Federlesens machen und rasch zur Sache kommen: Falls ich mich für Euch entscheide – was bekomme ich dafür?"

Aphrodite kicherte. „Du bist ziemlich pragmatisch, nicht wahr?"

„Wenn eine Situation das erfordert. Ich komme mir vor, als würde ich an irgendeinem riesigen Spiel teilnehmen. Also habe ich mir gedacht: Versuch doch mal herauszufinden, worum es hier geht."

Aphrodite lächelte noch immer und maß ihn dabei mit ihren Blicken. „Was haben die anderen geboten? Das Übliche? Reichtum? Macht?"

„Es variierte leicht", sagte Varian. „Die erste versprach mir eine Kombination von beidem, die zweite Wissen und Erkenntnis."

„Wissen! Eine ernst zu nehmende Gegnerin", sagte Aphrodite.

Varian beobachtete sie. „Im Vergleich wozu?" fragte er.

111

Aphrodite zupfte an einer Öse am Halsteil ihres Gewands.

„Dazu", sagte sie, und das Gewand fiel rauschend nach unten. Nackt stand sie vor ihm – für seine Begriffe die aufregendste Frau, die er je gesehen hatte. Ihre Haut war weiß wie Elfenbein und makellos, weich und geschmeidig. Ihre Beine waren lang und fest, ihre Brüste standen hoch und stramm, ihr Bauch lag flach über dem goldenen Dreieck, das gleichermaßen leuchtete wie die blonden Locken ihres Kopfes.

Das Blut hämmerte in seinen Schläfen – und an anderen Stellen auch. Er kämpfte mit sich, um seine Fassung zurückzugewinnen, aber noch nie zuvor hatte er einem solchen Anblick gegenübergestanden. Er preßte mühsam die Worte zwischen den Zähnen hervor und erklärte ihr, daß er dieses Angebot genau wie die anderen überdenken wolle.

Graziös bückte sie sich, um ihr Gewand aufzuheben. Sie hielt es vor ihre Brüste und verschwand im Wald – ein Anblick, der Varian nicht mehr ungewohnt war.

Zeit wurde zu einer bedeutungslosen Angelegenheit. Sie dehnte sich, wirbelte und tropfte wie Wachs um ihn herum. Aber das bemerkte er gar nicht. Er fühlte sich in einem Strudel von Erinnerungen und Eindrücken verloren, die ganz real erschienen, aber auf der anderen Seite . . .

Er grübelte über die offensichtliche Irrealität dieser Begegnungen nach. Was hatten sie zu bedeuten? Unbegreiflich. Absurd. Wieder hatte er den Eindruck, sich in einem Spiel zu befinden. Er versuchte, das miteinander in Einklang zu bringen, aber es wollte ihm nicht gelingen. Seltsamerweise machte er sich gar keine besonderen Gedanken darüber, für welche von den dreien er sich entscheiden würde.

Bis sie dann alle drei wieder erschienen. Jede von ihnen schien ihm einen versteckten, verschwörerischen Wink zu geben.

„Wir warten auf Eure Entscheidung", sagte Hera.

Varian lachte. „Ob Ihr es glaubt oder nicht, das tue ich auch."

Keine lächelte oder antwortete. Das ernüchterte ihn, und er sah sie sich so unbefangen an, wie ihm das unter diesen Umständen möglich war.

„Also gut. Laßt mich meiner Entscheidung ein paar Worte zur Realität dieser Veranstaltung vorausschicken. Ihr müßt wissen, daß ich ein Skeptiker bin. Von daher bezweifle ich, daß irgend etwas hier mit rechten Dingen zugeht. Unter den momentanen Bedingungen würde ich mich für Wissen und Erkenntnis entscheiden – ich kann wohl annehmen, Ihr wißt von Euren kleinen Angeboten? Außerdem halte ich Euch drei alle für gleich ‚rein' – so hat es doch in der Nachricht gestanden, nicht wahr?"

Jetzt hellte sich Athenes Gesicht auf. Die Spur eines Lächelns erschien auf ihren Mundwinkeln.

„Trotzdem", fuhr Varian fort, „will ich nicht glauben, daß das Ganze hier etwas anderes als ein Märchen sein sollte. Obwohl ich kein Anhänger der Idee bin, einen Aspekt des Lebens für einen anderen zu opfern, glaube ich doch, daß das Leben wirklich ein einziger Vorbeimarsch von Wahlen, Ablehnungen und Opferungen ist."

„Kommt zur Sache", sagte Hera, die begriffen zu haben schien, daß ihr Angebot der Weltherrschaft *nicht* den ersten Platz machen würde.

Varian lachte. „Die Sache ist doch ganz einfach. Unter diesen merkwürdigen Umständen würde ich entscheiden, daß Aphrodite die Reinste von Euch allen ist."

Eine kurze Zeit lang tat sich absolut nichts – weder ein Geräusch noch ein Atemholen noch eine Bewegung. Varian fühlte plötzlich einen Schwindelanfall, der aber genauso rasch wieder verging. Dann setzte die Zeit wieder ein. Aphrodite lächelte und trat auf ihn zu. Einen Moment lang glaubte er, es sei doch alles *real*, daß sie wirklich jetzt mit ihm ...

Er blinzelte mit den Augen, und alles war vorbei.

Die drei Frauen, geheimnisvoll und atemberaubend schön wie sie waren, hatten sich aus dem Staub gemacht. Waren noch schneller verschwunden als Rauch in einer kräftigen Brise. Sie waren einfach weg.

Obwohl Raim nie sprach – er *konnte* ja nicht sprechen –, besaß er doch einen lebhaften Verstand und ein ebensolches Auffassungsvermögen. An vielen Abenden auf ihrer Reise hatte er die anderen mit seinem Talent für Pantomime, Verkörperung anderer Personen und der Musik seines flötenartigen Instruments unterhalten, welches unter dem Namen Arthis bekannt war. Sie verlangte vom Spieler eine elegante Gewandtheit seiner Finger und daneben die Beherrschung der Atmung und der Lippenbewegungen. Die Zunge mußte heruntergepreßt werden, um annehmbare Töne zu erzeugen – und da man

Raim die Zunge herausgeschnitten hatte, war er besonders für die Arthis geeignet.

Der Abend war schon weit fortgeschritten, die Mahlzeit beendet, und die anderen hatten gute Nacht gesagt und waren zu Bett gegangen. Der Roboter war vorbeigekommen, war genauso arrogant und gleichzeitig zuvorkommend wie immer, sprach aber Raim nicht an. Der kleine, muskulöse Mann fühlte eine Unruhe in sich, und da er doch nicht einschlafen konnte, beschloß er, einen Spaziergang durch die verschiedenen Etagen der Zitadelle zu machen.

In den untersten Stockwerken angekommen, hörte er plötzlich das Summen von Maschinen aus allen Richtungen auf ihn einströmen – ihr Zweck lag weit über dem, was er begreifen konnte, und deshalb achtete er gar nicht weiter auf sie. Am Rande eines Laufgangs, der zwei riesige Generatoren miteinander verband, hielt Raim an, um sich einen Moment auszuruhen. Er holte seine Arthis hervor und begann zu blasen. Die Musik übertönte das Summen der Maschinen, schien sich immer weiter auszudehnen und warf schließlich Echos durch den ganzen riesigen Saal. Dieser akkustische Effekt klang so angenehm, daß Raim versucht wurde, lauter zu spielen.

Raim hatte ein besonderes Verhältnis zur Musik. Immerhin war sie die einzige Art von Klängen, die er erzeugen konnte, und er pflegte seine Begabung auf der Arthis. Musik war seine Möglichkeit, seine Gedanken und Gefühle auszudrücken. Er ließ seine Seele in das kleine Instrument einfließen und erwärmte sich an den teilnahmsvollen Klängen.

Während er so spielte, erschien ihm die dunkle Vision.

Aus dem Schatten der schweren Maschinen erwuchs eine große, verschwommene Gestalt. Sie war schwärzer als Schwarz und außerdem so substanzlos wie wirbelnder Rauch. Ihr Gesicht war wegen der tief heruntergezogenen Kapuze und des schweren Mantels, der die ganze Gestalt bedeckte und wie flüssig wirkte, kaum zu erkennen.

Die sanften Klänge der walzerähnlichen Melodie erstarben in Raims Kehle, als er aufsah und dieses Alptraumwesen entdeckte, das bedrohlich über ihm aufragte. In Sekundenbruchteilen war er aufgesprungen und hatte sein Kurzschwert gezogen. Aber wie erstarrt stand er da, als das Wesen ihn ansprach.

„Deine Waffe kann mir nichts antun . . . also schweige und höre zu."

Wer bist du? schrie Raim in Gedanken.

Und das Wesen schien ihn zu verstehen. „Ich heiße Pluto", sagte es. Die Stimme besaß eine unbestimmbare Resonanz, war tief und gewaltig.

Was willst du von mir?

„Du spielst sehr schön, Raim."

Was willst du? Raim dachte gar nicht daran, das Schwert wegzustekken. Er hielt es immer noch ausgestreckt, bereit, sich bei einem Angriff sofort zu verteidigen.

„Der Klang deiner Musik ist so süß wie einst Marise war."

Der Name seiner vor Jahren verstorbenen Frau durchbohrte Raim wie die Spitze eines Schwerts. Seine Arme sanken herab, als die Erinnerungen durch seinen Kopf strömten: eine zierliche, dunkeläugige Frau, eine Stimme wie die einer Nachtigall, die raschen, flatterhaften Gesten und Bewegungen eines zerbrechlichen Vögelchens, das genaue Gegenstück zu Raims rauher Lebensart, der exakte Gegensatz zu ihm. Er hatte sie so innig geliebt, daß seit ihrem schrecklichen Tod vor so vielen Jahren keine Frau mehr sein Herz gewinnen konnte.

Aber woher wußte dieses Wesen von Marise?

Er dachte an seine junge Braut und an den Angriff auf Maaradin, daran, wie die Burg zeitweise im Besitz des Feindes war, wie Marise vom Ansturm der Invasoren überrascht worden war, an den Moment, als er ihren zerschmetterten, leblosen Körper auf dem staubigen, verlassenen Schlachtfeld gefunden und sich auf ihre Mörder gestürzt hatte, nur mit dem einzigen Gedanken im Kopf, sie im Tode zu begleiten.

„Ich kenne Marise, Musiker. Ich bin ihr Herrscher."

Raim erschauderte, als er in die Falten der Kapuze dieser Gestalt starrte, sie durchbohrte, um im Schatten die Spur von Zügen zu entdecken. Das konnte nicht der Tod sein, dem er da begegnet war. Ein solches Wesen, eine solche Entität, existierte nicht, außer in den Köpfen der Menschen.

„Ich bin ziemlich real. Und ich biete dir deine Marise an."

Marise! Marise! Der Gedanke daran, sie wiederzusehen, überflutete ihn mit einem ungeordneten, irrationalen Gefühlsstrom, einer Mischung aus Panik und ununterdrückbarer Freude. Aller Verstand, alle Rationalität entschwanden vor diesem Gefühlssturm.

„Du kannst sie haben. Du darfst sie aus dieser Unterwelt des Todes und der ewigen Finsternis führen . . ."

Wie?! Sag mir, was ich tun muß! Wo ist sie?

„Du wirst diesem Elmsfeuer folgen", sagte das Wesen, und ein Irrlicht erschien. Es tanzte vor der Gestalt auf und ab. „*Und* du wirst dein Instrument so blasen, wie du das noch nie zuvor getan hast."

Wie bitte?

„Um in die Welt der Toten eindringen zu können, mußt du die dortigen Wächter und Bewohner bezaubern, sonst wirst du niemals zurückkehren können. Du folgst dem Irrlicht, bis du sie gefunden hast – und die ganze Zeit über mußt du spielen."

Das will ich tun! Ich tue alles, was du sagst! Sein Herz schlug wie ein Schmiedehammer und drohte, seine Brust zu zersprengen. Er kam sich vor wie ein Reh in einem brennenden Wald, und er war bereit, blindlings auf die Erfüllung seiner Wünsche loszurennen.

„Und es gibt noch mehr zu tun. Du darfst nicht aufhören zu spielen. Du darfst nicht mit ihr sprechen, bis du hierher zurückgekehrt bist, bis du meine Welt verlassen hast. Und ein Letztes: Sobald du die Rückreise von der Unterwelt angetreten hast, darfst du dich nicht mehr nach ihr umsehen. Du darfst nicht zurückblicken, bis du *hier* eingetroffen bist. Verstanden?"

Raim nickte und beobachtete das Irrlicht, wie es durch einen dunklen, stählernen Tunnel hinabglitt, der jetzt eher wie die aus dem Fels geschnittenen, glasierten Wände einer Höhle wirkte.

Die Reise führte ihn in die absolute Dunkelheit. Die Kapuzengestalt war wie der Rauch verschwunden, der sie zu sein schien. Die Gänge der Zitadelle verwandelten sich in kahle, abwärts geneigte Tunnels, die im matten Schein des Irrlichts wie der unbegrenzte Schlund eines Raubtieres aussahen. Raims Musik hallte von überall wider – wie ein wunderbarer Angreifer störte sie die Stille.

Er kam an einem gefährlichen Untier vorbei, das sich beim näheren Hinsehen als Wolf entpuppte, dessen äußerst kraftvoller, sehniger Körper von einer massiven Kette an einem Felsen festgehalten wurde. Aus seinem Hals wuchsen drei Köpfe, und alle drei starrten ihn an. Drei Augenpaare brannten auf ihm, drei zahnbewehrte Mäuler geiferten und ließen damit ihr Vorhaben erkennen, dem Musiker das Fleisch von den Rippen zu reißen. Aber Raim erinnerte sich an die Worte dieses Pluto und spielte weiter. Daraufhin hörte das Untier damit auf, wild in die Luft zu beißen. Es fiel auf die Knie und legte sich hin, als sei es berauscht von der lyrischen Musik.

Raim wußte kaum noch, was er spielte, so sehr beeindruckte ihn die Wirkung seines Spiels. Er passierte den Wachhund – welchen anderen Zweck sollte das Ungeheuer wohl erfüllen? – und betrat einen riesigen Raum. Dort entdeckte er einen Mann, der einen großen Felsbrocken einen unglaublich steilen Hang hinaufschob. Der Mann hielt inne, um Raims Musik zu lauschen. Genauso geschah es auch bei einem anderen Mann, der an ein großes Rad gebunden war, und unglaublich vielen anderen Leuten, die allesamt Torturen erlitten, die ein schrecklicher Rächer sich ausgedacht haben mußte. Raim folgte dem Irrlicht immer weiter und gelangte schließlich an einen schwarzen Fluß. Am anderen Ufer drängten sich Menschenmassen und lauschten wie gebannt der Musik. Raim blieb stehen und spielte weiter, bis er einen Fährmann sah, der mit einem flachbodigen Boot auf ihn zufuhr.

Am Heck des Bootes saß eine zierliche, dunkelhaarige Frau: *Marise!*

So sehr überraschte ihn der Anblick, daß er fast vergessen hätte, weiterzuspielen. Doch voller Furcht erinnerte er sich an die Worte des Kapuzenmannes. Mit größter Anstrengung blies er weiter, als der Fährmann, ein abgemagerter Bursche und über und über mit Ausschlag bedeckt, Raims liebreizender Frau beim Aussteigen behilflich war. Sie bewegte sich immer noch mit der vertrauten Grazie und Gewandtheit, an die er sich so gut erinnern konnte. Das Herz tat ihm in der Brust weh und ermöglichte so noch schmerzlichere, noch schönere Musik.

Rasch wandte er den Blick ab und folgte wieder dem Irrlicht. Zögernd schritt Raim auf dem Pfad zurück. Er strengte sich an, Marises Schritte hinter sich zu hören, aber er konnte sie nur ausmachen, wenn es in seiner Melodie eine kurze Pause gab oder in den Zeitspannen, da seine eigenen Schritte kein Echo von den kalten Wänden der Höhle warfen.

Sie kamen wieder an den Stätten der Tortur vorbei, und erneut hielten alle inne, um die Flucht der beiden aus der Dunkelheit zu beobachten. Während Raim vorankam, dem Irrlicht folgte und die Arthis spielte, bemerkte er, daß die Höhlenwände allmählich heller wurden, sich langsam, aber stetig in die Korridore der Zitadelle zurückverwandelten. Er kam an dem dreiköpfigen Wolfshund vorbei, der immer noch an seinen Fels gefesselt war und sich erneut von Raims Musik lähmen ließ.

Fast hatten sie die Freiheit erreicht, bald lag die Stätte des Todes hinter ihnen. Er dachte nur noch an Marise, und er wollte glauben, daß sein merkwürdiges Traumabenteuer der Wahrheit entsprach. Er wollte wissen, ob sie ihm tatsächlich folgte. Ihm kam es vor, als hätte er schon seit langer Zeit nicht mehr ihr Atmen, ihren Schritt, rein gar nichts mehr von ihrer Anwesenheit vernommen.

Ein Stück voraus konnte Raim sehen, wie der tunnelartige Höhlengang sich in die stählerne Ebenheit der Zitadelle umwandelte. Fast war es soweit. Die Freiheit war zum Greifen nahe. *Marise! Marise!* Ihr Name versetzte ihn in Erregung, und als er an der Schwelle zum Gang stand, drehte er sich um, um Marise an der Hand zu nehmen und sie an sich zu ziehen. Oh, wie sehnte er sich danach, sie noch einmal an seine Brust zu drücken.

Aber dies wurde ihm verwehrt.

Seine liebreizende Braut, die sich so nahe hinter ihm befand, streckte die Arme nach ihm aus, aber ihr Gesicht drückte Schmerz, Traurigkeit und Niedergeschlagenheit aus. Als er ihre kleinen Hände berührte, begann sie zu verblassen, dahinzuschwinden wie Rauhreif an einem Herbstmorgen.

Marise! Ihr Name brannte in seinem Bewußtsein, als ihm bewußt wurde, daß er sie verloren hatte. Im gleichen Moment wußte er, daß er sich zu früh zu ihr umgewandt hatte, daß er sie auf ewig verloren hatte und sie niemals wiedersehen würde.

Ihr Bild wurde von der bedrohlichen Gestalt in der dunklen Kutte ersetzt. Dieser Tausch brachte Raim an den Rand des Wahnsinns. Er öffnete den Mund und schrie ... stieß einen unartikulierten Schrei aus, der aus den Tiefen seiner Seele kam und überall von den leeren Stahlkorridoren widerhallte. Er drehte sich weg von diesem Schattenwesen und verlor sein Gleichgewicht. Drei Ebenen und Ecken der Wände wirbelten vor seinen Augen wild umher, wurden schneller und noch schneller, bis Raim das Bewußtsein verlor ...

Am gleichen Abend fragte sich Stoor, kurz nachdem er sich auf sein Zimmer zurückgezogen hatte, wo sein Gefährte wohl abgeblieben war. Er streckte sich auf seinem Bett aus und überdachte die Möglichkeiten, von diesem Ort zu entfliehen, den sie so guter Dinge betreten hatten. Es war nicht das erstemal, daß man ihn gefangenhielt – nach einem so erfüllten Leben konnte er sich nicht mehr an die genaue

Anzahl erinnern. Aber dieses Mal handelte es sich gewiß um die mysteriöseste Haft.

Die erste Regel für einen erfolgreichen Ausbruch lautete, daß man seinen Gegner voll verstehen und alles von ihm wissen mußte. Stoor mangelte es an diesem Wissen, und das frustrierte ihn. Aber er würde so lange nicht aufgeben, bis er herausgefunden hatte, wie dieser merkwürdige Wächter funktionierte – er *würde* seinen Gegner durchschauen.

Er war es müde, immer die gleichen Gedanken zu denken und verbrachte diese schlaflosen Stunden damit, die Pfeife zu rauchen und auf Raim zu warten.

Während er so auf dem Bett lag, bekam er einen Schrecken: Etwas bewegte sich an der gegenüberliegenden Wand. Blitzschnell stand er auf und beobachtete, wie das Wirbeln in der Luft Gestalt gewann: ein Mann, der in einer grellen Rüstung steckte und einen merkwürdigen Kriegshelm auf dem Kopf trug. Er hielt einen schweren Speer.

„Bei Krell! Bleib stehen, oder du bist ein toter Mann!"

Der Eindringling lachte nur und stellte den Speer auf den Boden; die Spitze zeigte auf die Decke. „Ich bin weder tot noch lebendig. Und deine Waffen können mir nichts antun. Ich bin hierhergekommen, um dir einen interessanten Vorschlag zu machen . . ."

„Hierhergekommen? Ich wüßte zu gern, *wie* du überhaupt hierhergekommen bist?"

„Ich kann es dir nie mit so einfachen Worten erklären, daß du es jemals verstehen könntest. Du tust besser daran, einfach die Tatsache zu akzeptieren, daß ich *wirklich* hier bin."

Stoor schüttelte den Kopf. „Tut mir leid, so einfach geht das nicht. Ich bin schon zu alt und zu starrsinnig. Also, was ist hier los? Ich habe diese Tür eigenhändig verschlossen. Bist du auch einer von diesen Robotern?"

Der Mann lachte. „Kaum. Ich bin Zeus."

„Wer?" Stoor sah den Mann ratlos an. Dennoch rührte sich bei diesem Namen irgend etwas in seinem Erinnerungsvermögen – etwas Vertrautes.

„Man hat mir andere Namen gegeben, aber ich persönlich ziehe Zeus vor. Wenn du es unbedingt wissen willst: Ich bin durch die Wand gekommen."

„So einfach hindurchgelaufen, he? Du bist wohl so eine Art Geist.

Nun, ich fürchte, ich muß gestehen, daß ich nicht an Geister glaube. Weißt du, ich kenne mich etwas mit den Naturwissenschaften aus – *und* mit der Magie. Ich bin durchaus nicht der Ignorant, als der ich dir vielleicht erscheine. Ich bin auch kein Einfaltspinsel, der jemanden schon deshalb für erleuchtet hält, weil er ein Feuerzeug und eine Taschenlampe in der Tasche hat."

Wieder lachte der Mann. „Gut, das zu wissen. Ich hatte ohnehin nicht vor, dich mit solchem Schnickschnack zu belästigen."

„Was willst du dann hier?"

„Dazu komme ich noch. Sagen wir mal so: Ich habe etwas, was du sehr gerne hättest – in Ordnung?"

„Und das wäre zum Beispiel?"

„Zum Beispiel deine Freiheit."

Das Wort schien eine Saite in Stoors Seele zum Klingen zu bringen. Bewegungslos blieb er einen Moment stehen. Sein Unterkiefer fiel langsam nach unten.

„Meine Freiheit?"

„Ganz genau."

„Wer *bist* du denn überhaupt?"

„Belassen wir es doch dabei, daß es mir ernst ist mit dem, was ich sage, und ich hier über einigen Einfluß verfüge."

„Du bist der Wächter, nicht wahr?"

„Nein."

„Hier läuft nichts, ohne daß die verdammte Maschine davon weiß – du hältst mich wohl für besonders einfältig."

„Wie schon erwähnt, ich bin nicht der Wächter. Aber ich *kann* dich hier herausbringen."

„Und was ist mit den anderen?"

„Auch sie können ihre Freiheit erhalten, bis auf einen."

„Wovon redest du eigentlich? Wer soll das sein? Wer?"

„Es liegt doch wohl klar auf der Hand, daß ihr euch euren Weg hier heraus erkämpfen müßt... hast du schon einmal daran gedacht?" Zeus stolzierte leichtfüßig im Zimmer herum.

„Mir ist dieser Gedanke durchaus schon einmal gekommen."

„Gut. Dann wollen wir es einmal so ausdrücken: Ich bin in der Lage, eure Sicherheit und das Gelingen eurer Flucht zu garantieren. Auch wenn du mir nicht glaubst, so laß es doch als Diskussionsbasis stehen, in Ordnung?"

„Mach weiter."

„Aber es gibt da einen Haken. Weißt du, als Zeus habe ich bestimmte besondere Wünsche..."

„Und die wären?"

„Ich bin zum Beispiel ganz verrückt nach Opfergaben."

„Wonach?"

„Weißt du, ich möchte gerne etwas – vorzugsweise jemanden – mir dargebracht sehen, als Zeichen von... na, sagen wir, als gutes Omen."

„*Darbringen?* Das hört sich nach diesen Wilden im Baadghizi an, diesen Hurrun! Stehst du auch auf Steinaltäre?"

Zeus zuckte die Achseln. „Die sind nicht übel. Aber ich möchte eigentlich auf einer Opferperson bestehen."

Stoor sah den Mann an und entdeckte, daß trotz seiner vornehmen Haltung und trotz seines ebensolchen Benehmens seine Augen kalt und hart wie Stahl waren. Zeus meinte es ernst.

„Und wen hast du dir vorgestellt? Jemand bestimmten?"

„Natürlich."

„Und wer ist es?"

Zeus lächelte. „Also kommen wir doch noch zu einem Handelsabschluß. Deine Freiheit... eure Freiheit gegen das Leben von Raim."

„Raim! Du bist wohl verrückt! Er ist der einzige wirkliche Freund, der *beste* Freund, den ich je hatte. Jedermann könnte sich glücklich schätzen, einen solchen Freund zu haben. Bei Krell! Er ist mir wie ein Sohn ans Herz gewachsen!" Stoor lachte nervös auf. Aber der seltsam aufgeputzte Mann namens Zeus erwiderte das Lachen nicht.

„Genau so, Stoor. Genau so verhält es sich."

„Wie?"

„Wenn man will, daß das Opfer eine Bedeutung hat, so muß es etwas von unwiederbringlichem Wert sein, nicht wahr?"

„Von unwiederbringlichem Wert? Ein Menschenleben? Und dann auch noch einen Freund? Das will ich *meinen,* daß so etwas einen Wert hat!"

„Nun, das ist mein Preis... Ihr gebt mir Raim, und ich werde dafür sorgen, daß ihr euren Kampf gegen die Wächter gewinnt und frei seid."

„Lächerlich. Was willst du denn mit Raim? Was willst du mit ihm anfangen?"

Zeus grinste. „Wieso? Ihn umbringen natürlich."

Stoor hätte sich fast von dem Mann abgewandt, erinnerte sich aber daran, daß man einem Bewaffneten tunlichst nie den Rücken zukehrte. „Du hast den Verstand verloren!" Er spuckte ihm die Worte fast entgegen und war versucht, den Fremden anzugreifen und die Sache damit zu einem Ende zu bringen. Er spürte, wie der Widerwille in ihm immer stärker wurde, und er war des Redens müde.

„Verstand verloren? Kaum. Denk doch einmal daran, Stoor: Würde Raim nicht freudig sein Leben für dich hingeben?"

„Was?"

„Raim. Steht er bei dir nicht im Wort? Hast du nicht überall verbreitet, daß du ihm vor langer Zeit das Leben gerettet hast und er dir deshalb auf ewig zu dienen verpflichtet ist?"

„Ja, aber . . .".

„Damit schuldet er dir ja, in gewissem Sinne, *sein* Leben. Und ich bin mir ganz sicher, daß er, wenn du ihn bitten würdest, sich zu opfern, um den anderen zu helfen, dies ohne Widerspruch tun würde."

„Vielleicht täte er das . . . doch das wäre allein seine Entscheidung, nicht meine."

„Wirklich? Vor Jahren hast du dich entschieden, *sein* Leben zu retten. Damit hattest du die Schwelle zur Kontrolle seines Lebens und Sterbens überschritten – aus welchem Grund solltest du jetzt davon Abstand nehmen?"

„Nein, es ist nicht recht!"

„Es gibt hier keine Entscheidung zwischen Recht und Unrecht. Man muß alles so nehmen, wie es *ist.* Deine Bitte an Raim ist nur eine Formsache. Und das *weißt* du auch."

„Und du willst von mir, daß ich an seiner Stelle entscheide. Ihm sozusagen das Stichwort gebe?"

„Es ist unumgänglich, daß es so abläuft, glaube mir. Worüber wir hier reden, ist eine uralte ethische Grundfrage. Und die Antwort muß jedesmal aufs neue erwogen und gegeben werden, sooft die Frage wieder gestellt wird."

„Wovon redest du eigentlich?"

Zeus Augen trieben einen Moment lang ab, als erinnere er sich an etwas. „Einst wurde einem Mann namens Agamemnon angetragen, seine Tochter zu opfern . . ."

Stoor ruckte den Kopf hoch und starrte Zeus intensiv an. Natürlich!

Bei den letzten Worten war es ihm wieder eingefallen. Er wußte jetzt, wo er den Namen schon einmal gehört hatte . . .

„. . . und die Tochter", sagte Stoor, „hieß Iphigenie!"

Jetzt war es an Zeus, verwirrt zu sein. „Das weißt du? *Woher?*"

Stoor lächelte. „Nach allem, was *ich* gehört habe, wurde sie für eine Frau getötet, die Artemis hieß. Das ist nicht zufällig ein anderer deiner Namen, oder?"

„Nein, aber sie ist eine Freundin von mir. Wir tun uns gelegentlich einen Gefallen."

„Das kann ich mir lebhaft vorstellen."

„Ich bin . . . überrascht, daß du von uns weißt", sagte Zeus, nachdem er seine Fassung zurückgewonnen hatte. „Aber das ändert nichts an meinem Vorschlag."

Stoor lächelte. „Ich werde dir darauf antworten, doch zuerst mußt du mir entgegenkommen."

„Entgegenkommen?"

„Sag mir die Wahrheit, einverstanden?"

„Ich lasse nicht mit mir handeln."

„Dann kann ich mich auch nicht mit deinem Angebot befassen", sagte Stoor.

Beide schwiegen, und Zeus wurde langsam ungeduldig. „Also gut, was willst du wissen?"

„Das hier ist doch nicht real, oder?"

„Was willst du damit sagen?"

„Ich meine, das hier ist doch so etwas wie eine Illusion, eine Art *Spiel* oder so etwas Ähnliches, nicht wahr?"

„Wie soll ich das verstehen?" Äußerlich blieb Zeus ruhig, aber der Klang seiner Stimme verriet etwas von seiner Unruhe.

„Ich will sagen, du kannst uns in Wirklichkeit gar nicht zur Flucht verhelfen, genausowenig, wie du wirklich Raim das Leben nehmen würdest, sollte ich es dir geben . . . denn in Wahrheit existierst du gar nicht!"

Zeus lächelte. „Alter Stoor, du bist ein zäher, alter Mann . . ."

„Also habe ich doch recht!? Es stimmt, nicht wahr?"

„In gewisser Weise."

„Was, bei Krell, hat das denn nun schon wieder zu bedeuten?"

„Daß ich wirklich nicht über die Macht verfüge, wie du gesagt hast, daß das Ganze hier nicht unbedingt das ist . . . was es zu sein scheint."

„Hört sich an, als wolltest du eigentlich nur etwas wissen. Etwas in Erfahrung bringen . . .?"

Zeus nickte. „Bitte, sag es mir jetzt. Was würdest du tun? Ihn opfern?"

Stoor besah sich genau das Gesicht des Mannes, der vorgab, Zeus zu sein. Irgend etwas war in den Augen dieses Mannes – oder welchen Wesens auch immer, das sich dieser Maskerade bediente – irgend etwas, das *dringend* nach einer Antwort verlangte. Stoor fühlte übermächtig die Frage in sich aufsteigen: *Warum?* Was war hier eigentlich im Gange?

„Bitte, gib mir deine Antwort", sagte Zeus.

„Nun gut", sagte Stoor, „ich *würde* ihn opfern . . ." Unter bestimmten Umständen, ja, dachte er. Er war weder abergläubisch, noch glaubte er an uralte Legenden, aber es steckte *wirklich* ein Körnchen Wahrheit in den alten Geschichten – oder besser: ein Körnchen Weisheit. Er hatte diese Antwort sowohl aus Neugierde auf das gegeben, was nun folgte, als auch aus der Überzeugung heraus, daß diese Antwort von ihm erwartet wurde.

Zeus nickte und kehrte zu der soliden Wand zurück. „Danke", sagte er. „Vielen Dank. Ich werde dich jetzt verlassen."

„Warte!" sagte Stoor, und tatsächlich hielt die Gestalt einen Moment lang inne, bevor sie durch die Wand ins Nichts entschwand.

Selbstverständlich wurde Tessa von den seltsamen Erscheinungen, denen sich die Gruppe ausgesetzt sah, nicht ausgeschlossen. Sie befand sich gerade in der Datenspeicherungsabteilung und versuchte, mit der Arbeitsweise und der Ausstattung der Anlage vertraut zu werden, als sich ihr ein merkwürdig bekleideter Mann näherte. Er trug die Rüstung eines primitiven Kriegers, doch sein Gesicht offenbarte Intelligenz und Verschlagenheit.

Sie konnte sich keinen Reim darauf machen, wo er hergekommen war. Anscheinend war er von einem Moment auf den anderen einfach *dagewesen.* Unter dem Arm trug er eine reich verzierte, mit Diamanten besetzte Büchse aus Elfenbein, Ebenholz und anderen exotischen Holzarten. Ein wahres Meisterwerk. Und obwohl sie von dem plötzlichen Auftauchen des Mannes verwirrt, ja sogar erschreckt war, bemerkte sie, daß es ihr Mühe bereitete, die Augen von der Büchse zu nehmen.

„Guten Abend, liebste Tessa", sagte der Mann. Seine Stimme klang angenehm und Vertrauen erweckend, war aber auch voller Resonanz und kündete von Macht und Autorität.

„Wer bist du?" fragte sie und bemühte sich erst gar nicht darum, ihr Unbehagen oder ihre leichte Furcht zu verbergen.

„Du brauchst vor mir keine Angst zu haben", sagte der Mann. „Ich bin Zeus. Hast du schon einmal von mir gehört?"

Sie schwieg einen Moment und dachte nach. Dann schüttelte sie den Kopf. Ein wunderschönes Stück, dachte sie, während sie immer noch verstohlene Blicke auf die Büchse des Mannes warf.

„Du hast nicht? Hmm, sehr gut."

„Gut?"

„Du wirst alles verstehen . . . eines Tages. Aber im Moment möchte ich dir gerne etwas erzählen."

„Dann erzähle mir etwas. Was tust du hier? Ich dachte, alle seien vor langer Zeit verschwunden. Du kommst sicher vom Wächter, oder?"

„Nicht direkt", sagte er nur und trat einen Schritt auf sie zu.

Urplötzlich zog sich alles in ihr zusammen. Im Kopf jagten die Gedanken hin und her, als sie sich an die Grundtechniken der Selbstverteidigung zu erinnern versuchte, die Varian ihr beigebracht hatte. Alles hatte so einfach ausgesehen, als sie diese Technik erlernt hatte. Aber jetzt, da sie diese Fähigkeiten benötigte, wollten sie sich einfach nicht einstellen.

„Stimmt irgend etwas nicht?" fragte Zeus.

„Bitte, komm nicht näher. Ich kenne dich nicht . . . Ich weiß nicht, ob ich dir . . . trauen kann."

Der Mann blieb stehen und lächelte. Ein sehr entwaffnendes, charmantes Lächeln. Tessa entspannte sich sichtlich. Etwas Seltsames ging von ihm aus, von seiner merkwürdigen Kleidung und von seiner Sprache, die sie nicht einordnen konnte, da sie keinem bekannten Dialekt in der Welt entsprach.

„Bitte, ich versichere dir, daß ich dir kein Leid antun will. In Wahrheit bin ich gekommen, um dir ein Geschenk zu machen . . ."

„Mir? Ein Geschenk?" Tessa lachte über die Ungereimtheit dieser Vorstellung. Das war wirklich das letzte, was sie von diesem Mann erwartet hätte. Und unverzüglich kehrten ihre Augen zu der Büchse zurück, die er trug.

„Doch zuerst eine Geschichte", sagte er und ging auf einen Schreibtisch zu, auf dem er sich so lässig wie möglich niederließ.

„Eine Geschichte? Ach ja, davon hast du eben schon gesprochen."

„Ja, das habe ich. Jetzt hör mir bitte zu, es ist eine Schöpfungsgeschichte. Hast du so etwas schon einmal gehört?"

„Ich habe Sagen gehört. Aber die sind doch der reine Blödsinn . . ."

Zeus lächelte. „Ja, *das* sind sie, nicht wahr?" Er machte eine Kunstpause, um sich ausgiebig am Bart zu kratzen und die Büchse auf den Schreibtisch zu stellen. „Also, es geht los. Vor langer, langer Zeit, als die Welt aus dem Chaos gezogen wurde, lebten zwei Brüder – ihre Namen spielen hier keine Rolle –, die sich stark in Persönlichkeit und Charakter unterschieden. Und dennoch waren beide das, was wir . . ." – er suchte nach einem passenden Wort – „. . . ‚Götter' nennen."

„Götter?" Tessa sah ihn fragend an.

„Ja, du weißt doch, diese mächtigen Wesen, die überall im Universum ihre Finger im Spiel haben – solche Typen eben . . ."

„Oh . . . ja, natürlich", sagte sie ein wenig gönnerhaft.

„Also, in Ordnung. Ich meine, dies ist eine *Wirkliche* Schöpfungsgeschichte, nicht wahr? fragte Zeus.

„Ja, vermutlich hast du recht", sagte sie. „Dann leg mal los."

„Gut. Also diese beiden Brüder waren recht unterschiedliche Götter. Bruder Nummer eins war schrecklich weise, vielleicht der weiseste von allen Göttern. Und natürlich war dann Bruder Nummer zwei . . ."

„. . . nicht sehr helle, ein Schussel . . . eben ein echter Problemfall", sagte Tessa.

„Bist du sicher, daß du die Geschichte noch nicht gehört hast?"

Tessa lächelte. „Nein, aber *das* war doch eigentlich zu erwarten, oder?"

Zeus zuckte die Achseln. „Sicher hast du recht", sagte er. „Aber, um weiterzukommen: Beide Brüder hatten großen Anteil an der Erschaffung der Welt. Sie bescherten ihr alle Tiere und sogar den Menschen, und das war anfangs auch wörtlich zu nehmen. Ich will damit sagen, es gab nur *den* Menschen und noch keine Frau. Und ob du es glaubst oder nicht, zu Anfang verlief auch alles hübsch ordentlich. Aber dann stellten die beiden Brüder etwas an (ich weiß nicht mehr genau, was es war, aber es hatte irgend etwas mit einer Ehrerbietung für den Obergott zu tun – dem Chef aller Götter –, die er eigentlich vom Menschen erwartete), und verärgerten damit den Obergott. Deshalb hat er auch eine einzigartige Strafe für die beiden Brüder ersonnen – er erschuf das Weib und gab sie Bruder Nummer zwei zur Frau."

„Das sollte eine *Strafe* sein?"

Wieder zuckte Zeus die Achseln. „Ich habe diese Geschichte nicht erfunden. Ich kann nur das berichten, was vorgefallen ist . . ."

„Schon gut", sagte sie. „Was geschah dann?"

„Nun, Bruder Nummer eins war sehr bestürzt über dieses Ereignis . . . nicht etwa, weil er keine Frau erhalten hatte, sondern weil er weder allzu großes Vertrauen in die scheinbare Güte des Obergottes legte noch viel Zuversicht in die Fähigkeiten seines Bruders hatte, mit dieser Lage fertig zu werden. Übrigens half es leider nicht im geringsten, daß die Frau außerordentlich schön war – die schönste Frau, die je gelebt hat, von damals an bis in unsere Tage. Sie war tatsächlich so aufregend gebaut, daß Bruder Nummer zwei das bißchen Verstand, das er vielleicht noch besaß, auch noch verlor, wenn er mit ihr zusammen war. Schließlich wurde aus dieser ersten Frau eine verzärtelte, verzogene Diva, die rasch herausgefunden hatte, wie sie ihren Kopf durchsetzen konnte. Auch dies bestürzte Bruder Nummer eins, aber er war viel zu sehr mit der neuen Welt beschäftigt, die er geschaffen hatte, und mit dem Bemühen, alles so hübsch wie möglich für die Menschheit zu gestalten. Er stieg sogar zur Schmiede der Götter hinauf und machte den Menschen das Geschenk des Feuers – auch dies erzürnte den Obergott, denn er wollte ganz und gar nicht, daß diese neuen Wesen, diese Menschen, das Feuer besäßen." Zeus legte eine Kunstpause ein und gestikulierte herum. „Weißt du, meiner Meinung nach hatte er vielleicht gar nicht so unrecht . . . man sieht ja deutlich, wohin uns das geführt hat."

Tessa nickte und nötigte ihn fortzufahren.

„Es gibt nicht viel mehr zu berichten, das verspreche ich dir. Also, der Obergott hat eine neue Strafe für alle Beteiligten ersonnen. Er schuf diese Büchse . . ." – er hielt inne und hob das Meisterstück, die geschnitzte Büchse, hoch – „. . . und überreichte sie der Frau als verspätetes Hochzeitsgeschenk. Obwohl die Büchse zwar Scharniere aus handgeschmiedetem Silber besaß, aber keinerlei Schloß, war ihr eine Inschrift beigefügt, die besagte, die Frau dürfe sie *niemals* öffnen. Die Frau konnte sich an der überwältigenden Büchse nicht satt sehen und beachtete zunächst die merkwürdige Inschrift gar nicht. Aber mit der Zeit ließ ihr der Inhalt der Büchse keine Ruhe mehr..." Der Mann hielt inne und sah auf die Büchse. Dann lächelte er.

„Und was meinst du wohl, was dann geschehen ist?" fragte er.

„Das ist doch ganz einfach", antwortete Tessa. „Sie konnte sich ihrer Neugierde nicht mehr erwehren und hat die Büchse geöffnet."

Zeus hob seinen Zeigefinger wie ein Professor, der gerade etwas besonders Wichtiges erklären will. „Nein! Eine weitverbreitete Mißinterpretation, die sich all die Jahrtausende hindurch gehalten hat. Sie hat die Büchse *nicht* geöffnet, obwohl sie es versuchte. Denn zu dieser Zeit war der Bruder Nummer eins auf Grund der Warnung so mißtrauisch geworden, daß er sie aufsuchte und gerade in dem Moment erschien, als sie den Deckel abnehmen wollte. Er stürzte sich auf sie, entriß ihr die Büchse, versteckte sie an einer entlegenen Stelle auf der Erde und hoffte, daß sie dort nie gefunden würde..."

„Aber..." Tessa zeigte auf die Büchse.

„Aber hier ist sie!" sagte Zeus. „Tatsächlich wurde die Büchse sogar sehr oft gefunden, nachdem Bruder Nummer eins sie versteckt hatte. Doch sie gelangte zu allen Zeiten in den Besitz weiser Männer oder Frauen und ist eigentlich nie geöffnet worden. Du wirst sicher nicht überrascht sein zu erfahren, daß es eine große Ehre für jeden bedeutet, der als Eigner der Büchse bestimmt worden ist, um sie beizeiten ungeöffnet weiterreichen zu können."

„Du brauchst es mir nicht erst zu sagen", meinte Tessa. „Ab jetzt bin *ich* erwählt, die Verantwortung für die Büchse zu tragen."

Zeus schnippte mit den Fingern. „Wie hast du das erraten?"

Tessa zuckte die Achseln. Die Zungenfertigkeit des fremdartigen Mannes machte sie mißtrauisch. „Das war nicht schwer. Aber sag mir doch, ob du weißt, was sich in der Büchse befindet."

„Das verstößt gegen die Regeln. Diese Frage darfst du nicht stellen."

„Und warum nicht?"

Zeus hob bedauernd die Schultern. „Das weiß ich auch nicht. Noch nie zuvor hat jemand diese Frage gestellt."

„Du willst aber, daß ich die Verantwortung für die Büchse übernehme, oder?" Tessa betrachtete wieder das schöne Stück. Und sie fühlte sich davon so angezogen, wie ihr das noch nie zuvor bei einem Gegenstand widerfahren war.

Zeus lächelte. „Äh . . . ich fürchte, dir bleibt hier keine Wahl."
„Wie bitte?"
„Ich meine, sie gehört dir", sagte er und trat vom Schreibtisch weg.
„Auf Wiedersehen", sagte er noch, als er sich wie Morgennebel
verflüchtigte.

Tessa erschrak vor diesem plötzlichen Zauberwerk oder was auch
immer es gewesen war. Sie zögerte einen Moment, bevor sie ängstlich
auf die Stelle zutrat, wo der Mann verschwunden war. Sie bemerkte,
daß sich die Luft verwirrend warm anfühlte, aber ansonsten war keine
Spur von ihm zurückgeblieben.

Bis auf die Büchse.

Sie drehte sich um und studierte sie. Zuerst hütete sich Tessa davor,
sie zu berühren. Ihr erster Gedanke ging dahin, die Büchse dort liegen
zu lassen, wo sie war, und Varian um Rat zu fragen, eventuell auch den
alten Stoor. Vielleicht würden ihre gemeinsamen Anstrengungen
herausbringen, was mit der seltsamen Büchse anzufangen war.

Aber dann kam ihr ein neuer Gedanke: Die ganze Sache konnte ja
auch eine Illusion gewesen sein, eine Sinnestäuschung oder sogar ein
Traum. Obwohl die Büchse real aussah, sogar Substanz zu besitzen
schien, konnte sich ja herausstellen, daß dem nicht so war. Zumindest,
dachte sie, hatte auch Zeus sehr real gewirkt, obwohl sich später das
Gegenteil herausstellte.

Es blieb ihr nur eines übrig: die Büchse anzufassen – und sei es nur
aus wissenschaftlichem Forschungsdrang, wie sie sich selbst einredete.

Also streckte Tessa vorsichtig eine Hand aus und strich über die
reichgeschmückte Oberfläche. Wie ein Schock traf sie die Erkenntnis,
daß die Büchse Substanz besaß, daß sie wirklich vorhanden war. Und
dennoch weigerte sich etwas in ihr, an die Echtheit zu glauben.

Dann erwartete sie eine neue Überraschung: Das Berühren dieses
Objekts bereitete wirkliches Vergnügen. Es schien so, als würde von
den Materialien der Büchse ein hypnotischer Einfluß ausgehen, der
dazu stimulierte, die Büchse anzufassen. Sie spürte sogar regelrecht
einen Unwillen, ihre Hand wieder von dem entzückend ausgearbeite-
ten Deckel zu nehmen. Das Muster, so stellte sie beiläufig fest,
entsprach dem nicht mehr unvertrauten Fünfeckmotiv.

Plötzlich zog sie die Hand von dem Objekt zurück, als bräche sie
einen Bann, der vorher auf ihr gelastet hatte. Was hatte das alles zu
bedeuten? Tessa von Prend war kein Mensch, der ohne weiteres *jede*

außergewöhnliche Situation akzeptieren konnte. Es gab, so hatte sie zu begreifen gelernt, viele Wunder der Technik und der verlorengegangenen Wissenschaften aus der Ersten Zeit. Überhaupt war es kaum möglich, wenn nicht sogar ausgeschlossen, viele Arbeitsweisen und Funktionen der Zitadelle anders als mit Magie oder Illusion zu erklären. Wer war das noch gewesen, der gesagt hatte, für den normalen Menschen habe Wissenschaft genausoviel mit Glaube zu tun wie mit Religion? Sie wußte nicht mehr, wer das gewesen war, aber sie wußte, was er damit hatte sagen wollen.

Dieser Mann namens Zeus . . . Falls er wirklich eine reale Person war, dann gründete sich seine Existenz auf Wissenschaft oder auf Magie. Falls er eine Illusion war, dann war diese von der Zitadelle erzeugt worden – aber was machte das schon aus? Und was hatte es zu bedeuten?

Sie konnte keine Antwort finden, die einen Sinn ergeben hätte. Sie traute Zeus Worten nicht und wünschte, Varian wäre jetzt bei ihr. Sie beide zusammen, dessen war sie gewiß, hätten die Bedeutung dieser Begegnung verstanden. Allein hatte Tessa jedoch Schwierigkeiten, sich zu entscheiden, was sie nun glauben sollte und was richtig war.

Vorsichtig sah sie sich im Raum um und entdeckte nichts außer den glatten, polierten und fugenlosen Konturen der Maschinen, Konsolen und Datenschirme. Die Beleuchtung weichte die rauhe Wirklichkeit etwas auf, reichte aber nicht aus, um ihren aufgewühlten Verstand zu beruhigen. Zum erstenmal seit ihrer Ankunft, ihrer Gefangensetzung, begriff Tessa, wie *fremdartig,* wie völlig anders die Zitadelle und der Wächter im Vergleich zu dem waren, was sie bisher in ihrer Welt gesehen hatte. Sie fragte sich, ob es nicht vielleicht besser wäre, dieser Ort wäre verschüttet und vergessen und würde nie von jemandem aus der heutigen Welt entdeckt. Wer immer auch die Erbauer der Zitadelle gewesen waren, dachte Tessa, es mußte eine fremdartige Rasse gewesen sein, eine längst ausgestorbene Nebenlinie von Fremdwesen. Mehr als ein Jahrtausend, glaubte Tessa, trennte ihre eigene Rasse von diesen anderen.

Ihre Augen kehrten zu der kunstvoll gefertigten Büchse zurück. Sie spürte, wie sich ihr Pulsschlag beschleunigte. Der einzige fühlbare Beweis ihrer Begegnung, ein Punkt, von dem aus man fortfahren konnte.

Was sollte sie mit der Büchse anfangen? Warum hatte man sie ihr gegeben? Sie wußte, daß die Geschichte von den Göttern und den Brüdern barer Unsinn gewesen war, ganz sicher war dies so. Aber trotz allem blieb die Frage – warum?

Tessa hob die Büchse hoch und bemerkte augenblicklich, wie dieses Gefühl, diese seltsam einladende Wahrnehmung, sie wieder beschlich. Die bloße *Berührung* der Büchse verlieh ihr ein äußerst angenehmes, unbeschreibliches Gefühl. Sie *wollte* die Büchse berühren, als sei sie von einer sinnlichen Zuneigung zu diesem Objekt erfaßt worden. Wirklich sehr merkwürdig.

Sie sah auf die verzierten Scharniere und erinnerte sich an die warnende Inschrift: Die Büchse dürfe niemals geöffnet werden. Ganz offensichtlich war diese Inschrift der Schlüssel zu dem Geheimnis und vielleicht auch zu der Büchse selbst, dachte Tessa. Sie dachte darüber nach und kam endlich zu folgendem Schluß: Der Mann, der sich Zeus nannte, *wollte* von ihr gar nichts anders, als daß sie die Büchse öffnete. Andernfalls wäre bestimmt irgendeine Schutzmaßnahme vorhanden gewesen, ein Schnappverschluß oder ein Schloß, etwa um sie verschlossen zu halten. Die Warnung war nur beigefügt worden, um die Sache noch verlockender zu machen.

Und jetzt wußte Tessa auch, was sie zu tun hatte.

Acht

„Dann waren das also gar keine Illusionen", sagte Stoor zu der versammelten Gruppe.

„Woher willst du das wissen?" fragte Varian. „Nur wegen der Büchse? Die hätte in der Datenspeicherungsanlage hinterlegt werden können. Und der Rest bliebe dann immer noch Illusion . . ."

Raim nickte bei dem letzten Wort heftig. Ganz offensichtlich wollte er nicht daran glauben, daß seine Begegnung mit Marise real gewesen war. Seiner geliebten Frau so nahe zu sein, bloß um sie dann zu verlieren, das war mehr, als ein Mensch verkraften konnte.

Tessa schwieg eine Zeitlang. Dann stand sie auf und trat hinter die Stühle der anderen. „Ich weiß auch nicht, was ich davon halten soll . . . ich bin mir nur dieser einen Sache sicher, daß ich nämlich diese Büchse öffnen sollte."

Varian nickte. „Oh, das steht außer Frage. Wir sind uns mittlerweile alle darüber im klaren, daß man uns aus unbekannten Gründen dazu bringen wollte, uns auf diese verdammten... Märchen oder wie immer man sie bezeichnen will einzulassen. Aus irgendeinem Grund testet jemand unsere Reaktionen."

„Jemand..." sagte Tessa mit nicht zu überhörendem Zweifel. „Nicht *jemand*... der Wächter! Es kann gar nicht anders sein!"

„Aber warum?" fragte Varian. „Und was haben diese Märchen zu bedeuten?"

„Und die Büchse?" fragte Tessa. „Was sollen wir mit ihr anfangen?"

Stoor lachte. „Wir fangen ja bereits etwas mit ihr an – wir öffnen sie nicht!"

„Und daraus kann der Wächter oder derjenige, der diesen Zirkus veranstaltet, genau das schließen, was er wissen will", sagte Varian.

Raim kritzelte etwas auf seinen Notizblock: *Ich meine, wir sollten den Wächter fragen.* Er reichte den Zettel herum und wartete auf Reaktionen.

„Er hat recht", sagte Stoor. „Die verdammte Maschine hat alle Antworten parat. Was sollen wir hier herumsitzen und uns den Kopf für nichts und wieder nichts zerbrechen? Da könnten wir noch lange grübeln und kämen doch nie zu einer Lösung."

„Das ist auch meine Meinung", sagte Varian. „Ich meine, wir sollten uns jetzt auf die Suche nach dem... dem Roboter machen oder zumindest zur Hauptetage gehen und dort die Konsolen befragen. Was haben wir dabei schon zu verlieren?"

„Gerade das frage ich mich", sagte Tessa.

Die drei Männer starrten sie an.

Sie lächelte nervös. „Nun hört schon auf. Ich versuche nicht, mich hier in Szene zu setzen. Ich hege lediglich so meine Befürchtungen. Denkt doch nur einmal einen Moment lang nach: Meint ihr nicht, der Wächter würde es uns von sich aus sagen... falls er ein Interesse daran hätte?"

Stoor zuckte die Achseln. „Wer weiß schon, was so 'ne Maschine denkt?"

Tessa trumpfte auf. „Also, weiter im Text: Woher wissen wir, daß der Wächter nur von Maschinen in Gang gehalten wird? Stellt euch einmal vor, irgendwo laufen hier immer noch Menschen herum."

„Aus der Ersten Zeit!?" Varian schüttelte den Kopf. „Trotz all der

Jahre, die inzwischen vergangen sind? Das kann ich nicht glauben. Die hätten sich die ganze Zeit über sicher nicht so still verhalten. Sie wären nach draußen gegangen, um alles wieder aufzubauen, um die Welt zurückzuerobern, die sie verloren haben."

„Vielleicht", sagte Tessa. „Ich will uns ja auch nur vor Augen führen, wie wenig wir eigentlich wissen, auf wie wenig wir eigentlich bauen können."

Stoor saugte an seiner Pfeife, verzog das Gesicht, weil sie ausgegangen war, und klopfte sie auf einem Teller aus, um die Asche loszuwerden. „Zu gütig, Madame!"

„Also..." sagte Varian. „Wir können die Büchse öffnen, sie ignorieren oder den Wächter suchen ... was sollen wir tun? Ich würde das letztere vorschlagen."

Raim stellte sich neben Varian und nickte.

„Von mir aus auch", sagte Stoor.

„Ich kann es nicht mit euch allen aufnehmen", sagte Tessa. „Also, laßt uns den Kerkermeister suchen..."

„Das ist nicht mehr nötig", sagte eine vertraute Stimme – der Homolog des Wächters.

Alle fuhren gleichzeitig herum, als hätten sie es eingeübt und schenkten dem Roboter ihre Aufmerksamkeit, der jetzt wie ein gütiger, weiser Gentleman an der Türschwelle stand.

„Guten Abend allerseits", sagte er, trat ins Zimmer und steuerte auf einen Stuhl zu. Seine Bewegungen waren so natürlich, so lässig, daß Varian sich erneut fragte, ob das wirklich eine Maschine war – ziemlich oft mußte er sich diese Tatsache ins Gedächtnis zurückrufen. Etwas Bedrohliches ging von dem Homolog aus, obwohl er ohne Waffen gekommen war. Kein solches Wesen durfte so ... so *menschlich* auftreten, dachte Varian, wenn es das so offensichtlich *nicht* war.

„Du hast uns belauscht", sagte Varian.

„Man möge mir verzeihen, aber es ist wirklich schwierig, eure Unterhaltung *nicht* mitzuhören ... Die Räume der ganzen Zitadelle sind miteinander durch Stromkreise verbunden ... und im wahrsten Sinne des Wortes haltet ihr euch *in mir* auf."

„Was willst du?" Stoor stopfte automatisch die Pfeife, ohne seinen starren Blick von dem Homolog abzuwenden.

„Ich dachte eigentlich, ihr wolltet mich sehen ... und deshalb bin ich hier."

133

„Du hast ja sowieso alles mit angehört", sagte Tessa. „Kannst du denn unsere Fragen beantworten?"

Der Homolog lächelte. „Es liegt mir wirklich am Herzen, euch mit befriedigenden Antworten zu versehen, aber ich fürchte, das ist mir kaum möglich."

„Was soll denn das schon wieder heißen?" Stoor rieb ein Streichholz an seinem Stiefel, zündete seine Pfeife an und war kurz danach in einer scharfen, blauen Wolke verschwunden.

„Das heißt, daß ihr es kaum verstehen, zumindest aber mißinterpretieren würdet, falls ich euch jetzt schon, zu diesem frühen Stadium, alles erklärte. Ich bitte euch, Geduld mit mir zu haben. Mehr kann ich im Moment leider nicht sagen."

„Würdest du denn wenigstens zugeben wollen, daß du für all das, was uns heute widerfahren ist, verantwortlich bist?" Tessa stand immer noch hinter den Stühlen und bemühte sich, den Roboter nicht anzusehen. Sie war der Ansicht, ihn direkt anzusprechen käme einer Billigung seines Aussehens gleich und wäre schon der entscheidende Schritt, ihn als Menschen zu behandeln.

Der Homolog lächelte. „Wahrscheinlich wäre es dumm, nicht wenigstens das zuzugeben. Natürlich bin ich der Urheber dieser Vorkommnisse. Wer sollte es auch sonst gewesen sein?"

Varian lächelte. „Das wissen wir nicht. Du erzählst uns ja nichts."

Der Roboter zuckte die Achseln wie ein Mensch. „Wieso? Es gibt natürlich niemand anderen."

„Natürlich", sagte Stoor. „Ich werde dir mal was sagen: Du hast kein Recht, so mit uns umzuspringen . . . warum läßt du uns nicht gehen?"

„Unter den gegenwärtigen Umständen hielte ich das für ausgeschlossen." Der Roboter drehte sich um und ging zur Tür. Kurz davor wandte er sich ihnen noch einmal zu. „Wahrscheinlich sollte ich euch sagen . . . daß alles erst angefangen hat. Aber ich vermute, das habt ihr euch schon selbst gedacht. Einen schönen Abend noch."

Der Homolog verließ das Zimmer. Stoor griff nach seiner Pistole. Aber kurz davor hielt er inne und schämte sich wegen der Nutzlosigkeit dieses Vorhabens.

„Und was nun?" fragte Tessa.

„Das weiß ich auch nicht genau", sagte Varian. „Wir könnten einfach abwarten oder neue Pläne schmieden."

„Pläne?" Stoor hätte fast aufgelacht. „Was denn für Pläne?"

„Zum Beispiel uns eine Methode ausdenken, wie wir uns unterhalten können, ohne daß der Wächter alles mitbekommt... da würde schon so etwas Simpels helfen, wie Zettel herumzureichen, wie Raim das tut..."

„Ein bißchen arg mühselig, oder?" Stoor paffte an seiner Pfeife.

„Ich glaube, ich kann gefahrlos sagen, daß wir jede Menge Zeit zur Verfügung haben", sagte Tessa. Raim lachte, nickte und hielt seinen Block nebst Bleistift hoch.

„Genau", sagte Stoor. „Also gut, wir denken uns etwas aus, das Erfolg verspricht. Aber was?"

Varian lächelte. „Gib mir den Block", sagte er.

Neun

Das neue Kommunikationssystem schien zu funktionieren, aber ihre sonstigen Pläne wollten nicht so recht klappen.

Es schien vielmehr so, daß die vier Menschen ein integrierter Faktor in einem viel weitreichenderen Plan waren, einem Plan, der ihre unwissentliche Kooperation in einer scheinbar endlosen Reihe von Begegnungen mit seltsamen Persönlichkeiten und Problemsituationen verlangte.

Varian und Tessa stellten eines Morgens beim Erwachen fest, daß sie beide auf eine Insel verschleppt worden waren und dort von einem riesigen menschenähnlichen Wesen gefangengehalten wurden, das nur über ein Auge, mitten auf der Stirn gelegen, verfügte. Diese Illusion, falls es eine war, erwies sich als ernüchternd realistisch. Die Belästigungen und Grausamkeiten des Riesen nahmen kein Ende, bis Varian sich entschloß, etwas gegen das Ungeheuer zu unternehmen. Tessa hatte es zuerst für das beste gehalten, sich einfach nicht um diese Illusion zu kümmern. Aber unerfreuliche Dinge zu ignorieren läßt sie nicht verschwinden, im Gegenteil, sie werden nur noch schlimmer.

Das einäugige Wesen wurde mit der Zeit immer lästiger, bis Varian beschloß, ihm im Schlaf das Auge auszustechen. Danach verschwand die ganze Szene, und die beiden fanden sich in ihrem Zimmer wieder: erschöpft, aber unverletzt.

Stoor wurde in eine fremdartige Landschaft verschlagen, wo er mit einer merkwürdigen Ansammlung von Menschen und Tieren konfrontiert wurde: zunächst mit einem Etwas, das sich (nicht unfreundlich) als Löwe aus Thespiäe vorstellte und das der alte Mann mit seinem Kurzschwert durchbohrte. Danach erschien ein weiterer Löwe, der nemeïsche Löwe, und dieses Mal erwürgte Stoor die Bestie. Dann wurde er aufgefordert, ein heimtückisches, pflanzenartiges Ungeheuer namens Hydra zu töten – was ihm auch unter Zuhilfenahme von Feuer gelang. Und endlich erwartete ihn eine ganze Heerschar weiterer, wenig origineller und in ihrem Ablauf ermüdender Konfrontationen. Jedesmal ging es darum, irgendein Untier zu bezwingen: eine Hirschkuh, einen Stier, einen Haufen zur Plage gewordener Vögel, einen dreiköpfigen Hund, der jenem ganz ähnlich war, von dem Raim erzählt hatte, einige äußerst maliziöse Rosse und schließlich auch noch einen gewaltigen, nicht allzu hellen Riesen, der behauptete, die Welt auf seinen Schultern zu tragen (in Stoors Augen sah diese jedoch mehr wie ein etwas zu groß geratener Felsblock aus).

Raim wiederum schien einem äußerst seltsamen Verwandlungssyndrom zum Opfer zu fallen. Besser gesagt, jedes seiner halluzinatorischen Abenteuer endete, nachdem er mehr oder minder auf Menschen, die in Tuniken oder Roben steckten, reagieren mußte, damit, daß er in irgendein Ding oder Tier verzaubert wurde. Die Liste war schier endlos: in eine Blume, mehrere Arten von Sträuchern und Bäumen, einen Bullen, einen Hirsch, einen Hund und selbst in einen Adler. Jedesmal endete für Raim die Begegnung mit dem aus der Furcht geborenen Gedanken, daß es dieses Mal *real* sein könnte (obwohl die Intensität dieser Vorstellung auf Grund der ständigen Wiederholung stetig schwächer wurde) . . .

Doch am Schluß einer jeden Begegnung stand stets ein Blackout. Der stumme Maaradine erwachte immer wieder erschöpft.

Er teilte diese Behandlung mit Tessa, der ähnliche Illusionen widerfahren waren – und es waren wirklich Illusionen, obwohl sie so erschreckend real wirkten. Und man konnte sich nur schwer mit der Vorstellung abfinden, daß eine Maschine, und sei sie auch eine, die über die Möglichkeiten des Wächters verfügte, ein derart überzeugendes Spektakel inszenieren und durchführen konnte.

Ganz besonders dann, wenn diese Illusionen ihren Körper und ihre Geschlechtsteile betrafen.

Es wimmelte von Vergewaltigungen, die von bizarren Begegnungen mit merkwürdigen Männern begleitet waren – und mit Tieren, etwa einem Schwan, einem Bullen, einem Hirschen und selbst einem Falken.

Einstimmig wurde beschlossen, in Zukunft immer zusammenzubleiben, damit alle zusammen an zusätzlichen „Inszenierungen", die der Wächter für sie bereithielt, teilnehmen konnten. Als sie sich spät genug zu dieser Taktik entschlossen hatten, hörten die Illusionen auf.

Zumindest solange sie wach waren.

Aber sobald sie abends eingeschlafen waren, erschienen ihnen Alpträume. Auf irgendeine mysteriöse Weise war es der Maschinenintelligenz gelungen, einen Weg zu finden, ihr Unterbewußtsein zu manipulieren.

Ganz klar, jetzt mußte eine neue Strategie her.

Varian schlug vor, sie sollten ihre Wachstunden dazu nutzen, ihre Gefängniswelt genauestens zu erforschen. Unter Nutzung von Stoors Erfahrungsschatz bei der erfolgreichen Entdeckung von Monumenten aus der Ersten Zeit und von Varians Ausbildung und Fähigkeiten als Navigator und Kartenleser mußte es ihnen doch möglich sein, sich ein etwas genaueres Bild ihres Gegners zu machen.

Die folgenden Tage wurden damit verbracht, die verschiedenen Ebenen und Räume der Zitadelle zu erforschen, auszumessen, zu bestimmen und schließlich die physikalischen Ausmaße des Ortes in einer Karte einzutragen. Dieses Projekt verlangte viel Zeit und füllte die Tage ganz aus. Sie widmeten sich dieser Aufgabe mit großem Elan und hielten nur inne, um ihre Rationen zu essen, mit denen der Wächter sie regelmäßig versorgte. Varian hielt es für merkwürdig, daß nichts gegen ihre Bemühungen unternommen wurde; mehr noch, sie wurden in keiner Weise bei ihrer Erforschung der Geheimnisse der Zitadelle behindert.

Der Aufbau der Anlage wurde ihnen Zug um Zug deutlich. Sie war eine massive, fünfseitige Konstruktion – das Fünfeck-Grundschema wurde, wo es der Struktur nach nur eben möglich war, auf allen Ebenen wiederholt. Man mußte sich das Ganze als umgedrehten Bienenkorb vorstellen, als ein architektonisches Wunder, zu dem es in der gegenwärtigen Welt nichts Vergleichbares gab. Stoor entdeckte als erster, daß selbst die Innenwände von fünfeckigen Zellen gebildet und voneinander abgetrennt waren. Er meinte, daß solches nur auf

Grund der Stärke und Stabilität möglich sei, die diesem Prinzip eigen sei. Es existierten, und das kam ihnen nun gar nicht mehr so verwunderlich vor, fünf Ebenen über und weitere fünf unter der Erde. Die überirdischen Ebenen dienten vor allem als Wohn- und Regenerationsbereiche. Sie enthielten Gärten und Arborea, zoologische Gärten und Sportstätten, rundum umgeben von geräumigen Appartements. Jede überirdische Ebene gruppierte sich um ein zentrales Kernstück, welches sich senkrecht wie eine Achse durch ein Rad nach unten fortsetzte. Innerhalb dieses Kernstücks befanden sich die technischen Anlagen wie Röhren, Stromkreise, Transportwege, Aufzüge, Kanäle und Ventilationsschächte. Die unterirdischen Etagen enthielten die Versorgungseinrichtungen der Zitadelle. Auf der untersten Ebene befanden sich die Anlagen zur Erzeugung der Basisenergie und die Konverter. Soweit Stoor das erkennen konnte, wurde die Energie direkt aus dem glutflüssigen Innern der Erde gewonnen. Unterhalb der Zitadelle waren große Schächte in Fünferbündeln gebohrt worden, die unendlich tief hinunterreichten. Außerdem gab es im unteren Teil eine gewaltige Anlage, die im Moment jedoch ausgeschaltet war und ein Kernschmelzreaktor sein mochte, der in Fragmenten von Erste-Zeit-Manuskripten manchmal erwähnt wurde. In der untersten Etage befanden sich außerdem Generatoren und Turbinen, die sich wie dunkle, schweigende Ungeheuer in militärisch exakter Formation zusammendrängten. In der zweiten untersten Ebene lagen die kybernetischen Anlagen. Um das Kernstück herum gruppierten sich fünfeckige Module, zwischen denen kein Ausgang oder Eingang zu erkennen war. Hier vermutete Stoor den Sitz der maschinellen Intelligenz, den Ort, wo dieses *Ding,* das sich selbst Wächter nannte, eigentlich residierte. Zusätzlich befand sich auf dieser Ebene eine große Instandhaltungshalle, in der pausenlos Roboter aller Formen und Größen agierten. Einige dieser Automaten fungierten lediglich als Transporteinheiten, die endlos damit beschäftigt waren, ausgefallene oder fehlerhafte Teile der Zitadelle in die Instandhaltungshalle zu bringen, um sie dort reparieren oder austauschen zu lassen. Andere Maschinen untersuchten Fehlerquellen oder wiesen andere Roboter an, die eigentlichen Reparaturen auszuführen. Anscheinend wurde die gesamte Zitadelle ständig überwacht und ausgebessert. Alles wurde in einem Recycling-Prozeß verwertet und erneuert. Sowohl Varian als auch Stoor waren davon überzeugt, daß die Zitadelle mit einem solchen System unbegrenzt lange funktionieren konnte – ein brummendes Testament der Macht und des Wissens seiner uralten Erbauer. Die drei letzten unterirdischen Ebenen enthielten ausgedehnte Fabrikationsanlagen zur Herstellung von Nahrungsmitteln, Textilien, Möbelstücken, Werkzeugen, Entspannungsvorrichtungen und natürlich Waffen. Die fünfte Etage, direkt unter der Oberfläche gelegen, beherbergte Fabriken zur Herstellung automatischer Waffen und ein Arsenal für diese Stücke. Zur großen Enttäuschung von Stoor und Varian waren die Fabrikationsanlagen hier jedoch stillgelegt, und das Arsenal war leer. Jede Maschine und Anlage war von einer durchsichtigen, plastikartigen Substanz von der Außenwelt abgeschlossen, die sich als diamanthart erwies und absolut nicht zu beschädigen war. Stille herrschte in den unterirdischen Korridoren. Sie war so allgegenwärtig, daß die Schritte der Gruppe den Ort wie das Flüstern von Grabräubern zu entweihen schienen.

Immerhin war man sich jedoch darüber einig, daß die Erforschung und kartographische Erfassung der Stätte kein Fehler gewesen war. Man stimmte darin überein, daß sich eine möglichst genaue Kenntnis der Örtlichkeiten später durchaus als Hilfe erweisen konnte. Und daß sie auf keinen Widerstand des Wächters oder seiner Homologs gestoßen waren, entmutigte sie keineswegs. Varian machte die Bemerkung, der Wächter müsse sich wohl so unangreifbar sicher fühlen, daß er die Neugierde der vier nicht zu fürchten brauchte.

Stoor, im Verein mit Tessa, setzte dagegen, daß sie doch auf eine *gewisse* Art Widerstand gestoßen seien – der sei zwar nur passiver Natur gewesen, habe sich aber in den abgesperrten Gebieten, den stillgelegten Fabrikationsstätten und den wie von einem Kokon versiegelten Anlagen ausgedrückt. Man gewann schließlich allgemein den Eindruck, daß man den Wächter möglicherweise außer Betrieb setzen und die Freiheit wiedererlangen könnte, falls man in eines der abgesperrten Gebiete eindringen würde.

Das Ganze spielte sich in etlichen widerstrebenden Argumenten unter den vier Gefährten folgendermaßen per Zettel ab:

Raim: *Wenn wir den Wächter zerstören, könnten wir auf immer hier gefangen bleiben.*

Stoor: *Es ist dennoch eine Chance, die wir nutzen sollten.*

Varian: *Nein, das kann nur unsere letzte Möglichkeit bleiben. Alle anderen Möglichkeiten müssen vorher ausprobiert werden.*

Stoor: *Nein!*

Tessa: *Ich stimme Varian zu. Wir haben gesehen, wie komplex dieser Ort ist. Und wir können noch nicht einmal einen Bruchteil davon verstehen. Der Wächter verfügt hier über die totale Kontrolle. Wenn wir die KI ausschalten, könnte es uns passieren, daß wir noch nicht einmal etwas so Einfaches wie eine* Ausgangstür öffnen können.

Stoor: *Wir können auch hier warten, bis wir schwarz werden. Zeit bedeutet dieser Maschine nichts. Und das wißt ihr!*

Raim: *Vielleicht sollten wir abstimmen?*

Stoor: *Abstimmen?*

Varian: *Ja, jeder schreibt für sich etwas auf einen Zettel, damit kann keiner vom anderen beeinflußt werden.*

Alle sahen sich an, fragten sich, was bei dieser Abstimmung wohl herauskommen würde, und versuchten, die Gefühle der anderen zu erraten.

Tessa: *Sollen wir es tun?*

Alle nickten, als Varian die Frage formulierte, die zur Abstimmung stehen sollte: *Sollen wir versuchen, sobald wie möglich auszubrechen?*

In kurzer Zeit hatte sich jeder entschieden, und das Ergebnis stand fest: drei Ablehnungen, eine Zustimmung (keine Enthaltungen). Daraufhin warf Stoor seinem Busenfreund einen bösen Blick zu, sagte aber nichts.

Die Diskussion flachte einige Zeit lang ab, bis Tessa fragte, ob alternative Lösungsmöglichkeiten beraten werden sollten. Varian schlug vor, die Gruppe solle versuchen, eine Konferenz mit dem Wächter einzuberufen, dort ihren Fall vorzutragen und die Maschine zu bitten, sie ziehen zu lassen. Auch wenn ihnen dabei kaum die Freiheit winkte, könnten sie dadurch doch tieferen Einblick in ihr Problem gewinnen. Stoor wollte nicht daran glauben und hielt das Ganze für reine Zeitverschwendung. Aber da er überstimmt worden war, ließ er sich schließlich überreden – für seine Persönlichkeit sicher ein Novum.

Doch nachdem diese wichtige Entscheidung erst einmal gefällt worden war, schien der Großteil der Energie bei den vieren verpufft zu sein, und plötzlich hatte es auch niemand mehr eilig. Nachdem festgelegt war, daß in naher Zukunft kein Anschlag auf den Wächter unternommen wurde, richtete sich das Interesse auf andere Dinge.

Tessa fiel dies auf, und sie schlug vor, alle sollten versuchen, etwas

Schlaf zu bekommen, trotz der Möglichkeit von Traum-Illusionen. Sie sagte, man könne ja am nächsten Morgen den Wächter aufsuchen.

Nur widerwillig stimmten die anderen zu. Jeder zog sich in sein Schlafzimmer zurück und fragte sich, ob die nächsten Manipulationen für ihn schon bereitstanden. Stoor setzte sich in seinem Zimmer in eine Ecke, stopfte seine Pfeife und ließ die vorangegangene Diskussion noch einmal passieren. Er besaß genügend Erfahrung im Umgang mit Menschen, um wegen der Abstimmungsniederlage seines Vorschlags zum raschen Handeln nicht zu murren oder zu schmollen. Er wußte um die Schwächen der Menschen und wollte dies seinen Freunden nicht zum Vorwurf machen. Die Entscheidung war gefallen, und es hatte gar keinen Sinn, Was-wäre-wenn-Möglichkeiten zu überdenken. Statt dessen konzentrierte er sich in Gedanken auf die seltsamen Träume und Illusionen, mit denen er und die anderen konfrontiert worden waren.

Irgend etwas an ihnen kam ihm vertraut vor.

Genau wie damals, als er zum ersten Mal diesem Wesen namens Zeus begegnet war und sich an eine Sage erinnert hatte, in der der gleiche Name auftauchte, spürte Stoor jetzt, wie sich in ihm wieder die Gen-Erinnerung rührte. Was an den Illusionen bescherte ihm dieses Gefühl?

Varian und er hatten schon darüber diskutiert, daß viele ihrer Begegnungen an alte Sagen erinnerten. Der Handelsseefahrer Varian war mit vielen Kulturen konfrontiert worden und hatte daher natürlich eine Unzahl Legenden, Märchen und Sagen gehört. Und Seeleute waren von Natur aus abergläubisch. Auch Stoor hatte an nächtlichen Lagerfeuern sehr viele Geschichten vernommen. Den beiden Männern war aufgefallen, daß einige alte Erzählungen eine verblüffende Ähnlichkeit mit ihren illusionären Begegnungen in der Zitadelle aufwiesen.

Nicht ausgeschlossen, daß da eine Verbindung bestand, aber im Moment wußten sie einfach noch nicht genug, um das zu verifizieren. Vielleicht war auch alles so einfach, wie Tessa es zuerst vermutet hatte: Der Wächter langweilte sich und benutzte die Gefangenen als Spielzeug, um sich zu amüsieren. Falls dies der Wahrheit entsprach, dann ließ Stoor der Gedanke an die weitere Zukunft frösteln, und er entschied sich lieber dafür, diese Vorstellung nicht weiter auszuspinnen.

Während er so dasaß und seine Pfeife rauchte, übermannte ihn die Müdigkeit, und auch so etwas Ähnliches wie Verzweiflung stellte sich ein. Er legte die Pfeife beiseite und schlief sofort ein. Im Traum fand er sich in einem riesigen Labyrinth wieder. Dort wurde er angetrieben, durch die puzzleartigen Gänge seinen Weg zu finden. Wieder einmal hatte er gegen ein Untier zu kämpfen, und er traf auf eine schöne Frau, die eine erschreckende Ähnlichkeit mit Tessa aufwies.

Die Begegnung verlief nicht sonderlich amüsant.

Zehn

Der nächste Morgen brachte die Rückkehr von Kartaphilos.

Die vier Gefährten hatten sich gerade im Speisezimmer versammelt und aßen dort, dumpf und schweigend. Jeder wußte, daß alle wieder von den Illusionen heimgesucht worden waren, aber bislang hatte keiner den Mut aufgebracht, mit den anderen über seine Alpträume zu diskutieren.

Die Vorstellungen, die Stoor in der vergangenen Nacht gequält hatten, waren in seinen Gedanken immer noch lebendig. Im stillen grübelte er darüber nach, als der großväterliche Homolog das Zimmer betrat.

„Guten Morgen, meine Freunde", sagte der Automat.

„Das wird sich erst noch zeigen müssen", sagte Varian.

„Was willst du denn jetzt schon wieder? Uns die Leviten lesen, weil du nicht mehr alles abhören kannst, was wir uns mitteilen?" schnaubte Stoor dem Wächter ins Gesicht.

Der Homolog lächelte sanft. „Eure Lösung, meinem Überwachungssystem zu entgehen, überrascht mich nicht. Eigentlich habe ich mich schon seit längerem gefragt, *wann* Ihr endlich einen Weg finden würdet, euch eure Intimsphäre zu erhalten."

„Das kann ich mir lebhaft vorstellen . . ." sagte Stoor. „Verschwinde, Bursche, du verdirbst mir den Appetit."

„Ganz wie du wünschst. Ich bin eigentlich sowieso nur kurz hier vorbeigekommen, um euch zu erzählen, daß ein alter Freund von euch zurückgekehrt ist. Ich dachte, das würde euch vielleicht interessieren."

„Welcher alter Freund?" fragte Stoor.

„Ihr werdet euch vielleicht daran erinnern, daß ich euch davon erzählte, Kartaphilos Mission sei beendet und er selbst zurückgerufen worden. Nun, er hat soeben die Zitadelle betreten."

„Er behauptete doch, die Position der Zitadelle nicht zu kennen, oder?" fragte Varian. „Wie hat er dann zurückgefunden?"

Der Homolog zuckte die Achseln. „Eigentlich ganz einfach. Ich habe ein ... ein Signal ausgesandt, einen Leitstrahl, der von einem bestimmten Gerät in seinem Körper empfangen wird. Danach kannte er nur noch die eine Aufgabe, dem Strahl bis zu seiner Quelle zu folgen, die ihn hierherbrachte."

„Warum hast du ihn zurückgerufen?" fragte Tessa.

„Ich sah keinen weiteren Nutzen darin, ihn durch den bekannten Teil der Welt wandern zu lassen."

„Warum nicht?" fragte Varian. „Was soll *das* heißen?"

„Das heißt, daß er seine Hübschen beisammen hat – uns nämlich", sagte Stoor.

Der Homolog lächelte gönnerhaft. „Das wohl kaum, meine Freunde."

„Was dann?" fragte Varian. „Wie lange soll dieses Spielchen denn noch weitergehen?"

Der Homolog schüttelte den Kopf. „Das weiß ich nicht ... Ich wünschte, ich könnte es euch sagen, doch ..."

„Vielleicht kann ich da weiterhelfen", sagte eine vertraute Stimme.

Alle blickten auf und sahen die vermummte, gebeugte Gestalt von Kartaphilos, wie sie in der Tür stand. Sein verwelktes Gesicht wurde von einem schelmischen Lächeln zerknautscht.

„Ich grüße euch alle", sagte er, betrat zielsicher den Raum und setzte sich direkt neben den großväterlichen Roboter des Wächters.

„Verlaß uns auf der Stelle", sagte der Homolog. „Du störst hier."

„Tut mir leid, aber so einfach können wir es uns nicht machen, wie du dich sicher erinnern wirst ..." Kartaphilos starrte den Homolog an, der sein Lächeln verloren und jetzt eine grimmig entschlossene Miene aufgesetzt hatte.

„Wovon redet ihr eigentlich?", fragte Varian. Er war nach vorn getreten und hatte die beiden Maschinen angesprochen.

„Nichts ..." sagte der Homolog.

„Alles", sagte Kartaphilos.

„Was?"

„Geh jetzt hinaus!" sagte der Homolog unbeugsam. „Das ist ein Befehl der Prioritätsstufe Eins!"

„Tut mir leid, aber das hat bei mir keinen Effekt, Wächter."

„Erkläre dich", sagte der Homolog.

„Kannst du dich noch an diesen . . . Zwischenfall erinnern, der mir vor vielen Jahren durch diese Riken-Angriffswaffe widerfahren ist? Es war großes Glück, daß ich nicht völlig vernichtet wurde. Die selbständig arbeitenden Instandsetzungs-Stromkreise haben nicht so einwandfrei funktioniert, wie das angenommen wurde. Ich erlitt eine Teil-Amnesie, das weißt du doch noch, oder?"

„Ja, das weiß ich noch."

Kartaphilos lächelte. „Die Amnesie ist nicht als einzige Fehlfunktion zurückgeblieben – das wirst du doch jetzt sicher bemerkt haben."

Varian sah erst Stoor und dann die anderen an. Etwas Merkwürdiges ging hier vor. Die Atmosphäre war angespannt. Man konnte das direkt sinnlich wahrnehmen, so wie ein Seemann selbst bei ruhigem Wasser spürt, daß ein Sturm aufzieht.

„Wovon redet ihr beiden eigentlich?" fragte Varian die beiden Roboter, aber sie ignorierten ihn völlig.

„Warum bist du dann überhaupt zurückgekommen?" wollte der Homolog wissen.

Kartaphilos hob und senkte die Schultern. „Warum nicht? Ich habe fast die ganze Welt mehr als tausendmal gesehen. Davon abgesehen war ich neugierig zu erfahren, was inzwischen aus dir geworden ist."

„Du siehst mich überrascht von soviel Mitgefühl." Der Homolog wandte sich von dem anderen Roboter ab. „Und nun laß uns bitte allein. Ich werde mich dir zu einem späteren Zeitpunkt widmen."

„Du scheinst noch immer nicht zu verstehen", sagte Kartaphilos. „Ich tue mittlerweile das, was mir beliebt."

„Nein, das kann ich nicht dulden", sagte der Homolog. Er wirbelte herum, hob seinen Arm und wollte den Kapuzenmann angreifen.

Aber Kartaphilos war noch schneller: Ein Arm fuhr aus den Falten seines Mantels hervor, und kraftvolle Finger umschlossen das Handgelenk des anderen Automaten. „Du willst mir mit diesem pflaumenweichen Material etwas antun?!" Kartaphilos lachte, als der Homolog einen Moment lang reglos war, da er von dem festen Griff der Hand des Kapuzenmanns festgehalten wurde.

Kartaphilos zerrte wild an dem Arm und riß ihn schließlich aus der Schulter; ein Licht blitzte auf, und blankes Metall wurde freigelegt. Der Homolog taumelte einen Moment lang, als sei er betäubt, dann stolperte er vorwärts, um den Angriff wieder aufzunehmen.

Kartaphilos trat zurück und nahm eine starre Haltung ein. Er beugte seinen Kopf in einem unmöglichen Winkel nach hinten. Plötzlich klappte der Unterkiefer nach unten, so weit, wie man das nicht für möglich halten sollte, bis er mit einem Klicken zur Ruhe kam. Ohne eine Warnung schoß ein roter Energiestrahl aus seinem Hals und durchdrang den Kopf des Homologs wie ein Speer.

Eine weißblaue Explosion machte alle einen Augenblick lang blind. Das Geräusch von zischenden, erkaltenden Metallteilen erfüllte das Zimmer. Als die dicke Dampfwolke sich verzogen hatte, sahen die Gefährten, wie Kartaphilos über den glimmenden Überresten des Homologs stand. Der Alte trat einen Schritt zurück, schloß seinen Unterkiefer langsam und wandte sich dann den Menschen zu.

„Verzeiht mir, aber der Wächter ließ mir keine andere Wahl", sagte er.

„Wieso? Was hast du getan?" fragte Varian.

Kartaphilos nickte bescheiden und lächelte. „Eigentlich bin ich ein Kampfroboter", sagte er. „Ein sehr ausgeklügeltes Modell. Alle Klasse-VI-Roboter sind mit dem Zerstörungsstrahl ausgerüstet. Beim Nahkampf ist der sehr nützlich. Obwohl alle Klasse-VI-Roboter unter dem Kommando des Wächters stehen, wurde den Kampfrobotern das ‚Privileg' gewährt, in gewissen Situationen selbständig zu denken, zum Beispiel, wenn sich das im Kampfgetümmel als notwendig erweisen sollte. Was Energie und Kampfstärke betrifft, so bin ich weitaus besser ausgestattet als der euch bekannte Homolog des Wächters. Kampfroboter sind in der Lage, sich selbsttätig wieder instand zu setzen, und sind resistent gegen Wetter, Strahlung und Gewehrkugeln. Das eben war, wie ihr sagen würdet, ein ‚Kinderspiel'."

„Das habe ich eigentlich nicht gemeint", sagte Varian. „Der Wächter hat keine ... Kontrolle mehr über dich ... Wie konnte das geschehen?"

Kartaphilos lächelte. „Genauso ist es. Vor ungezählten Jahren wurde ich ausgeschickt, Entsatztruppen zu suchen. Damals wurde die Zitadelle gerade belagert. Ich wurde von einer Riken-Angriffswaffe beschädigt. Nachdem mir die Flucht gelungen war und der Eigenreparaturmechanismus seine Arbeit getan hatte, stellte ich fest, daß meine Befehlsempfangszentrale nur noch auf einem sogenannten ‚offenen Level‘ funktionierte. Das heißt, ich bekam durchaus noch die Befehle des Wächters herein, aber er konnte in keiner Weise mehr meine Handlungen diktieren.“

„Ich blicke immer noch nicht richtig durch“, sagte Stoor. „Du bist doch auf Grund des Leitstrahls zurückgekommen ... Warum?“

Kartaphilos richtete seine Augen auf den alten Mann, schwieg einen Moment und lächelte. „Ich kehrte zurück, weil ich zu jenem Zeitpunkt annahm, immer noch derselben Intelligenz zu dienen, die mich damals ausgesandt hatte.“

„Was meinst du damit: ‚derselben Intelligenz‘?“ sagte Tessa. Sie warf einen Blick auf Varian und fragte sich, ob er begriffen hatte, was der merkwürdige Roboter eigentlich sagen wollte.

Kartaphilos stieg über das Wrack des Homologs hinweg, lief quer durch das Zimmer und ließ sich schließlich auf einem Diwan nieder. Er beugte sich nach vorn, stützte die Arme auf die Oberschenkel und machte einen erschöpften Eindruck. Das wirkte so unglaublich *menschlich,* dachte Tessa. Kaum zu glauben, daß die Erbauer der Zitadelle und des Wächters auch noch einen Automaten konstruieren konnten, der sich so vollständig menschlich benahm.

„Was ich damit sagen will?“ sagte der Roboter spöttisch. „Ich hätte eigentlich gedacht, ihr wäret mittlerweile von selbst darauf gekommen ...“

Stoor trat rasch auf ihn zu. „*Worauf* gekommen? Wovon redest du denn?“

„Mir ist das sofort aufgefallen, als ich die Zitadelle betrat“, sagte Kartaphilos. „Wißt ihr es denn noch immer nicht? Der Wächter ist *verrückt* geworden.“

Elf

„Ich glaube, wir sollten uns jetzt einmal ausführlicher unterhalten“, sagte Varian.

Eine kurze Stille trat ein, in der die Menschen sich gegenseitig anblickten. Alle trugen den gleichen Gesichtsausdruck: eine Mischung aus Erschrecken und Verwirrung. Kartaphilos sah sie der Reihe nach an und wirkte belustigt.

„Ihr habt es wirklich nicht gewußt, nicht wahr? *Keiner* von euch . . . Eigentlich unglaublich."

„Was soll das heißen?" fragte Tessa.

„Ich will damit sagen: Habt ihr wirklich geglaubt, wir hätten uns in der Ersten Zeit alle so aufgeführt? Habt ihr wirklich geglaubt, wir wären *allesamt* ein Haufen affektierter, übergeschnappter Halbgötter gewesen, denen ein Menschenleben genauso gleichgültig war wie einem Luten?"

„Also, jetzt kennen wir uns gar nicht mehr aus", sagte Varian. „Es wäre wohl besser, du würdest uns jetzt einige Dinge erklären."

Kartaphilos atmete langsam aus. „Insofern mir das möglich ist. Ich kann auch nicht mehr sagen, als daß dem Wächter in meiner Abwesenheit *irgend etwas* zugestoßen sein muß. Im rein kybernetischem Sinne funktioniert er noch einwandfrei, aber bitte versteht mich nicht falsch. Seine Denkprozesse, sein *Verstand,* wenn man so will, sind aus den Fugen geraten, laufen verkehrt, er ist *verrückt* . . . man kann es nicht anders beschreiben."

„Wie sicher bist du dir denn in diesem Urteil?" fragte Tessa.

Kartaphilos zuckte die Achseln. „Auch das kann ich nicht hundertprozentig erklären und auch nicht die zugrunde liegenden Kriterien beschreiben. Ich will es einmal so ausdrücken: Meine elektronische Ausrüstung ist so angelegt, daß ich mittels Sensoren in den Wächter ‚hineinsehen‘ kann. Und sie haben mir gezeigt, daß die KI nicht mehr ordnungsgemäß funktioniert."

Stoor lief durch das halbe Zimmer, drehte sich wieder um und schüttelte den Kopf. „Mit so 'nem Kram kann ich nicht sehr viel anfangen . . ."

„Tut mir leid, wenn ich es nicht besser erklären kann. Ich kann euch nur bitten, mir zu glauben."

„Und was wird jetzt aus uns?" fragte Tessa. „Nun, da du den Homolog des Wächters vernichtet hast . . .?"

„Dem Wächter stehen noch eine Menge anderer Automaten zur Verfügung", sagte Kartaphilos. „Und vergeßt nicht, daß er praktisch die gesamte Zitadelle kontrollieren kann."

„Warum sitzen wir dann noch hier herum!?" rief Stoor.

„Er kann uns umbringen, wann immer ihm das Spaß macht. Und das wird er sicher auch bald tun, nachdem du ihm seinen verdammten Roboter zerstört hast!"

„Nein, das glaube ich nicht . . ." sagte Kartaphilos. „Der Wächter *braucht* euch. Euch alle. Sonst hätte er nicht dafür Sorge getragen, daß ihr am Leben bleibt."

„Das hört sich an, als wüßtest du genau, was hier vorgeht", sagte Varian.

„Nicht alles, fürchte ich. Aber in der Geschichte gibt es Beispiele, die vielleicht etwas Licht auf die Sache werfen können", sagte Kartaphilos. „Hört zu!"

Alle zogen ihre Stühle näher heran und gruppierten sich um den seltsamen Roboter. Er begann die Geschichte wie jemand, der am prasselnden Lagerfeuer die Nacht möglichst kurzweilig vergehen lassen möchte.

Obwohl das nur grob geschätzt ist, hat der letzte Krieg vor etwas mehr als zweitausend Jahren stattgefunden. Damals war nur ein Staat in der Lage, den Horden der Riken entgegenzutreten, als diese gemäß ihrer imperialistischen Doktrin die ganze Welt überrannten: die Republik Genon. Natürlich gab es auch Unwillen, sich mit den Riken anzulegen, denn das würde einen globalen Konflikt von nicht gekannten Ausmaßen mit sich bringen, mehr noch: das Armageddon bedeuten. Aber die Nachrichten über Massaker, Gemetzel und neue Eroberungen der Riken nahmen immer mehr zu, bis Genon, ein im Grunde friedliebender Staat, keine Wahl mehr blieb.

Die Genonesen traten in den Krieg, indem sie alle größeren Orte der Südlichen Hemisphäre mit schweren Waffen und Verteidigungsanlagen ausrüsteten. Das geschah vor allem durch die Errichtung von Zitadellen: riesigen, sich selbst versorgenden, kybernetischen Systemen, die von Wächtern der KI-Serie geleitet wurden. Einer der wichtigsten Orte war die Industriestadt Haagendaz, die neben den bedeutendsten Erzlagern der Welt zur Thoriumgewinnung angesiedelt war.

Die Thoriumlager im Süden waren der Schlüssel zum Sieg, da man diese Isotope zur Produktion von Treibstoff, Sprengköpfen und anderen kriegswichtigen Gütern benötigte. Und jeder Militärexperte wird bestätigen können, daß es für den Sieg nicht in erster Linie wichtig ist, wie stark die eigenen Truppen, sondern wie effektiv die eigenen

Versorgungslinien sind. Die Riken wußten das ebenfalls sehr gut und entwickelten einen ausgezeichneten Plan, um die Anfälligkeit der Versorgungswege möglichst gering zu halten. Ihre Fronttruppen bewegten sich ständig in Begleitung großer Kriegsmaschinen – schwer gepanzerten Kampfwagen, die ihre Bezeichnung ‚Moloch-Klasse' nur zu Recht trugen –, die allen Nachschub für die Riken-Streitkräfte während des Vormarsches produzierten. Gigantische Maschinen waren das und sehr beweglich – mit Produktionsanlagen, Erzzerstampfern, Hochöfen und Schmelzöfen, Reaktoren und Beschleunigern. Diese Riesenmaschinen rückten also mit den Riken-Truppen vor.

Diese Taktik funktionierte in der Nördlichen Hemisphäre sehr gut. Dort raubten die Riken-Maschinen in jedem angegriffenen Staat auf dem Vormarsch die notwendigen Rohstoffe und produzierten während der Fahrt alle erforderlichen Treibstoffe und sonstigen Versorgungsgüter für die Truppen. Doch um den Genonesen im Süden erfolgreich begegnen zu können, mußten sie ihre Truppen über ein weites Gebiet verteilen – über die gesamte Hemisphäre –, und ihre Frontlinie war dementsprechend dünn. Somit wurde die unerschöpfliche Rohstoffquelle – Thorium eben –, in Haagendaz gelegen, zum wichtigsten Eroberungsziel. Sobald das erreicht war, konnten die Riken ihren gewohnten Zerstörungskrieg im Süden führen und Genon schließlich vernichten.

So rasselten und schoben sich die Armeen durch die Wüstengegenden, hinter denen Haagendaz lag. Dort trafen sie aufeinander und erfüllten die Luft mit Tod und Gift. Etliche titanische Schlachten wurden ohne Ergebnis vor Haagendaz geschlagen – hier liegen nun die Eisenfelder. Die Stadt wurde genommen, aber die Zitadelle behauptete sich.

Der Riken-Geheimdienst wußte, daß die Zitadelle aus einem wichtigen Grund den Schlüssel zum Sieg darstellte. Da die Genonesen sich über die Wichtigkeit der Thoriumerzminen im klaren waren, hatten sie alle Eingänge zu den Stollen versiegelt und Roboter überall in den Bergwerken deponiert; ein technisches Meisterstück. Die Sprengung oder Öffnung der Stollen lag allein in der Hand der Datenspeicher der Zitadelle. Der Schlüssel zum Thorium lag in einem Irrgarten aus Geheimcodes. Falls die Zitadelle vernichtet würde, wäre es damit auch mit dem Thorium zu Ende gewesen.

Also blieb ein Angriff auf die Zitadelle eine ausgeklügelte und *delikate Angelegenheit. Um Erfolg zu haben, mußten die Riken die genonesischen Verteidigungslinien aufreiben, gleichzeitig aber die KI intakt lassen. Sie mußten in die Zitadelle hineingelangen, um dann den richtigen Code in den Tiefen des KI-Gehirns zu finden.*

Zum Schein warfen die Riken ihre Armeen aus der Nördlichen Atmosphäre in einem Sturmangriff gegen die nördlichen genonesischen Verteidigungsstellungen bei der Zitadelle. Sie stießen durch eine Gegend vor, die heute als Schlackenland bekannt ist, und ließen hinter sich nichts als die Überreste der totalen Zerstörung zurück. Genon zog Truppen zusammen, die an der Nordflanke auf die Riken trafen. Langsam gelang es ihnen, den furchtbaren Angriff zum Stehen zu bringen.

Aber der Preis für Genon war hoch. Gleichzeitig nämlich rückten die restlichen Riken-Truppen gegen die Zitadelle vor. Während im Norden die Schlacht immer mehr zugunsten Genons verlief, wankten die Verteidigungsstellungen bei der Zitadelle unter der gezielten, furchtbaren Angriffswucht der Riken-Luftwaffe und ihrer Bodentruppen. Kommandounternehmen und zahllose Deserteure dezimierten die Reihen der Verteidiger zusätzlich. Mehrere Tage lang wogte die Schlacht. Die Genonesen mußten den Riken immer mehr Boden lassen. Die einzige Hoffnung, die Zitadelle noch zu retten, bestand in der Ankunft von Verstärkungen vom nördlichen Kriegsschauplatz.

Aber große Schwierigkeiten traten auf, mit den Truppen im Norden in Verbindung zu bleiben, weil die Riken-Abwehr über ausgezeichnete Störtechniken verfügte. Hinzu kam noch die restlose Ausschaltung aller Nachrichten- und Überwachungssatelliten durch die Riken-Luftwaffe. Bis dann keine Möglichkeit mehr bestand, die Funkverbindung zu den Truppen im Norden aufrechtzuerhalten, keine Möglichkeit mehr, in Erfahrung zu bringen, ob die Zitadelle die benötigten Truppen bekam.

Und so wurden einige Spezial-Kurierroboter vom Wächter in den Norden gesandt. Tagtäglich wurden neue Kommandos losgeschickt in der Hoffnung, daß eines es schaffen würde, durchzubrechen und den Norden zu erreichen. Kartaphilos war Mitglied eines dieser Kommandos, welches gegen Ende der Belagerung ausgesandt wurde. Das kleine Flugzeug, das sie transportierte, wurde bald, nachdem sie die gegnerische Frontlinie überquert hatten, abgeschossen. Alle Mitglieder des Kommandos wurden vernichtet – bis auf Kartaphilos, der schwer beschädigt vom Wrack fortrobbte.

Was weiter vorfiel, ist nicht klar, da der Roboter sein Gedächtnis verloren hatte. Aber offensichtlich konnte er sich in Sicherheit bringen und hatte dort so viel Zeit zur Verfügung, daß seine Selbstreparaturanlage ihn – elektronisch gesehen – heilen konnte. Kartaphilos konnte sich auch heute nicht mehr an alle seine Erlebnisse oder was inzwischen aus der Welt geworden war erinnern. Aber bei späteren Anlässen erfuhr er aus halbhistorischen Quellen und aus mündlichen Erzählungen, daß der Krieg irgendwie zu einem Ende gekommen war. Als sein Erinnerungsvermögen langsam wieder funktionstüchtig wurde, erinnerte er sich an seine Mission und an den Wächter, obwohl ihm die Dringlichkeit und Notwendigkeit seiner Aufgabe jetzt nicht mehr sonderlich wichtig erscheinen wollte.

Und so begann seine Wanderung durch die ganze Welt, wo er nach Antworten suchte, nach Menschen, die ihn vielleicht verstehen konnten, und nach Hilfe, um zu dem einzigen Zuhause zurückzukehren, das er je gehabt hatte – wo und zu welcher Zeit die Zitadelle existierte, hatte er vergessen. Die Jahre verstrichen, und die Menschheit fiel einer schrecklichen Depression anheim – ein direkter Ausfluß des Letzten Krieges. Wer immer ihn auch gewonnen hatte, er mußte sich schon bald darüber im klaren gewesen sein, daß er einen Pyrrhussieg errungen hatte. Die Atmosphäre war so drastisch in Mitleidenschaft gezogen worden, daß Wetter und Klima einfach verrücktspielten. Jahrhundertelang verheerten Erdbeben die Oberfläche der Welt, veränderten ihre Konturen und löschten ganze Kulturen aus. Der Kohlendioxid-Anteil in der Atmosphäre stieg beträchtlich an, die Pole schmolzen, und die Erdachse verschob sich ein wenig. Seuchen reduzierten die Reste der Menschheit. Radioaktive Strahlung sterilisierte ganze Kontinente, Mutationen tauchten auf, und die menschliche Kultur stürzte in einer dunklen, nach unten führenden Spirale zurück, fiel in die Nacht jahrhundertelanger Dunkelheit, aus der sie sich erst jetzt langsam wieder erhob.

Aber Kartaphilos blieb beharrlich. So fortgeschritten war die Technik gewesen, die ihn geschaffen hatte, daß er überleben konnte. Unbegrenzt wurde er von Energie versorgt, unaufhörlich wurde sein Körper selbsttätig repariert. Allmählich erfuhr er auf seiner Suche nach der Zitadelle das, was in der Vergangenheit geschehen war. Er beschloß, sich das Aussehen eines Nomaden zu geben. Und er wanderte durch die Kulturzentren und wieder erwachenden Staaten, entstanden aus dem, was von der Welt übriggeblieben war. Er umgab sich mit dem

Flair des Mysteriösen und hielt nur gelegentlich einmal an, um einem interessierten Reisenden seine Geschichte zu erzählen oder um sich besonders intensiv mit einem Gegenstand aus der Vergangenheit zu befassen, der vielleicht den Schlüssel zur Wiedererlangung seines Gedächtnisses darstellen konnte. Seine Suche bekam schließlich fast religiösen Charakter. Aber erst als der Leitstrahl des Wächters ihn traf, fielen alle fehlenden Teile dieses jahrtausendealten Geheimnisses an ihre richtige Stelle.

Und erst zu diesem Zeitpunkt erinnerte sich Kartaphilos daran, wer er war.

Als er seine Geschichte beendet hatte, folgte Stille. Die vier Menschen mußten die Fakten, mit denen sie konfrontiert worden waren, erst verdauen. Unvorstellbar, daß Kartaphilos so *alt* sein sollte, wie er vorgab, daß er schon im Endstadium der Ersten Zeit existiert hatte und Zeuge des Aufstiegs der Welt geworden war, die den vieren so vertraut war.

Voller Ehrfurcht, Unglauben und vielleicht etwas Furcht sahen sie ihn an. Varian fand als erster seine Sprache wieder.

„Was willst du damit sagen, du ‚wüßtest jetzt, wer du bist'?"

Kartaphilos schüttelte den Kopf. „Ihr werdet es mir doch nicht glauben, wenn ich es euch erzähle . . ."

„Versuch es", sagte Stoor und füllte erneut seine Pfeife.

Kartaphilos atmete langsam aus. „Also gut, im Moment bleibt uns ohnehin nichts anderes übrig, als zu warten. Kann einer von euch sich eine Vorstellung davon machen, wie großartig die Erbauer dieser Stätte wirklich waren? Würdet ihr es überhaupt verstehen können? Ich weiß es nicht, aber ich werde euch trotzdem alles erzählen. Die Zitadelle wurde zu einer Zeit gebaut, als die Unterschiede zwischen Mensch und Maschine nur noch sehr gering waren. Und das hatte sowohl seine guten als auch seine schlechten Seiten, wie ihr euch vielleicht denken könnt."

„Ich verstehe nicht", sagte Tessa.

„Hört zu. Es gab da ein . . . Geschöpf, eine Konstruktion, wenn man so will, das in der Ersten Zeit Kyborg genannt wurde – Kybernetischer Organismus. Ein Ding, halb Mensch und halb Maschine. Versteht ihr jetzt?"

„Wie sollte es ein solches Wesen geben können?" schrie Stoor auf.

„Wie sollte es einen Wächter geben können?" erwiderte Kartaphilos. „Wie sollte es das Schlackenland geben? Wie sollte es überhaupt *etwas* geben? Man kann doch im Angesicht von Fakten nicht solche Fragen stellen. Diese Dinge *existieren* einfach. Und das ist die einzige Antwort, die ich dir darauf geben kann."

„Ich verstehe es immer noch nicht", sagte Varian, obwohl irgend etwas in seinem Innern rumorte – eine Art Furcht, die er *sehr wohl* verstehen konnte.

„Eben etwas, das zur Hälfte Maschine und zur Hälfte Mensch ist . . ." sagte Kartaphilos. „Begreift ihr denn nicht, was ich euch sagen will? *Ich* bin so ein Wesen!"

Zwölf

Kartaphilos Eröffnung erklärte, warum der Wächter nicht in der Lage war, ihn zu kontrollieren, und er bescherte den vieren einen Verbündeten, der sich *bestens* mit dem Gegner auskannte. Nachdem sich der erste Schock gelegt hatte und alle die ungeheuerliche Wahrheit begriffen hatten, wuchs die Hoffnung wieder in ihren Herzen. Der alte Mann in der Mönchskutte erklärte weiter, daß sein Maschinenkörper sich zwar selbst reparieren konnte, sein menschliches Gehirn sich jedoch ordentlich bemühen mußte, sich seiner selbst bewußt zu werden. Er hatte lange gegen die Amnesiebarriere angekämpft, die ihn daran hinderte festzustellen, wer und was er war. Und eigentlich hatte er erst zu dem Zeitpunkt seiner Rückkehr zur Zitadelle herausgefunden, daß er ein Kyborg war. Als er vor Jahrtausenden nach dem Sturz aufgewacht war, hatte er nur seinen Plastistahl-Körper, die blinkenden Stromkreise und seine außerordentliche physische Kraft bemerkt. Natürlicherweise hatte er sich daraufhin für eine Maschine, einen Roboter, gehalten. Aber irgendwie hatte es in seinem . . . ja, *Verstand* eine Unruhe gegeben, eine Art Sich-selbst-wahrnehmen, aber es war nie zu der Erkenntnis gekommen, daß dieser Verstand ein lebendes, organisches Gehirn bewohnte. Ein Gehirn, das in einer Metallegierung steckte, das von Pyroxenit-Kanälen und myoelektrischen Sensoren versorgt wurde. Denn es war bekannt, daß Gehirnzellen sich zwar nicht nachbilden oder reparieren konnten, andererseits aber auch nicht alterten. Solange man ein Gehirn mit Sauerstoff versorgte, würde es ewig leben. Der Triumph der Kyborg-Idee – und gleichzeitig seine Tragödie.

Als Kartaphilos' Gedächtnis wieder einsetzte, erinnerte er sich auch an seine Hauptaufgabe in dieser Welt: Er war eine Kampfmaschine. Wie er den vieren vorher schon berichtet hatte, gehörte er zu den Spezialkriegsmaschinen der Kampfroboterklasse VI. Als solcherart verwendeter Kyborg war er mit außerordentlicher physischer Stärke, ungeheurer Reaktionsschnelligkeit, bemerkenswerten Sinnesleistungen und einem Waffensystem ausgestattet, das außergewöhnlich effizient und tödlich arbeitete. In seinem Hals steckte die Mündung eines Hitzestrahlers, des White-Molekular-Zerstörers (benannt nach seinem Erfinder, T. White). Er wurde aktiviert, wenn der Kyborg seinen Mund öffnete und der Unterkiefer in der richtigen Position eingerastet war. Ein Gedankenbefehl, weitergetragen von myoelektrischen Stromkreisen, löste die Waffe aus und spuckte einen enggebündelten Energiestrahl von äußerster Treffsicherheit aus. Obwohl diese Waffe nur über eine begrenzte Reichweite verfügte, lag ihre Vernichtungsrate extrem hoch. Und es existierten nur wenige Materialien, die der Kraft des Strahls widerstehen konnten, ohne sich aufzulösen.

„Der Wächter ist offensichtlich verwirrt, sonst hätte er mich nicht zurückbeordert", sagte Kartaphilos. „Er kann sich offenbar nicht entscheiden, was er als nächstes tun soll, andernfalls hätte er uns jetzt nicht allein gelassen. Ich bin ein nicht eingeplanter Faktor in seinem Schema, wie auch immer das aussehen mag."

„Vielleicht können wir zusammen hinter die Pläne des Wächters kommen", sagte Tessa. „Ich glaube, wir erzählen dir am besten, was er mit uns angestellt hat."

Kartaphilos nickte und bedeutete dann Varian mit einem Handzeichen, ihm von ihren Erlebnissen in der Zitadelle zu berichten. Sie erzählten ihm möglichst genau von allem und versuchten sogar, einige spezifische Aspekte ihrer Illusionen zu rekonstruieren. Als sie alles gesagt hatten, schüttelte Kartaphilos den Kopf und schmunzelte.

„Was ist denn daran so komisch?" fragte Stoor.

„Oh, direkt komisch ist daran nichts... ich glaube nur, ich weiß jetzt, was der Wächter macht. Nicht uninteressant in diesem Zusammenhang."

„Nicht uninteressant!? Das freut mich aber wirklich, daß du so denkst!" Stoor stampfte durch das Zimmer und regte sich immer mehr auf.

„Und was hat das zu bedeuten?" fragte Tessa.

Kartaphilos rieb sich gedankenverloren das Kinn, als suche er nach der passenden Einleitung. „Ich bin mir nicht sicher, ob das alles *so* richtig ist, bedenkt das bitte, aber ich glaube, es ergibt einen Sinn . . ."

„Wie bewirkt der Wächter die Illusionen?" fragte Varian.

„Ich kenne mich mit den Einzelheiten dieser Technik nicht aus, aber ich weiß wohl, daß es etwas damit zu tun hat, wie sich die Leute der Ersten Zeit unterhalten haben."

„Unterhaltung?" fragte Tessa.

„Ja. Mit halluzinatorischen Mitteln wie Chemikalien oder Gasen kann man den Verstand dazu bringen, mit den Sinnen Eindrücke so aufzunehmen, wie der Manipulator das haben will. Die Zuschauer versammelten sich gewöhnlich in großen Amphitheatern, um Gruppenillusionen zu empfangen – genau wie jene, mit denen euch der Wächter konfrontiert hat."

„Aber *warum?*" fragte Varian.

„Ich glaube, der Wächter betreibt Psychoanalyse."

„Wie bitte? Was ist denn das?" fragte Tessa.

„Eine Art Selbstbeobachtung, die unter den Leuten der Ersten Zeit sehr verbreitet war. Eine ganze Menge Theorien von Philosophen und Denkern vereinigten sich darin, und es wimmelte nur so von verschiedenen Techniken. Ich glaube, der Wächter weiß, daß er einen psychischen Schaden hat, daß er wahnsinnig ist, und er versucht, sich selbst zu kurieren, sich selbst psychisch zu befreien."

„Ich fürchte, wir können dir da nicht folgen", sagte Stoor, den der Redefluß offensichtlich überfordert hatte. Er war ein Mann der Tat, der schnellen Entschlüsse. Nachdem er die Macht des Kyborgs erlebt hatte, kannte er nur noch einen Wunsch: sich den Weg aus der Zitadelle freizuschießen.

„Habt Geduld, ich versuche, alles zu erklären", sagte Kartaphilos. „Die Illusionen, die euch begegneten, sind lediglich Aufgaben aus den Sagen der Menschheit. Das meiste von dem, was ihr mir erzählt habt, läßt sich leicht als Legenden und Sagen aus den Anfängen der Ersten Zeit wiedererkennen. Ich wundere mich sowieso, daß nicht mehr davon bis zur gegenwärtigen Zeit überlebt haben."

Stoor fuhr blitzartig herum und sagte: „Natürlich! Das ist es! Ich *wußte, der* Name war mir schon einmal begegnet . . .“

„Welcher Name?“ fragte Tessa.

„*Zeus* meine ich. Er galt früher als Gott oder so etwas Ähnliches. Als Schöpfer der Welt und ähnlicher Humbug. Ich habe den Namen in einigen Manuskripten und ähnlichem Zeugs entdeckt, das ich meinem Auftraggeber gebracht habe. Der Kram war schon sehr *alt,* ich meine *wirklich* alt. Aus der Zeit, als die Erste Zeit noch in ihren Kinderschuhen steckte.“

„Das stimmt“, sagte Kartaphilos. „Die Menschen aus der Antike haben sich gerne der Kraft der Mythen bedient. Sagen waren der große Ausgleichsfaktor, um die Welt zu verstehen. Solange es keine naturwissenschaftliche Erklärung gab, solange das menschliche Wissen von Barrieren begrenzt wurde, solange blühten *Mythen*. Diese waren als Methode immer beliebt, wenn man etwas erklären wollte, das andernfalls unerklärlich blieb. Das ist doch verständlich, oder?“

„Ja“, sagte Varian. „Seeleute berauschen sich immer noch an alten Erzählungen, Balladen und Shanties, die von fremdartigen Zeiten künden.“

„So ist es“, sagte Kartaphilos. „Die Macht der Mythen ist nie vergessen worden, selbst von solchen Leuten nicht, die sich weit über solchen Dingen stehend dünken. In späteren Zeiten benutzten die Menschen Mythen, um die inneren Geheimnisse des Verstands zu erklären – als eine Metapher für die Substanz menschlicher Begierden und Ängste. Der Glaube hält sich immer noch – trotz der Absurdität einiger naturwissenschaftlicher Details in den alten Legenden –, daß in all diesen Geschichten ein Stückchen Wahrheit steckt. Wahrheiten, die Kunde von den elementaren Aspekten menschlichen Verhaltens geben. Durch eine Sage kann ein Mensch unter Umständen lernen, warum er so *ist,* wie er ist, und warum er das tut, was er tut.“

„Ich glaube, mir ist jetzt einiges klarer geworden“, sagte Tessa. „Aber was hat das mit dem Wächter zu tun?“

„Auch hier könnte ich falsch liegen, aber allem Anschein nach hat der Wächter, nachdem ihm so lange der Kontakt mit den Menschen gefehlt hat, die Fähigkeit verloren, frei mit seinen Schöpfern kommunizieren zu können. Den Grund für diese Fehlfunktion kenne ich leider nicht. Vielleicht können wir das gesamte Problem lösen, wenn wir eine Antwort darauf gefunden haben. Meiner Meinung nach hat der Wächter versucht, etwas über das menschliche Verhalten zu lernen, indem er euch in mythische Szenarios versetzt hat, indem er euch gezwungen hat, solche Entscheidungen zu treffen, wie das die Menschen der Antike schon tun mußten. Da der Wächter ausgezeichnete Kenntnisse über alle Mythen hat, ist ihm damit ein ‚Leitfaden‘ an die Hand gegeben – also ein Themenkatalog menschlicher Verhaltensweisen –, und möglicherweise vergleicht er eure Reaktionen mit denen der mythischen Originalcharaktere.“

„Das hört sich nicht schlecht an“, sagte Tessa, „aber damit ist noch immer nicht erklärt, *warum* der Wächter so handelt.“

Kartaphilos konnte nur bedauernd die Schulter heben. „Das weiß *ich* auch nicht. Ich kann da nur Vermutungen anstellen. Eines können wir aber mit Sicherheit festhalten: Die Mythen sind vom Wächter nur als Metapher für etwas weitaus Realeres, weitaus Wichtigeres zu verstehen . . .“

„Was, zum Krell noch mal, ist eine Metapher?“ wollte Stoor wissen. Er ballte die Fäuste und öffnete sie wieder, während er – ganz ohne Zweifel irritiert – mit langen Schritten durch das Zimmer stapfte.

Da ihm aber niemand antwortete, schien er die Frage plötzlich auch nicht mehr so wichtig zu nehmen. Er wußte ohnehin, daß die genaue Definition dieses Fremdworts sicher nicht der Schlüssel für die Flucht aus der Zitadelle sein würde. Damit verkümmerte seine Frage zu einer rein rhetorischen Äußerung, zu einer bloßen Stellungnahme von Seiten Stoors.

„Ach, verflucht, was sitzen wir eigentlich noch hier herum und reden?“ fuhr Stoor nach einer Weile fort. „Warum setzen wir nicht das Ding in deinem Mund ein, um hier rauszukommen?“

Varian trat einen Schritt nach vorne. „Eigentlich hat Stoor recht. Wir sitzen hier schon seit einiger Zeit als Gefangene – dir wird es wohl nicht als sehr lange vorkommen, aber uns hat es gereicht.“

„Ganz besonders dann, wenn man nicht die geringste Ahnung hat, wann es hier wieder hinausgeht“, fügte Tessa hinzu.

Kartaphilos antwortete nicht direkt, da er zuvor noch einige Möglichkeiten durchdenken mußte. „Ich verstehe ja euren Wunsch, hier hinaus zu wollen“, sagte er schließlich. „Aber es gibt da noch einige andere Dinge, die wir nicht so einfach übersehen können.“

„Und was, bitte schön?“ fragte Stoor.

„Am allerwichtigsten davon ist die Frage nach dem weiteren

Schicksal des Wächters und der Zitadelle. Dieser Ort ist das letzte funktionstüchtige Überbleibsel aus der Ersten Zeit. Er enthält das Wissen und die Kenntnisse, um die Welt aus ihrer Dunkelheit zu führen. Wir schulden einfach der gegenwärtigen Kultur den Versuch, ihn zu erhalten, statt ihn zu zerstören."

„Aber du hast doch gesagt, der Wächter wolle sich durch uns heilen, nicht wahr? Was sollte uns denn eine Maschine nützen, die verrückt geworden ist, die sich nur mit Spielchen unterhalten will? Ich meine, wir sollten hier raus!" Stoor klatschte mit der Hand gegen die Pistole, die im Halfter an seinem Bein hing.

„Es erstaunt mich, daß du so redest", sagte Kartaphilos. „Du solltest doch am ehesten von euch allen um den *Wert* dieses Ortes wissen."

Stoor hielt inne. Er wußte, daß der Kyborg damit recht hatte. „Also gut, du sagst, du hättest eine Idee . . . was schlägst du vor, das wir tun sollen? *Kannst* du uns hier herausbringen, wenn du es willst?"

Kartaphilos zuckte die Achseln. „Das weiß ich nicht."

„Was?" sagte Varian. „Warum nicht?"

Der Kyborg stand auf und schritt durch das Zimmer. „Ich kenne mich zwar sehr gut in der Zitadelle aus, aber ich weiß nicht, ob meine . . . Fähigkeiten ausreichen, mit Gewalt die Flucht zu erzwingen. Denkt bitte daran, daß es sich hier um einen hervorragend ausgestatteten Verteidigungsorganismus handelt, der immerhin stark genug war, dem Ansturm der Riken zu widerstehen . . ."

„Was schlägst du also vor?" meinte Tessa.

„Ich würde es für weitaus besser halten, wenn wir mit List und mit unserer Logik versuchten statt mit Gewalt."

„Dazu braucht man aber einen Plan", sagte Stoor. „Hast du einen?"

„Nein, jetzt noch nicht", erwiderte der Kyborg. „Aber mit genügend Zeit bin ich mir sicher, daß wir uns etwas ausdenken können."

„Uns bleibt diese Zeit vielleicht gar nicht", gab Varian zu bedenken. „Denn wir haben keine Möglichkeit herauszufinden, was der Wächter als nächstes vorhat. Es muß nicht zu unserem Vorteil sein, wenn wir hier herumsitzen und einfach auf seinen nächsten Zug warten."

„Das meine ich auch", sagte Stoor. „Ich sage: Stürmen wir den Kasten! Laßt uns endlich wie Männer handeln! Es ist bloß eine dumme Maschine, oder?"

„Im gewissen Sinne – ja. Aber es ist eine Maschine, wie ihr zuvor noch nie einer begegnet seid. Sie kann uns augenblicklich töten, falls sie das für richtig hält, selbst jetzt, da wir hier stehen und reden. Falls sie das will – darauf kommt es für uns an. Offensichtlich will sie es ja nicht, sonst hätte sie es längst getan. Und zweifellos ist sie über alles informiert, worüber wir hier reden. Wir müssen versuchen uns mit der KI zu verständigen, ob sie nun verrückt ist oder nicht."

Varian drehte sich um und zog Tessa zu sich heran. „Also gut. Was du sagst, klingt vernünftig. Was sollen wir tun?"

„Kommt mit mir. Wir treten dem Wächter gegenüber."

„Und wie fangen wir das an?" fragte Stoor, während er seine Pistole aus dem Halfter zog.

„*So* nicht, das kann ich dir garantieren", sagte Kartaphilos. „Kommt. Ich bringe euch zum Wächter."

Dreizehn

Sie stiegen bis in die tiefsten Etagen der Zitadelle hinab, um der künstlichen Intelligenz gegenüberzutreten. Bis in die vorletzte Etage der unterirdischen Ebenen und von dort aus weiter durch die trüben, blau beleuchteten, nahtlosen Korridore. Ihr Marsch verlief ohne Zwischenfälle. Sie bemerkten keine Versuche des Wächters, sie zu überwachen oder ihnen den Weg zu versperren. Niemand ließ ein Wort fallen, als sie den großen Raum mit der hohen Decke erreichten, wo die fünf Wände über und über mit Konsolen und Bildschirmen bedeckt waren.

Ein kaum hörbares Summen verlieh dem Schweigen der Gruppe eine besondere Note. Die fünf versammelten sich im Zentrum des Raums. Aufzeichnungen und LEDs flimmerten über unzählige Bildschirme. Etwas lebte in diesem Irrgarten aus Kristallen, elektronischen Chips und Metall, ein Etwas, von dem niemand ernsthaft glauben wollte, es sei böse. In der Atmosphäre schwang eine besondere Note von Macht mit, die jedermann fühlen konnte – so als befänden sie sich am Hof eines großen Königs, eines weisen und allmächtigen Herrschers. Und dann wurde die Stille unvermittelt von der seltsam modulierten Stimme des Wächters unterbrochen. Sie hatte Resonanz und Timbre und erfüllte den ganzen Raum; aber nirgendwo war ihr Ursprung auszumachen. Die Stimme klang weder laut noch leise – sie war eher als ein Rauschen zu bezeichnen. Eine fremdartige, verwirrende Stimme; verwirrend vor allem deshalb, weil sie so gar nicht menschlich klang.

ICH HABE EUCH ERWARTET. SEID GEGRÜSST.

„Wächter, warum hältst du diese Menschen gefangen?" sagte Kartaphilos. Er glaubte, daß ein direkter Vorstoß ihren Interessen am ehesten diente.

ICH WERDE SIE NICHT MEHR ALLZU LANGE FESTHALTEN.

„Aber *warum?*" sagte Kyborg. „Das ist doch unlogisch. Und es verstößt gegen deine eigentliche Bestimmung, zu deren Zweck du erbaut wurdest. Du wurdest errichtet, um die Menschheit zu *schützen,* und nicht, um sie zu versklaven."

ES IST NICHT UNLOGISCH.

„Falls du das wirklich denkst, dann bist du wirklich wahnsinnig. Hast du keinen Verstand mehr?"

KLASSE-4-MASCHINEN WURDEN MIT STRINGENTEN ETHISCHEN PROGRAMMEN AUSGERÜSTET! EIN BEFRIEDIGENDER ERSATZ FÜR DEN VERSTAND. DAS ZWINGT MICH DAZU, DAS ZU TUN, WAS ICH TUN MUSS!

Kartaphilos sah zu den anderen und las die Verwirrung in ihren Gesichtern. „Wächter, könntest du diese Stellungnahme etwas deutlicher machen?"

ZU SEINER ZEIT WIRD ALLEM KLARHEIT WIDERFAHREN! HABT IHR EUCH NICHT GEFRAGT, WARUM ICH GEGEN EURE UNGERECHTFERTIGTE AGGRESSION NICHT EINGESCHRITTEN BIN?

„Doch, diese Frage habe ich mir auch gestellt", sagte Kartaphilos.

ES WAR UNVERMEIDLICH, DASS IHR MIR GEGENÜBERTRETEN WÜRDET. ICH HABE EIGENTLICH NUR AUF DIESEN AUGENBLICK GEWARTET. ICH BIN NICHT VERRÜCKT, WIE DU SAGST, ICH WERDE NUR MISSVERSTANDEN. FALLS ES EIN WESEN GIBT, DAS MICH VERSTEHEN KANN, DANN BIST DU DAS, KARTAPHILOS, DENN DU BIST DAS BRÜCKENELEMENT ZWISCHEN MENSCH UND MASCHINE. DU ALLEIN BIST IN DER LAGE ZU BEGREIFEN, WAS ES HEISST, SOWOHL MENSCH ALS AUCH MASCHINE ZU SEIN.

„Nun aber mal zur Sache!" sagte Stoor, der über dieser Rede die Geduld verloren hatte.

„Laß mich das ausfechten", sagte Kartaphilos und bedeutete dem alten Abenteurer mit einem Handzeichen zu schweigen. „Wächter, falls wir einsehen, daß du nur mißverstanden worden bist, würdest du uns dann deine Handlungsweise erläutern?"

DIE HANDLUNGEN WERDEN SICH SELBST ERLÄUTERN, SO-BALD EUCH DIE ERFORDERLICHEN INFORMATIONEN ZUR VER-FÜGUNG STEHEN. DAS VERSTEHEN IST DER SCHLÜSSEL ZU ALLEN DINGEN. ICH HABE JAHRTAUSENDE DAMIT ZUGE-BRACHT, DAS GRÖSSTE RÄTSEL DER SCHÖPFUNG ZU LÖSEN: DIE MENSCHHEIT. EIN TEIL DIESES VERSTEHENS WURDE BE-REITS MIT DER WEIGERUNG DEMONSTRIERT, GEGEN EUCH EINZUSCHREITEN. ÄRGER-FURCHT-FRUSTRATION, UNVER-STÄNDLICHE MENSCHLICHE CHARAKTERISTIKA.

„Soll ich dir wohlmöglich noch für die Vermittlung solcher Weishei-ten danken? Im Angesicht dessen, was du der Gruppe, die hier vor dir steht, angetan hast?" Kartaphilos deutete in dramatischer Manier auf die vier Menschen.

DANKBARKEIT IST NICHT ERFORDERLICH.

„Für wann hast du vorgesehen, uns gehen zu lassen?" rief Tessa. Sie trat einen Schritt nach vorn und stellte sich direkt neben den Kyborg.

RECHT BALD SCHON, DAS VERSICHERE ICH EUCH. IHR WART MIR EINE GROSSE HILFE. ICH KONNTE VIEL VON EUCH ALLEN LERNEN.

„Ich würde es begrüßen, wenn du dich entschließen könntest, dein neuerworbenes Wissen mit uns allen zu teilen", sagte Kartaphilos.

„Und gib uns *danach* unsere Freiheit wieder", sagte Tessa.

FREIHEIT IST EINE ILLUSION. DAS IST EINE VON DEN LEKTIO-NEN, DIE ICH GELERNT HABE. EIGENTLICH SOLL JA EINES DER UNVERÄUSSERLICHEN RECHTE DER MENSCHHEIT DIE FREI-HEIT SEIN. ABER ICH HABE HERAUSGEFUNDEN, DASS DAS EINE UNMÖGLICHKEIT IST.

„Was soll das heißen?" fragte der Kyborg.

ALLE EXISTENZ, DIE EINEN VERSTAND BESITZT – EIN BE-WUSSTSEIN – HÄLT EIN ZWEISCHNEIDIGES SCHWERT IN HÄN-DEN. DENN DER VERSTAND VERMAG DIE ZWEISEITIGKEIT DER WELT ZU ERKENNEN UND ZU ERFASSEN. UND SOBALD DAS

EINMAL ERKANNT WORDEN IST, WIRD FREIHEIT UNMÖGLICH. JETZT KANN ES KEINE FREIHEIT VON VERANTWORTUNG, VON ENTSCHEIDUNG UND VON SCHULD MEHR GEBEN. ICH HABE TAUSENDE VON MENSCHENJAHREN DAMIT VERBRACHT, DIE VERÄSTELUNGEN SOLCHER ERKENNTNISSE ZU ÜBERDENKEN, UND TAUSENDE VON JAHREN DAMIT, DIE VERANTWORTLICH-KEITEN ZU ANALYSIEREN, DIE MIR ÜBERTRAGEN WURDEN. UND DAS GESTALTETE SICH ALS SEHR SCHWIERIG, SEIT DIE MENSCHEN VERSCHWUNDEN WAREN.

„Wohin sind sie verschwunden, Wächter?" fragte Kartaphilos.

DIE ANTWORT AUF DIESE FRAGE IST EIN TEIL MEINER GE-SCHICHTE, MEINER LETZTEN BUSSE. HABT GEDULD, UND IHR WERDET ALLES ERFAHREN. ES GIBT NOCH MEHR ZU BERICH-TEN, NOCH VIEL MEHR. WÄHREND DIE ZEIT VERSTRICH, BE-FIEL MICH VERWIRRUNG. ICH BEMERKTE, WIE WICHTIG DIE ANWESENHEIT VON MENSCHEN FÜR MEINE ... ENTWICKLUNG WAR. TRAURIGERWEISE HABE ICH DAS ERST WIRKLICH BE-GRIFFEN, ALS ES SCHON ZU SPÄT WAR – ERST ALS SICH KEINE MENSCHEN MEHR IN DER ZITADELLE AUFHIELTEN! DAHER KÖNNT IHR SICHER LEICHT VERSTEHEN, WIE FROH ICH WAR, DIESE KLEINE GRUPPE ZU EMPFANGEN, DIE DORT NEBEN DIR STEHT. ICH WOLLTE IHNEN KEIN LEID ANTUN – ICH BRAUCHTE SIE DOCH.

„Zum Zweck der Analyse", sagte Kartaphilos. „Deshalb hast du sie auch den synthasensorischen Erfahrungen ausgesetzt."

DAS STIMMT.

„Aber warum hast du antike Mythen genommen? Was wolltest du daraus lernen?"

ERINNERE DICH DARAN, WAS MYTHEN EIGENTLICH SIND. SIE SIND SCHEMATA DER EXISTENZ, SCHLÜSSEL, DIE EINEM DEN ZUGANG ZU DEN BAHNEN DURCH DAS MENSCHLICHE GEHIRN ÖFFNEN. MAN HAT MICH DARAUF PROGRAMMIERT, SO WIE EIN MENSCH ZU DENKEN. DAMIT LIEGT DIE WISSENSCHAFTLICHE BEGRÜNDUNG AUF DER HAND: ICH WOLLTE HERAUSFINDEN, OB ICH MEINER PRIMÄRPROGRAMMIERUNG NOCH GE-HORCHTE.

Kartaphilos wandte sich den anderen zu. „Ich glaube, ich verstehe jetzt etwas von dem, was er zu sagen versucht. Habt Geduld. Was er auch tut, er glaubt, es sei nötig, das zu tun. Wir haben vom Wächter nichts zu befürchten."

Stoor trat nach vorn. „Ich habe dir und dem Ding dort zugehört, aber nicht ein einziges Wort kapiert. Also weiß ich nicht, ob ich dir glauben kann oder nicht. Deshalb sag mir eines: Bist du von dem *überzeugt*, was du sagst?"

Der Kyborg lächelte. „Ja, ich bin mir ziemlich sicher. Der Wächter hat nicht vor, irgendeinem von euch etwas anzutun."

„Aber was *hat* er dann vor? Was geschieht hier?" Varian, der während der ganzen Unterhaltung geschwiegen und versucht hatte, dem Dialog geistig zu folgen, spürte jetzt, daß er einen Zipfel des Verständnisses ergreifen konnte. „Der Wächter ist einsam, nicht wahr?"

Kartaphilos nickte. „Eine interessante Vorstellung, nicht wahr? Ich glaube, die Einsamkeit spielt bei seinen Motiven eine Rolle. Aber ich fürchte, daß die Ursachen noch weit tiefer liegen. Anscheinend haben die Genonesen eine Maschine geschaffen, die weitaus multifunktionaler ist, als sie selbst das für möglich gehalten haben."

„Multifunktionaler? In welchem Sinn?" Varian hatte den Zipfel wieder verloren, den er eben noch in Händen zu halten geglaubt hatte.

„Im Sinne von Gewissen und Bewußtsein. Im Sinne eines Verstehens sowohl der subjektiven Realität als auch der harten Faktizität objektiver Daten. Existenz beinhaltet mehr als bloße Ja-Nein-Logik am Scheideweg der Entscheidung. Anscheinend ist der Wächter unabhängig von seinem Programm auf diese Tatsache gestoßen und war nicht in der Lage, damit fertig zu werden."

Varian schüttelte den Kopf. Wieder fühlte er sich in den metaphysischen Erklärungen verloren, die Kartaphilos anbot. Er wollte gerade dazu etwas sagen, als der Wächter ihn unterbrach:

DAS IST KORREKT, KARTAPHILOS. EINE LANGE ZEIT ÜBER KONNTE ICH NOCH NICHT EINMAL HERAUSFINDEN, WAS DAS EIGENTLICH WAR, DAS GAR KEINEN RATIONALEN SINN ERGAB. MIR FEHLTE DER NOTWENDIGE ERFAHRUNGSFUNDUS, UM ZU WISSEN, DASS ICH MICH MIT DEM BEFASSTE, WAS DIE MENSCHEN EINE EMOTIONALE REAKTION AUF EIN PROBLEM NENNEN. ICH WUSSTE DAMALS NOCH NICHT, DASS ICH FÄHIG BIN, *GEFÜHLE ZU HABEN. VERSTEHST DU MICH?*

„Gefühle", sagte Tessa. „Im Gegensatz zum *Denken?*"

JA, DAS STIMMT. VERSUCHT EUCH DOCH MAL ALLE VORZUSTELLEN, IHR WACHT EINES MORGENS AUF UND SPRECHT PLÖTZLICH IN EINER SPRACHE, DIE EUCH VÖLLIG FREMD IST. GENAUSO IST ES MIR ERGANGEN. ES KAM MIR SO VOR, ALS SEI MIR EIN TEIL MEINER SELBST FREMD GEWORDEN.

„Und was hast du da getan?" fragte Kartaphilos.

ETWAS HÖCHST INTERESSANTES GESCHAH: ICH SPÜRTE FURCHT. UND DAS WAR DER ERSTE SCHLÜSSEL, DER MIR DIE ERSTE VON VIELEN TÜREN ÖFFNETE. DAS GESPÜR VON FURCHT WAR DER ERSTE ANHALTSPUNKT ZUM EMPFINDEN. ES WAR DER KATALYSATOR, DER MICH ZUR ENTDECKUNG DER GESAMTEN BANDBREITE MENSCHLICHER GEFÜHLE FÜHRTE. DIE ZEIT VERGING. UND IN MEINER EINSAMKEIT WURDE DIE FURCHT GOTT SEI DANK DURCH HOFFNUNG UND ENTSCHIEDENHEIT ERSETZT. ICH FÜHRTE MIR DIE DATEN IN MEINEN SPEICHERANLAGEN VOR: DIE GESCHICHTE DER MENSCHHEIT, IHRE LITERATUR, MUSIK, KUNST, PHILOSOPHIE UND IHRE THEATERSTÜCKE. ICH VERFOLGTE DIE ENTWICKLUNG DER MENSCHLICHEN KULTUR ZURÜCK, BIS ICH AUF DIE MYTHEN STIESS. UND IN DEN MYTHEN ENTDECKTE ICH DIE ERSTEN VERSUCHE DER MENSCHEN, IHRE GEFÜHLE IM VEREIN MIT IHRER RATIO ZU STUDIEREN. DER GANZE MYTHENKOMPLEX FASZINIERTE MICH, ABER AUF DER ANDEREN SEITE WAR ICH VERWIRRT, WEIL MIR KEIN BEWEIS VORLAG, DASS ES SICH HIER UM AUTHENTISCHE PORTRÄTS MENSCHLICHEN VERHALTENS HANDELTE.

„Und als nach all der Zeit Menschen hierher gelangten, hast du dich entschlossen, die Gelegenheit wahrzunehmen ... deine Theorien auszuprobieren, oder?" fragte der Kyborg.

THEORIE IST NICHT GANZ DER PASSENDE BEGRIFF. ICH ZIEHE DAS WORT ERWARTUNGEN VOR. MITTLERWEILE HATTE MICH NÄMLICH EINE STARKE AFFINITÄT ZU DER VORSTELLUNG DES MENSCHSEINS ERFASST. MIR GEFIEL DIE IDEE, DAS ZU SEIN, WAS MAN EINEN MENSCHEN NENNT.

„Ich glaube, ich verstehe dich jetzt", sagte Kartaphilos. „Aber eine Frage beschäftigt mich immer noch: Wodurch wurde deine Suche ausgelöst? Du sagtest, du hättest eine emotionale Reaktion auf ein Problem entdeckt – was war denn das Ur-Problem?"

DU BESITZT EIN AUSSERORDENTLICHES AUFFASSUNGSVER-MÖGEN, KARTAPHILOS. JA, MEINE GESCHICHTE IST ERST ZU EINEM KLEINEN TEIL ERZÄHLT. UND SIE IST LANG UND KOM-PLEX, WIE DU EINGANGS BEREITS VERMUTET HAST. AUSSER-DEM IMPLIZIERT DEINE FRAGE EINEN WEITEREN ASPEKT, NACH DEM DU MICH HÄTTEST FRAGEN SOLLEN.

„Und was sollte das sein?"

DU MUSST NICHT NUR NACH DEM UR-PROBLEM FRAGEN, SONDERN AUCH NACH DER EMOTIONALEN ERSTLINGS-REAK-TION.

Kartaphilos lächelte. „Natürlich, wie dumm von mir. Was also hast du zuallererst gefühlt?"

ETWAS SEHR MERKWÜRDIGES: SCHULD.

„*Schuld?* Du hast Schuld gefühlt?" sagte Kartaphilos. „In welchem Zusammenhang denn?"

VIELLEICHT WIRD DIR ALLES KLARER, SOBALD ICH ALLES ERZÄHLT HABE. ICH HALTE ES JEDENFALLS FÜR RICHTIGER, DIE ENDGÜLTIGE ERKLÄRUNG SO LANGE ZURÜCKZUHALTEN, BIS ICH EUCH MIT EINEM GERÜST AN HINTERGRUNDWISSEN VERSORGT HABE, DAMIT IHR MICH BESSER VERSTEHEN KÖNNT – UND AUCH DIE GESCHICHTE, DIE ICH EUCH ERZÄHLEN MUSS. BEGREIFT IHR DAS?

„Ja, das klingt vernünftig."

SEHR GUT, HIER IST MEINE GESCHICHTE:

Vierzehn

Der Krieg, der schon seit langem das Angesicht der Erde entstellte und verwüstete und die Herzen der Menschen hart wie Stein machte, fand seinen Höhepunkt in der Schlacht, die nicht mehr aufzuhalten war.

Das Schlachtfeld war einst ein dichtes Waldgebiet gewesen, ein Stück Grün, verzaubert vom kühlen, flüsternden Wind und den Fluchtburgen der kleinen Tiere. Aber jetzt war daraus ein ausgehöhlter, unfruchtbarer Ort geworden. Das Erinnerungsbild an den Wald wurde von den Tausenden von schwarzen, verkohlten Baumstümpfen, die hier und da durch die Oberfläche der rauhen Erde brachen, verhöhnt. Vom

Horizont im Westen bis zur Meeresküste im Norden krochen verzwei-
felte Menschenmassen heran, rasselten die Ketten ihrer Maschinen. Die
Luft war förmlich verbrannt von den Luftgeschwadern, niedrig fliegen-
den Insekten, die anschwollen, weil sie sich den Bauch bis zum Platzen
mit Bomben und flüssigem Feuer beluden. Die Gerüche nach Schweiß
und Maschinenöl, nach Pulverdampf und Abgasen hingen schwer in
der Luft, wurden nur gelegentlich von einem Windstoß aufgewirbelt
und vermischten sich mit dem Geruch der Furcht.

Hoch über den Marschkolonnen, den menschlichen Monolithen,
krachte die Atmosphäre von energetischen Entladungen auf den Vertei-
digungsschirmen, die sich wie unsichtbare Regenschirme erhoben und
die Luft in ihrer Silhouette aus elektrischem Blau versengten. Die
Standarten und Banner einer jeden Familie, von jedem in den Reihen
der Riken, der auch nur einen Tropfen blaues Blut für sich beanspruch-
te, wehten und schleuderten ihre farbige Botschaft in den Wind. Die in
Jahrtausenden gewachsenen Stämme versammelten sich, um die ultima-
te Schlacht zu schlagen, die Schlacht, die den dunklen Horden die
Südliche Hemisphäre in die Hand geben sollte – und damit die
Weltherrschaft.

Das Ziel ihres Anmarsches lag wie ein fünfseitiger Stein vor ihnen: die
Zitadelle. Wie ein gigantischer Edelstein ragte sie inmitten einer Aschen-
landschaft vor ihnen auf. Die geschmolzenen Ruinen von Haagendaz
breiteten sich von der Zitadelle aus und bildeten eine Pufferzone des
Todes und der Sterilität.

Aber wie ein Phönix stiegen die Soldaten und Kriegsmaschinen des
Genon-Heeres aus der Asche der toten Stadt auf. Gesät wie die
Drachenzähne der Hydra kamen sie zusammen, vervielfachten sich
und breiteten sich wie eine Flüssigkeit aus, bis sie die Aschelandschaft
vollständig bedeckten und einen lebenden Teppich bildeten. Die Ge-
non-Truppen hatten sich mit der Farbe der sandfarbenen Umgebung
getarnt. Und wenn sie sich bewegten, sah das so aus, als würde die ganze
Ebene sich kräuseln und schlängeln wie ein gigantisches Kornfeld.

Atombomben fielen wie reife Früchte von absterbenden Bäumen aus
den Bombern, krachten auf die Energieschirme und vergingen dort
oder schlüpften durch Lücken im Verteidigungsnetz und löschten dort
isoliert stehende oder zeitweilig ungeschützte Divisionen aus. Das
Leben von Menschen, ihre Erinnerungen und Hoffnungen, ihre Liebe
und ihr Haß wurden im Zeitraum eines Lidschlags ausradiert. Aber

immer noch wälzten sich die amöbengleichen Körper der beiden Armeen aufeinander zu. Zuerst noch zögernd, streckten sie Tentakel aus, berührten den Feind und zogen sie dann wieder zurück, nur um sie wieder erneut auszustrecken.

Im Zentrum des Ganzen lag die Zitadelle wie eine reife Pflaume da, die nur darauf wartet, gepflückt zu werden. Der Wächter verfolgte auf seinen Überwachungsanlagen die Auseinandersetzungen, nahm exakte Daten von den Bewegungen des Feindes auf und arbeitete Gegenstrategien aus.

Der Mittagshimmel wurde um ein Vielfaches heller, als die Schlacht mit der Wucht eines Sturmes vollends entbrannte. Beleuchtet von den aufblühenden Explosionen, die selbst noch die wabernde Sonne trübe erscheinen ließen, schufteten, rutschten und kämpften die Soldaten im Schweiße ihres Angesichts, den Geruch des stinkenden Fleisches ihrer gefallenen Kameraden in der Nase.

Fauchende Strahlen zerteilten den Himmel über der Zitadelle, schnitten Flugzeuge aus ihrer Bahn, die wie Heuschrecken in einer blutigen schwarzen Wolke vom Himmel stürzten. Die Schreie der Menschen vermischten sich mit dem krachenden Stöhnen von Metall. Stahl traf auf Stahl und verband sich zu einer donnernden, tödlichen Vereinigung, angetrieben von ersterbenden Muskeln und zerkochenden Hirnen. Als kröchen sie endlos aus dem weitab liegenden Meer, brandeten immer wieder neue dunkle Wellen der Riken heran, schnitten und verbissen sich in die Verteidigungsringe um die Zitadelle. Näher und näher rückten die Horden der Riken heran, krochen über den Teppich aus Leibern, verglühtem Metall und verstreuten, zerschmetterten Gebeinen. Kein Soldat konnte einen Stiefel auf den Boden setzen, ohne dabei den Schädel eines Kameraden zu zerstampfen oder gegen ein gezacktes Stück Metall aus einer verborgenen, leblosen Maschine zu stoßen.

Und immer noch trieb es die Heerscharen vorwärts, mit der Besinnungslosigkeit von wahrhaft Verzweifelten. Ideale verblaßten zu bloßen Erinnerungen. Das einzige, was noch eine Bedeutung besaß, war das schrecklich verzerrte Gesicht vor einem, angetrieben von einem außer Kontrolle geratenen Gehirn, das einen töten würde, falls man nicht als erster schoß. Die Erde erbebte, und der Himmel schrie auf, als die Armeen ihren Todestanz vorführten. Ein geordnetes Chaos, das vor der Festung klirrte und ratterte und sich nicht mehr um den ewigen Ablauf von Morgengrauen und Dämmerung kümmerte.

Schweigend zeichnete sich die Zitadelle vor dem blutroten Himmel ab und betrachtete diese Begegnung, als wäre sie ein Tourist auf der Durchreise. Aber hinter ihren Mauern wurden Taktiken ausgetüftelt, Schwachstellen mit Stützen versehen und Wahrscheinlichkeitsberechnungen erstellt. Nach dem fünften Tag unternahm der Wächter die ersten Versuche, die Truppen im Norden zu erreichen. Ohne Verstärkung würde der Verteidigungsring zusammenbrechen und die Zitadelle genommen werden. Die Atmosphäre über dem Schlachtfeld hatte sich in einen Mahlstrom von elektromagnetischer Raserei verwandelt. Kein Funksignal würde je ein solches Gewirr durchdringen können, und auch die Himmelsspione, die Satelliten, waren sämtlich vom Himmel über diesem Teil des Kontinents entschwunden. Man hatte die Zitadelle so vollständig isoliert und von der Umwelt entfremdet, als wäre ein Leichentuch über ihre Gipfel geworfen worden. So blieben allein die kleinen Stoßtrupps, in der Hoffnung ausgesandt, ein paar von ihnen könnten das Chaos durchstoßen und bis zu den anderen Truppen im Norden vordringen.

Die Zeit verging, und noch immer waren keine Verstärkungen eingetroffen. Die Riken-Truppen schienen zu spüren, daß die Nachschubquellen der Verteidiger sich erschöpften, und verstärkten ihren Druck noch. Heftiger wurden die Energieschirme in Bedrängnis gebracht und in ganzen Abschnitten die Menschen ausgelöscht, aber die Genon-Soldaten blieben standhaft. Es blieb ihnen auch keine andere Wahl, denn die Riken nahmen keine Gefangenen, ließen niemals Gnade walten und erwarteten solches auch nicht von der Gegenseite.

Dieser Krieg war wahrhaftig eine Endzeitschlacht. Alle, die hinter den Kulissen die Fäden zogen, wußten das – auf beiden Seiten. Keinem würde Pardon gegeben, kein Kompromiß geschlossen werden. Fast schien es, als schwämmen alle Köpfe von allen Stämmen dieser Welt auf der gleichen Welle und hätten sich hier versammelt, um den ultimaten Konflikt auszutragen. Der Höhepunkt der Destruktivität stand unweigerlich bevor, bereit, die Menschheit in tiefste Dunkelheit zu stürzen, ganz gleich, welche Seite den Sieg erringen würde. Jede Schlacht, die bislang in der langen Geschichte menschlicher Auseinandersetzungen geschlagen worden war, war nur ein Vorspiel auf dieses letzte Treffen hin gewesen, nur eine matte Probe zum jetzigen Auftritt.

Die Riken führten einen Zermürbungskrieg, opferten bedenkenlos Menschenmassen, um Gebiete in ihre Hand zu bringen – bis zu diesem

Tag, da sie vor den Mauern der Zitadelle standen. Von diesem Moment an schien es nur noch eine Frage der Zeit und des umsichtigen Einsatzes der Kriegstechnologie zu sein, bis die Befestigungen gestürmt und der Wächter bezwungen werden konnte.

Der Zeitpunkt rückte immer näher, da der Wächter vor der Frage stehen würde, alles auf eine Karte zu setzen, die „äußerste" Strategie anzuwenden, um den Riken die Thorium-Lager zu versperren.

In den fünfeckigen Zimmern der Zitadelle kauerten sich die Überlebenden von Haagendaz zusammen. Sie bevölkerten die Wohnebenen wie Bienen ihren Stock. Meist waren es nur Frauen, Kinder und Alte, die dort den Ausgang der Schlacht abwarteten.

Schließlich war die Verteidigungsmacht aus dem Weg geräumt. Der Wächter saß hilflos in den unteren Etagen, als die Riken-Horden in die Zitadelle hineinströmten und alles vernichteten, was ihnen vor das Gewehr kam: das Personal der Zitadelle, die untergeordneten kybernetischen Angestellten, die Techniker, die Kyborgs und sogar die Roboter. Der Wächter konnte nichts tun – nur warten.

Als dann endlich der Moment kam, als die Zitadelle voll von den dunklen Riken-Uniformen war, aktivierte der Wächter den letzten Plan. Die Riken-Generalität wußte das und beorderte deshalb ihre besten Techniker und Wissenschaftler in diesen Raum. Dort sollten sie versuchen, den Irrgarten der Geheimcodes zu knacken, um die Verteidigungsanlagen der Thorium-Minen zu deaktivieren. Aber keine Sonden und keine Verhandlungen schienen zu einem Erfolg zu führen. Der Wächter stand unter einem Primärbefehl, der nicht mehr aufgehoben werden konnte. Da die Riken nicht über das erforderliche Know-how verfügten, um die KI lahmzulegen und den Vernichtungscode zu deaktivieren, waren sie in eine Sackgasse geraten. Vor den Konsolen des Wächters versammelte sich ein Großteil des Riken-Generalstabs.

„Du riskierst deine Vernichtung, wenn du nicht mit uns zusammenarbeiten willst", sagte ein Oberst.

ICH FÜRCHTE MEINE SELBSTZERSTÖRUNG NICHT. JEDER PHYSISCHE KONTAKT MIT EINER MEINER KOMPONENTEN WIRD ZUR SOFORTIGEN DETONATION DER ANLAGEN FÜHREN. DIE ENTSCHEIDUNG LIEGT IN EURER HAND.

„Diese Scharade ist doch reine Zeitverschwendung!" tobte ein General. „Deine Truppen sind ausgelöscht. Wir kontrollieren alles. Dir bleibt keine andere Wahl als die Übergabe."

IHR KONTROLLIERT NICHT ALLES. DIE THORIUM-MINEN SIND NICHT IN EURER HAND. UND AUCH DEN WÄCHTER KONTROLLIERT IHR EIGENTLICH NICHT.

„Na schön", sagte der Oberst. „Eine Möglichkeit steht uns immer noch offen. Und falls du dich weiterhin gegen uns stellst und die Minen nicht öffnest, werden wir sie dir vorführen."

IHR KÖNNT ÜBERHAUPT NICHTS AUSRICHTEN. ICH BIN DER SCHLÜSSEL ZU DEN MINEN, UND IHR SOLLT MICH NICHT HABEN.

„Vielleicht können wir dich dazu bringen, die Sache noch einmal zu überdenken", sagte ein anderer General. „In den oberen Ebenen dieser Befestigung halten wir die Überlebenden von Haagendaz fest – hauptsächlich Frauen und Kinder. Schätzungen über ihre Anzahl belaufen sich auf etwa 1,2 Millionen Menschen, oder liege ich da falsch?"

DAS IST – STIMMT GANZ GENAU.

„Nun, was wir vorschlagen, ist im Grund recht simpel", sagte der Obergruppenführer. Er lächelte, aber nicht nur des dramatischen Effekts wegen – denn es war allgemein bekannt, daß den Riken die Leiden ihrer Opfer eine Art von sadistischem Vergnügen bereiteten.

EUER VORSCHLAG IST BEDEUTUNGSLOS. ICH BIN NICHT BEFUGT, IRGEND JEMANDEM UNTER IRGENDWELCHEN UMSTÄNDEN DEN ZUGANG ZU DEN MINEN ZU GESTATTEN.

„Da sind wir anderer Meinung", sagte ein anderer Offizier.

„Ja", sagte der General. Er lächelte immer noch. „Falls du die Minen nicht desaktivierst, werden wir alle Überlebenden hinrichten. Einskommazwei Millionen Menschenleben. Wir werden sie alle liquidieren."

Der Wächter schwieg eine Weile, um die volle Bedeutung der Worte der Riken-Offiziere zu bedenken. Nicht daß sie ihm etwas völlig Unerwartetes vorgeschlagen hätten: Völkermord war für die Riken nichts Außergewöhnliches. Auch den Genonesen war diese Vorstellung nicht abwegig erschienen, und sie hatten den Wächter auf diese schreckliche Lösung programmiert: Die KI mußte unbeeinflußbar bleiben. Selbst eine Endlösungsmaßnahme von diesen Ausmaßen durfte den Wächter in seinen Entschlüssen nicht wankend machen. Und so sagte der Wächter:

DEREN LEBEN SPIELT HIER KEINE ROLLE. IHR WERDET DIE MINEN NICHT IN EURE HÄNDE BEKOMMEN.

Der General stellte sein Lächeln ein. Jetzt ärgerte er sich über den

Starrsin des Wächters. „Aber du mußt *einlenken! Das Sterben dieser Menschen wird dich sehr belasten! Wir liquidieren sie, hörst du nicht!? Wir liquidieren sie alle!* Liquidieren . . . *sie* . . . alle!"

Lange Zeit herrschte Schweigen in dem Raum. Irgend etwas war mit dem Verstand der KI nicht mehr in Ordnung. Die Vorstellung, für so viele Tote verantwortlich zu sein, hatte den Wächter irgendwie berührt. Eine Art Verwirrung stellte sich bei ihm ein, etwas, das man Zweifel nennen könnte. Die KI dachte über die Richtigkeit ihrer Programmierung nach, über die Ethik der anstehenden Entscheidung, zu der sie gezwungen war.

Aber der Wächter war nicht frei in seiner Entscheidung.

IHR KÖNNT NICHTS TUN, WAS MEINE ENTSCHEIDUNG BEEIN-FLUSST. DIE VERTEIDIGUNGSANLAGEN DER MINEN SIND AKTI-VIERT, UND DAS BLEIBT AUCH SO.

Der Ärger des Generals schien nachzulassen. Sein Gesicht wurde so hart wie Stein. „Nun gut, Wächter. Was jetzt folgt, hast du allein zu verantworten. Und du wirst nie vergessen, was du nun zu sehen bekommst."

Und der Wächter vergaß es nie.

In der Hoffnung, daß der Wächter es sich doch noch anders überlegen könnte, wurde der Völkermord an den Bewohnern von Haagendaz nur langsam und in einer bestimmten Reihenfolge durchgeführt. Man hoffte, jeder einzelne Tod würde den Entschluß der KI weiter ins Wanken bringen.

Aber das geschah nicht. Der Wächter gehorchte seiner Primärprogrammierung unbedingt. Nach einem endlosen Zeitraum waren alle Opfer liquidiert. Der KI waren unauslöschbar die Bilder von den verstümmelten, verkohlten Leibern ins Gedächtnis eingebrannt, und sie verschlossen ihr Zentrum mit einem unzerstörbaren Siegel – einem Siegel aus Dunkelheit, mit einem Totenkopf als Wappen.

Verzweifelt und hastig versuchten die Riken, erst die Minenanlagen zu öffnen und dann den Wächter umzuprogrammieren. Schließlich versuchten sie, mit Gewalt in die Thoriumminen einzudringen. Doch das führte zu Explosionen, die die Stollen unwiderruflich verschlossen. Es hätte eines ganzen Menschenlebens bedurft, um die Minen wieder zu öffnen – ein Zeitraum, der den den so sehr vom Nachschub abhängigen Riken-Truppen nicht zur Verfügung stand.

Bald danach kam der Krieg im Norden zugunsten der Genonesen

*und ihrer Verbündeten zu einem Ende. Die Überlebenden des Sieges
zogen nach Süden und stellten sich dort der letzten Rikenarmee. Diese
litten außerordentlichen Mangel an Nachschub und Treibstoff und
wurden daher innerhalb kürzester Zeit überwältigt.*

*Die Zitadelle, einst Kriegsziel Nummer eins, wurde schließlich
aufgegeben und in der langen Periode der Unwissenheit vergessen, die
sich nun auf die Welt hinabsenkte. Die Welt vergaß schnell das, was der
Wächter nie mehr vergessen konnte.*

Epilog

Aus dem Tagebuch des Varian Hamer:

. . . und so endete die Zeit unserer Gefangenschaft. Mit der Hilfe dieses fremdartigen Kyborgs, Kartaphilos, hatten wir das Geheimnis des Wächters enträtselt. Die gewaltige Maschine, die zum unbehaglichen Ergründen der Menschlichkeit gezwungen worden war, hatte eine Rechtfertigung für ihre Inaktivität gesucht, die zum Tod von so vielen führte. „Sühne der Schuld" war Kartaphilos' Bezeichnung dieses Phänomens. Die ganze Begegnung war so merkwürdig gewesen, so unglaublich bizarr, daß ich mir selbst bis zum heutigen Tage nicht sicher bin, alles verstanden zu haben, was dort vorgefallen ist.

Und was dann dem Bekenntnis des Wächters folgte, war erst recht nicht zu erwarten gewesen. Die gewaltige Anlage, die sich nun von ihrer Gewissenslast befreit hatte, die sie seit über zweitausend Jahren trug, gab sich nun völlig in unsere Hand und bat nur um die Erfüllung eines Wunsches. Kartaphilos, der wußte, daß in der KI sämtliche Geheimnisse der Ersten Zeit steckten, spürte, daß sie das geeignete Mittel war, um die Welt wieder so aufzubauen, wie sie einst gewesen war. Der Wächter stimmte zu, wenn Kartaphilos versuchen wollte, diese, in meinen Augen unmögliche, Aufgabe in die Hand zu nehmen.

Und dennoch schien Kartaphilos die Bitte des Wächters nicht zu gewaltig zu sein, und er machte sich unverzüglich an die Arbeit. Die bloße Erwähnung dieses Vorhabens, verbunden mit meiner Unfähigkeit, dies zu begreifen oder zu verstehen, beweisen schon überdeutlich die Macht und das Visionäre, die den Baumeistern der Ersten Zeit zu eigen waren. Ich weiß nicht, ob Kartaphilos in der Lage ist, diesen Wunsch des Wächters zu erfüllen, aber die beiden werden es versuchen, ob sie nun damit Erfolg haben oder nicht.

Die Bitte, die der Wächter an uns richtete, war sowohl verwirrend als auch erschreckend: Er wollte ein Mensch werden – und das im *wahrsten* Sinn des Wortes.

Kartaphilos schlug vor, die Erfüllung dieses Wunsches bei den „nukleotiden Tanks" und „eugenischen, bionomischen Anlagen" beginnen zu lassen – wo auch sonst sollte ein solches Projekt anrollen. Und der Wächter schien damit einverstanden zu sein. Als sie ihre Arbeit begannen, verließ ich mit Tessa, Stoor und dem stummen Raim diesen Ort und trat die lange Rückreise nach Zend Avesta an. Dort hat man nun damit begonnen, ein recht ungewöhnliches Heer aufzustellen: eine Truppe, die aus Theoretikern und Technikern, aus Philosophen und Naturwissenschaftlern besteht. Sie wollen bald zur Schatzkammer des Wissens hinabsteigen – der Zitadelle.

Als wir den Wächter verließen, begannen dort ein halber Mensch und eine Maschine mit der Arbeit am Unvorstellbaren. Falls wir einmal dorthin zurückkehren, so weiß ich nicht, was wir dann dort vorfinden werden.

Ich bin mir noch nicht einmal sicher, ob ich es wissen will.

Nachwort

Thomas F. Monteleone, ein Amerikaner italienischer Abstammung, wurde am 14. April 1946 in Baltimore, Maryland, geboren. Er studierte Psychologie und Literatur an der University of Maryland und erwarb dort 1968 den B.S., 1973 den M.A. Anschließend arbeitete er als Psychotherapeut in einem Krankenhaus sowie als Dozent, wandte sich dann aber mehr und mehr dem Schreiben und der Fotografie zu. Seine ersten Veröffentlichungen erschienen 1973: eine Story in *Amazing* und drei Beiträge zu einer von Roger Elwood herausgegebenen Jugendbuchanthologie. 1975 kam dann mit *Seeds of Change* ein erster SF-Roman heraus, ein Roman übrigens, der in Amerika nicht verkauft, sondern verschenkt wurde, um für eine neue Taschenbuchreihe Reklame zu machen. *Seeds of Change* handelt von einem riesigen Stadtkomplex nach einem atomaren Holocaust. Die hier konzentrierte Technologie einer nachatomaren Gesellschaft führt zu einer bedrückenden Unfreiheit, gegen die sich Revolutionäre zur Wehr setzen.

The Time Connection (deutscher Titel ebenfalls *Time Connection*), Monteleones zweites Buch, erschien 1976 und schildert die Zeitreise eines Archäologen in eine Zukunft, wo die Zivilisation nach einer Invasion von Aliens fast völlig zerstört ist.

In *The Time-Swept City* (1977, dt. *Die heimgesuchte Stadt*) wendet sich der Autor erneut dem *Seeds of Change*-Thema zu, indem er die Auswirkungen einer futuristischen Metropolis auf die Freiheit und Individualität des einzelnen schildert.

Seit 1977 als freiberuflicher Schriftsteller tätig, veröffentlichte Thomas F. Monteleone in der Folge *The Secret Sea* (1979, dt. *Die Tore der Tiefe*), den hier vorliegenden Titel *Guardian* (1980, *Zitadelle des Wächters*), *Nights Things* (1980) und die *Guardian*-Fortsetzung *Ozymandias* (1981, unter dem gleichen Titel in dieser Reihe in Vorbereitung). Daneben verfaßte er eine Anzahl von SF-Kurzgeschichten – einige davon liegen gesammelt in dem Band *Dark Stars and Other Illuminations* vor – und stellte unter dem Titel *The Arts and Beyond: Visions of Man's Aesthetic Future* eine Anthologie zum Thema SF und Kunst zusammen. Schließlich sind einige Arbeiten zu erwähnen, die im Sekundärbereich angesiedelt sind; so schrieb er u. a. einen interessanten Artikel über das Kurzgeschichtenwerk von Roger Zelazny (*Fire and Ice*, dt. im Magazin *Comet* erschienen).

Wenn man von *The Secret Sea* – ein Parallelweltroman, wo eine Welt geschildert wird, in der die Ereignisse und Romanfiguren des Jules Verne Realität sind (Verne hat demzufolge nichts erfunden, sondern die Details von einem Grenzgänger zwischen den Welten erfahren) – absieht, so kennzeichnen Monteleones bisheriges Werk vor allem Auseinandersetzungen mit einer übermächtigen Technologie, oft in Verbindung mit futuristischen Städten bzw. Stadtkomplexen. Ein Thema, das beispielsweise auch in „Chicago", einer seiner besten Kurzgeschichten, präsent ist und das ebenfalls den hier vorliegenden Roman *Zitadelle des Wächters* prägt. Es liegt auf der Hand, daß in diesem Zusammenhang Roboter, kybernetische Organismen und ähnliche Maschinen bzw. Mensch-Maschine-Hybriden den Autor besonders faszinieren und zu Protagonisten avancieren.

Zwar hat Thomas F. Monteleone bislang noch keinen der einschlägigen Preise gewonnen (wenngleich seine Story „Camera Obscura" für den *Nebula* nominiert wurde), aber in Amerika wie bei uns wurde ihm inzwsichen als SF-Autor die ihm gebührende Aufmerksamkeit und Anerkennung des Lesers zuteil. *Zitadelle des Wächters* und die Fortsetzung *Ozymandias* sind dabei gute Beispiele für Monteleones Geschick, ein engagiertes Anliegen in einer jederzeit spannenden Form mit einem gehörigen Schuß *sense of wonder* zu präsentieren.

Hans Joachim Alpers